SINGLE, LIBRE

....

Donatien Begin

Contents

Chapitre 1

J oshua
...

— Tu crois que je ne sais pas ce que ton père et toi faites avec ma société ? Les déplacements de fonds vers des sociétés-écrans mais qui vont au final sur vos comptes cachés. Je connais tous tes numéros de compte, Taylor.

— Bébé, l'argent de HASH m'appartient autant qu'à mon père autant qu'à toi.

— Tu VOLES cet argent, Taylor. Voler, tu sais ce que ça veut dire ? J'aurais dû te virer dès la première connerie. Qu'est-ce qui me retient vraiment de le faire ? Là, maintenant ?

— Nos 9 ans de vie commune. Le fait que tu m'aimes.

Je lâche un rire mauvais alors qu'elle croise les jambes sous mon nez. Si elle croit que ça me fait un quelconque effet, elle se met le doigt dans l'œil. Mes pensées sont occupées uniquement par les images du corps d'Hazel entre mes mains dans cet hôtel à Paris.

- T'aimer ? Taylor, voyons. Toi mieux que personne sait que je ne t'aime pas. Plus comme avant. Regarde-toi, tu me lèches le cul pour des miettes de mon travail. Tu ne fous rien de tes journées et tu te pavanes en te proclamant « directrice de marketing ». Tu gaspilles mon argent et mon temps pour tes caprices. Tu veux te foutre de moi ? Qu'est-ce que tu mérites là-dedans à part la porte ?

— JOSHUA !

Elle lève sa main mais je l'intercepte et j'enroule la mienne autour de son cou. J'ai qu'une envie me débarrasser d'elle.

— Tu ne vaux pas mieux que ta mère. Tu sais celle à qui tu verses de l'argent pour ne pas qu'elle salisse le nom des Martins. Celle qui s'amuse à voler le mari de sa fille cadette. En y regardant de plus près, lui dis-je en rapprochant mon visage du sien menaçant, tu lui ressembles. Vous aimez détruire ce qu'il y a autour de vous pour votre propre confort. Tu veux essayer de voler ma société ? À tes risques et périls, tu as oublié à qui tu as affaire.

Elle tire sur mes cheveux en louchant sur les lèvres.

— Tu peux toujours essayer de te séparer de moi. Mais la vérité est que tu as besoin de moi. Si tu crois que c'est en me jetant que tu auras cette salope de Hazel. Sache que ça n'arrivera jamais. Il te faudra choisir ta société et moi... ou ton amour de toujours qui se préoccupe très peu de ce qu'il peut t'arriver. On verra si elle te fait encore confiance après avoir appris que tu vas quand même te marier avec sa... grande sœur.

Ma mâchoire se contracte violemment. Lorsque j'ai découvert le pot aux roses après avoir déposé Hazel chez elle il y a maintenant trois jours, j'ai reçu les analyses de laboratoire du test ADN. Taylor est bien la fille de Lydia et Bob Martins. J'en suis tombée des nues. Je n'arrive toujours pas à comprendre comment ni où Lydia a trouvé un homme comme Bob. Elle a dû chercher dans les bas-fonds de Bristol. Je pense que fouiller dans les poubelles a été son passe-temps favori dans une autre vie.

Ces trois derniers mois, Taylor développait une haine contre Hazel, essayant de lui faire perdre patience comme avec l'histoire des fleurs. Un truc pas bien méchant en fin de compte.

Je ne sais pas ce qu'il s'est passé, mais elle n'a jamais su qui était Hazel avant qu'elle ne débarque à Boston. Elle sait que j'ai aimé une femme mais elle n'a jamais su qui. Même lorsqu'elle s'est présentée à VG Événements, elle ne savait pas qui. Ou alors elle faisait semblant car personne ne peut me faire croire que Lydia n'a jamais mentionné les prénoms Hazel et Hermionne. Mais le soir de l'anniversaire d'HASH, quelque chose à changer et je crois que c'est lorsqu'elle a appris qu'elle était la petite-fille de Carlson. Elle sait que j'ai un lien avec eux ou alors elle a appris quelque chose que je ne sais pas.

Lydia est bien un monstre pour avoir trompé un homme bon comme Oliver, d'être tombée enceinte d'un autre homme tout juste alors qu'elle venait d'avoir un bébé. Une Hermionne de deux ans. Et puis un an après, elle a l'audace de tomber enceinte et de donner naissance à Hazel. Je ne peux que la remercier d'avoir donné ce dernier enfant mais elle est ignoble. Taylor est folle de vouloir s'en prendre à sa demi-sœur pour les erreurs commises par sa mère. Elle est irréfléchie certes mais à ce point ? Lui verser de l'argent pour l'avoir abandonné ? Aujourd'hui, je comprends mieux le comportement de Bob. Je ne l'aime toujours pas mais ça a du sens. Tout prend son sens.

— Tu peux te retrouver en prison si tu ne fais pas ce que je te dis, Joshua. Alors je te conseille de faire profil bas. Ça ne me prendra qu'un seul appel pour te prendre ta société et tu perdras par la même occasion Hazel Stevenson. Et puis, je n'ai pas fini de m'occuper de son cas. Je vais lui retirer tout ce qu'elle a de plus précieux, lui arracher tout le bonheur qu'elle a. Elle se plaint d'avoir grandi avec une mère quand la mienne n'était même pas présente quand j'avais besoin d'elle. Et maintenant, elle croit qu'elle va t'avoir aussi ? Je ne sais pas ce qui vous a séparé mais c'est pour une bonne chose alors n'y compte même pas dessus. Je vais la briser, elle et notre chère grande sœur, Hermionne. Il est temps pour moi d'aller chercher les vieux dossiers prenant la poussière à Chicago. Pendant que toi, ha ha, tu regarderas en simple spectateur. N'oublie pas que je fais ça pour nous, bébé.

On entend toquer mais j'ignore complètement. J'ai qu'une envie et c'est la tuer. Comment j'ai pu laisser son père financer et pénétrer jusqu'à l'os HASH Corporation ? Ça me prendrait des années pour tout lui rembourser sans compter qu'il fait partie du conseil. Avoir Taylor ici est censé me faire rappeler mes dettes envers Bob. Si je ne veux pas qu'on me saisisse tout, il est important de l'avoir de mon côté. Mais il est hors de question qu'elle gâche mes efforts que j'ai fait pour Izzy. Et si elle prévoit de s'en prendre à elle, eh bien, elle oublie que moi aussi, je sais me servir d'un téléphone et de mes contacts. Elle jalouse Hazel et Hermionne d'avoir grandi avec une mère alcoolique qui a été incapable de protéger, ne serait-ce que l'une de ses filles. Elle a tué l'amour que pouvait ressentir Hazel et le bébé qui aurait pu faire de mon frère un père, sa dernière trace de ce monde. Pour Nate, rien ne doit arrivé à Hermionne. Jamais. Si je dois tuer de mes propres mains et perdre tout ce que j'ai acquéri jusqu'ici, ainsi soit-il. C'est un risque que je prendrais volontairement pour elles et pour lui.

Lydia est le Diable en personne. Elle est la source de tous les problèmes du monde. Même après sa mort, sa malédiction continuera de régner sur ce monde. Comment un humain peut-il être capable de prendre de si mauvaises décisions au point d'agir aussi mal sur les autres vies ? Autant de vies ?

La porte s'ouvre.

— Bonjour, dis-je une voix enjouée.

Je perds de ma superbe en reconnaissant cette voix. Ma main est toujours enroulée autour du cou de Taylor et la sienne dans mes cheveux donnant l'impression de s'embrasser. Elle plisse les lèvres avec son sourire de sorcière. Elle me regarde avant de tourner la tête vers la visiteuse.

— Oh Madame Verblay... Stevenson. Un plaisir de vous revoir.

La honte me monte. Je prends le risque de tourner ma tête vers elle. Elle est là. Magnifique comme toujours. Dans un tailleur rouge sang. Un cadeau à la main. Son regard est perçant. Blessée et humiliée mais surtout en colère, elle jette le cadeau par terre et s'en va. Des bruits de verres brisés retentissent au même rythme que mon cœur.

Je repousse Taylor, ramasse le paquet par terre et court derrière Hazel.

J'essaie de garder un semblant d'humilité devant mes employés qui travaillent.

Elle se dirige vers l'ascenseur. Elle appuie dessus frénétiquement. Quand les portes s'ouvrent, des gens en sortent et elle s'y précipite dedans. Les portes se referment mais j'ai tout juste le temps de mettre mon pied pour empêcher la fermeture.

— Hazel, attends ! chuchotai-je en criant presque.

— Joshua, laisse-moi tranquille. Sors.

— Pourquoi tu t'énerves ?

— Tu ne comptes pas sortir ?

— Pourquoi tu t'énerves ?

— Mais tu fais ce que tu veux ! On n'est pas ensemble ! Maintenant, sors et je ne rigole pas.

Elle essaie de me contourner mais je me tourne et la plaque contre moi.

— Tu ne me fais plus confiance ?

— Je m'en fous. Tu fais ce que tu veux. Lâche-moi.

— Izzy, regarde-moi. Izzy !

Elle regarde derrière moi, un point invisible dans la cabine.

— Tu m'as fait le plus beau cadeau d'anniversaire. Taylor ? Sérieux ? Je croyais que c'était fini ? Tu m'as menti ?

Je sais que c'est son anniversaire aujourd'hui. Je ne l'ai jamais oublié.

— Tu veux la vérité ?

— « J'attends que ça », c'est ce que j'aurais dit si je pensais une seule seconde que... Bref. Je m'en fous mais vas-y, essaie toujours.

Je m'apprête à lui dire mais je vois Taylor au bout du couloir qui me regarde en tapotant sa montre et en secouant la tête. En mode, elle me déconseille de lui dire.

— Fais-moi confiance, s'il te plaît, la suppliai-je en français.

— C'est bien ce que je pensais, grogna-t-elle d'une voix forte sans quitter le point derrière moi.

Elle est dos aux portes donc elle ne voit pas Taylor au bout du couloir. Elle tire mon bras et me fait sortir de force. Je ne la retiens plus. Puis je remarque son visage à travers le miroir de la cabine qui était en fait derrière moi. Elle lève le sourcil. Aucune émotion sur le visage.

Les portes se ferment. Elle l'a vu. Qu'est-ce qu'elle doit penser ? Je frappe la porte avec mon poing. L'ascenseur s'arrête au 33ème. L'étage de son audit. Va-t-elle me croire ?

Putain !

Je me retourne et me dirige vers mon bureau. Dans le couloir y menant, j'attrape Taylor au passage et la plaque contre le mur. Ma main s'enroule autour de son cou, mes doigts se resserrent. Elle étouffe et manque réellement de souffle. Elle devient rouge en me griffant les mains. Elle me frappe puis essaie de tirer sur mes mains.

— A...rrête... Joshua...!

Il serait si facile pour moi de l'achever. Ici et maintenant.

— En te regardant de plus près, je peux voir à qui tu ressembles vraiment. Au diable qu'est ta mère. Après avoir échappé à sa punition pendant si longtemps, regarde où elle a terminé. Tu finiras par recevoir la tienne, pas en prison mais de mes mains.

Je la relâche. Elle s'effondre par terre en se tenant la gorge. Elle me jette un regard mauvais rempli de haine mais de cette passion obsédante qu'elle a pour moi. Elle est complètement tarée. Je m'agenouille devant elle en plaçant une de ses mèches derrière son oreille.

— Désormais, on va voir qui contrôle qui. Essaie un peu de t'en prendre aux sœurs Stevenson et tu vas rencontrer le réel Joshua Miller. Et pour te montrer que ce ne sont pas des paroles en l'air, je vais réduire ton salaire de ce mois-ci. Une partie ira à la fondation et on maquillera ça comme un don précieux de notre directrice marketing. Il était temps que tu fasses une bonne action dans ta vie. Oh ! Et ton plafond bancaire va diminuer et tu n'auras plus accès à mes cartes. Demande à ton cher papa, je me ferais plaisir en lui disant ce que tu fais de tes journées.

Je me relève et me dirige sans me retourner vers elle. Je l'entends tout juste dire.

— Tu viens de déclencher quelque chose de mauvais, Joshua. Une grave erreur qui te coûtera cher.

Sans me retourner, je lui réponds.

— Ma seule erreur, c'est de t'avoir en quelque sorte « considérée » et de t'avoir sorti de ta merde quand personne ne voulait t'aider.

— Je t'ai aussi aidé, bien avant. Tu me devais bien ça et tu m'aimais. Ne me manque pas de respect, Joshua. Tu vas regretter ce que tu viens de faire.

— C'était à charge de revanche. Que peut-il m'arriver de pire maintenant ? Non, la vrai question est qui va t'aider si je ne suis pas là ? Tu vois ? On a besoin de l'un de l'autre... bébé. Ah ! Et, t'aimer ? Tout de suite les grands mots.

Je claque la porte derrière moi et vais m'asseoir à mon bureau. Mon poing se ferme et émet un bruit de froissement. Dans ma main gauche, le paquet qu'Hazel avait sûrement amené pour moi. Je sais la signification que ça a pour elle. Elle l'offre aux personnes qui comptent pour elle et qui sont restées avec elle depuis son dernier anniversaire jusqu'au prochain. Je suis là depuis seulement trois mois alors la signification doit être encore plus grande. Mais après cette scène, qui sait si elle n'ira pas demander à Carlson de la retirer de l'audit. C'est hors de question que je laisse passer ça ! J'ai besoin d'elle à tout prix et je ne veux pas qu'elle s'éloigne.

Je ne cours pas à poil dans des rues où je peux être reconnu vécu n'importe qui, ni ne me pavane en pyjama style Donald Duck dans une patinoire. Je fais seulement ça avec elle. Je ne vais pas la laisser refaire cette erreur de faire des conclusions hâtives une deuxième fois. Si elle est têtue comme un âne, j'en suis le fermier.

Comme quoi, qui se ressemble s'assemble.

J'ouvre le cadeau. J'y découvre des billets pour aller voir un match de foot universitaire accompagné d'un formulaire d'inscription pour jouer dans une équipe d'amateur pour jouer contre l'équipe universitaire de Boston. Dans le paquet, il y a un maillot de l'équipe de foot de NYU avec mon nom au dos. « MILLER ». L'université dont j'ai rêvé de rejoindre afin de poursuivre une carrière de footballeur. Hazel et Harry m'ont énormément encouragé à y aller mais je n'ai jamais pu m'y résigner à le faire sans me sentir coupable. Surtout après tout ce qu'il s'est passé.

Il est plié. Lorsque je le déplie, un cadre et des morceaux de verre tombent. Je ramasse la photo. Elle me représente avec mon père en train de jouer pendant qu'Hazel est concentrée au but, son père nous empêchant d'envoyer une balle dans la tête de sa fille. Sur le côté, Hermionne qui porte un t-shirt pour supporter sa sœur et Nate un t-shirt avec ma tête horrible dessus. Je me souviens qu'ils étaient en train de se disputer sur qui gagnerait et le fait que Nate devrait encourager sa petite sœur vu qu'il sortait avec elle.

Ce fût le meilleur et le pire jour de ma vie; de un, mon père et moi avions gagné. De deux, Hermionne et Hazel m'ont fait la misère pendant une semaine.

Je souris en me rappelant ces bons souvenirs. C'est le meilleur cadeau qu'elle ait pu me faire. Seule ma meilleure amie aurait pu trouver une idée qui puisse me faire verser une larme de bonheur. Je ne dois pas la laisser partir.

Cependant, à peine ai-je pris la décision de me lever pour aller la voir que le téléphone fixe sur mon bureau sonne. Elle a un don pour les mauvais timing.

— Oui Perla. J'espère que tu as une bonne raison de me déranger. Je suis pressé. Que se passe-t-il ?

— Josh— hum... Monsieur Miller, Monsieur Martins vient d'arriver et demande à vous voir en urgence, m'annonce-t-elle stressée.

Il y a de quoi être stressé mais je ne le suis pas un poil. En fait, je suis même de bonne humeur. Je l'attendais. Il a rappliqué plus vite que je ne le pensais.

Moi aussi, je sais jouer... bébé.

Hey ! On est de retour ! Moi, Josh le Viking, Hazel la Choucroute et encore moi ! Je publie ce premier chapitre du tome 2 en avance. L'aventure commence réellement dès Juin.

J'espère que vous apprécierez ce chapitre □

Chapitre 2

Hazel

• • •

Je lis encore et encore. J'analyse chaque facture, chaque ligne, chaque chiffre de façon minutieuse depuis deux heures. Julian tape son stylo sur le bureau, assis en face de moi. Il me stresse. Ça m'empêche de me concentrer.

— Ju', arrête ça.

Il continue. Je lui donne un coup de talon dans le tibia.

— Putain Izzy !

— Je t'ai dit d'arrêter. Donc tu arrêtes ou alors retourne dans ton bureau.

— Ça fait une heure que t'es énervée. Ne mets pas ta colère sur moi.

Je claque les feuilles sur la table.

— Julian, dégage. Pour de bon, dégage. Trouve-toi un autre bureau ou alors rejoins Maxim et Yannis dans le bureau d'à côté. Mais laisse-moi respirer.

— Il t'arrive quoi, Hazel ?

— Il se passe qu'aujourd'hui, j'ai 27 ans. Je suis fatiguée, j'en ai marre. Je devrais être heureuse d'être enfin divorcée, d'être rentrée à Boston et de reprendre le taff mais à la place, j'ai toi qui me pètes les couilles.

Une minute de silence s'en suit alors que je reprends mon travail.

— C'est ton anniversaire ? Aujourd'hui ?

— Va te faire foutre et dégage Julian, articulai-je.

— Bonne anniversaire choucroute.

— Ta gueule et casse-toi, je te dis.

Il lève les mains en signe de défense, se lève et sort de mon bureau.

Je n'arrive pas du tout à me concentrer. Les images de Joshua et Taylor restent ancrées dans mes rétines. La haine remplit mon âme mais pas pour les raisons qu'on peut imaginer.

Ou peut-être qu'un peu...

Je continue de prendre connaissance du contexte de cette entreprise et d'évaluer les principaux risques. Je vais être minutieuse et si y a un truc qui ne me plaît pas, eh bien, Joshua va vite regretter d'avoir choisi la société de mon grand-père. J'avais prévu de l'aider mais là.

Mouais. Dis ça à qui veut le croire. Je ne suis pas si mauvaise que ça.

Une fois cette première étape terminée, je vais pouvoir enfin finir mon évaluation pour pouvoir mettre en place le dossier permanent et faire le point pour construire le plan de mission de notre audit avec les gars.

Pour ça, va falloir que j'interroge les bonnes personnes clé de l'entreprise, exploiter la documentation d'HASH Corp ainsi que ses comptes de l'entreprise couvrant les cinq ans depuis son ouverture. Les souvenirs de cette nuit me reviennent, surtout les paroles dites ce soir-là. Tout est dans les comptes. On ne peut pas voler une aussi grande somme et la faire disparaître.

Voilà pourquoi je suis là. Je n'ai pas refusé le poste car j'en ai besoin. J'aurais très bien pu rejoindre VG Évènements mais j'ai toujours voulu rejoindre une vraie entreprise et suivre le rythme effréné. C'est aussi l'occasion pour moi de descendre Taylor Martins de son piédestal.

Je suis venue en sachant très bien ce que j'allais devoir supporter alors je serre les dents et je continue ce pourquoi je vais être payée. S'il veut continuer de coucher avec elle, grand bien lui fasse. Car je ne veux pas assister à ça. Mais ce serait bizarre pour une personne qui est censée la détester.

Cependant, je préfère ne pas savoir ce qu'il s'est passé dans cette pièce. Je préfère que Taylor croie ce qu'elle veut. Elle doit forcément penser que Joshua m'a dégoûté — ce qui est à peu près le cas — et donc, elle baissera un peu sa garde. Joshua ne devra pas m'approcher si je ne veux pas éveiller des soupçons. Il serait mieux que je coupe les ponts avec lui pendant un petit moment si je veux agir. J'aurais le temps de faire mes recherches et de récolter les infos dont j'ai besoin.

Je m'énerve de ne rien trouver alors qu'on est juste à la phase de reconnaissance des actions de l'entreprise. Un audit se fait généralement par une seule personne mais pour une grande entreprise comme HASH Corporation, nous sommes une équipe de quatre.

Normalement, on devrait travailler en équipe, mais je ne sais pas ce qui s'est passé dans la tête de mon grand-père pour qu'il transforme un travail d'équipe en compétition. Maintenant je dois me retrouver à m'acharner dans un boulot juste pour ne pas aller faire du camping. Est-ce normal ? D'un point de vue oui, de l'autre non. J'ai lancé la compétition dans une compétition qui existait déjà. Maintenant je dois tripler mes efforts. Je vais prouver que je suis bien meilleure que les trois hommes réunis. Je vais leur montrer que je suis bien la fille d'Oliver Stevenson.

Je compte bien le leur montrer... quand j'aurais mangé quelque chose. À part le café et le pain au chocolat de ce matin, je n'ai rien dans le ventre. Et puis la fatigue commence à se ressentir mais légèrement. Peut-être que le café peut marcher après tout.

Je fais une liste des gens à interroger sur les objectifs d'HASH en y incluant Taylor Martins. J'aime bien jouer avec le feu.

Il est 11 h 30 quand on vient toquer à ma porte. Cela ne peut pas être Julian, un idiot mal élevé reste un idiot mal élevé qui ne toque jamais.

— Entrez, dis-je sans lever la tête.

Ma main se met en pause. Ne me dites pas que c'est Joshua...

On me prend mon stylo.

— Si c'est pour venir me déranger, la porte est grande ouverte. Ne viens pas me perturber dans mon travail. C'est tout ce que je te demande.

— Tu me dois un déjeuner, je te rappelle, ma vieille.

Ça, ce n'était pas la voix de Joshua. Il s'agit d'Harry.

— Désolée, j'ai cru que c'était...

— ...Joshua ? Ne me fais pas rire. Il est tout aussi remonté que toi sauf que j'ai eu droit à des insultes gratuites.

— Il t'a insulté ?

— Que je lui faisais chier ? Oh ça, j'ai l'habitude depuis des années. C'est un talent que j'ai hérité de vous deux au fil des années. Je dirais plutôt que me traiter de petit con est plus offensant. Une petite insulte fait plus d'effet.

Depuis quand il est susceptible celui-là ? Mais quelle diva !

Il s'assied en face de moi.

— Vous vous êtes disputés ?

Je range mes papiers et m'adosse confortablement à mon siège.

— Tout allait bien. Je croyais que vous vous étiez réconciliés.

— C'est ce que je pensais aussi... jusqu'à ce qu'il fasse un lavage buccal à Taylor. Je ne devrais même pas être surprise. Après tout, ils sont fiancés.

— Hazel, tu sais qu'il y est un peu forcé ?

— Y a des limites, Harry. Qui l'a forcé à l'embrasser ? Je sais que c'est juste un bisou mais je me dis qu'on a couché ensemble, il y a même 60 heures. Je ne sais pas moi, je m'attendais à un peu plus de respect que je sois là ou non. Je ne suis pas n'importe quelle femme pour lui il me semble. Tu penses que j'ai tort de penser comme ça ?

Il réfléchit à la question. S'il y a bien quelqu'un qui peut me répondre, c'est bien Harry. Il nous connaît. Et je sais qu'il peut avoir un regard objectif sur notre situation.

— Je pense que tu as raison de ton côté mais il a raison du sien. Vous n'êtes pas en couple. Je ne vais pas te rassurer en te disant que c'est bien ce que vous avez fait. Tu sors d'un divorce où ton mari t'a trompé et dont la maîtresse est ta mère. Là, Joshua trompe en quelque sorte Taylor avec toi comme maîtresse.

Je sursaute en arrière. C'est exactement ce que je ne voulais pas entendre. C'est comme si on me disait que je ressemblais à ma mère mais c'est bien ce que j'ai fait.

— Mais tu n'as pas à te sentir coupable. Il ne lui pas proposé officiellement, c'est elle qui s'autoproclame fiancée et dit à tout le monde qu'ils vont se marier. C'est faux, Hazel. Taylor lui met une pression constante alors il la laisse faire. Après, d'un autre côté, tu as raison. Tu n'es pas n'importe qui à ses yeux. Bien avant que vos chemins se recroisent, il pensait à toi et me demandait de me renseigner si à mon avis tu étais heureuse. Tant que t'étais heureuse, il l'était aussi. Toi et lui, c'était inévitable. Alors le fait qu'il soit avec elle te touche est strictement normal. Vous n'êtes pas n'importe qui, et c'est plus fort que ce que vous ne pensez. C'est juste que le timing est mauvais du côté de Joshua. Il est rentré aux États-Unis depuis seulement octobre en 10 ans. Mais je me dis que c'est vrai que la situation actuelle et ce à quoi je viens d'assister ne facilitera rien.

J'ai toujours su que sous son air de blondinette, il avait un esprit philosophique.

— Quelle situation ? Et qui gérait HASH pendant son absence ? le questionnai-je vraiment curieuse.

C'est un vrai mystère. Je ne sais pas comment on peut créer une entreprise en cinq ans tout étant en Angleterre. Mon cerveau n'arrive pas à passer outre de cette information.

— C'est moi gérais en son absence. Viens déjeuner avec moi d'abord. Les murs ont des oreilles, et les employés sont des commères.

Il me tend sa main. Je l'attrape sans entrain en râlant.

— On ne peut pas commander ? Il caille dehors.

— Qui t'a dit de venir en blazer ?

— Pfff...

— Allez quoi. Hazel, c'est ton anniversaire. Tu ne vas pas rester enfermée ici.

Bien sûr que si. J'aime resté à l'intérieur. Je suis sur mon lieu de travail. Je dois faire la différence entre le professionnel et le personnel. Le problème, c'est qu'il y a déjà trop de personnes du personnel dans le professionnel. Il faut que je gère tout ça.

Il me guide vers les ascenseurs.

— Tu peux m'attendre en bas ? J'ai un truc à régler vite fait, me dit-il en fronçant les sourcils tout en regardant son téléphone.

— Oui, bien sûr. À tout de suite.

Il s'éloigne l'oreille vissée à son téléphone. Je l'entends dire :

— Tu te fous de moi Josh ? Mais qu'est-ce qu'il t'a pris de faire un truc pareil ? T'es con ?! À cause de toi, je vais retarder un déjeuner. Attends, j'arrive.

J'entre dans l'ascenseur. Il est déjà bondé. Je me demande ce qu'il doit bien se passer en haut.

Dans l'ascenseur, j'arrive à me frayer une place. Quand les portes se referment, je suis plaquée contre celle-ci. On m'écrase littéralement. Je tourne la tête et vois les visages des gens qui sont tendus, paniqués. Tous sans exception. En arrière, j'entends de grosses toux, et des sifflements d'une respiration saccadée.

— Madame, ne vous retournez pas, me chuchote un homme à côté de moi. Vous allez vous faire tuer.

— Pourquoi ? On dirait que quelqu'un fait une crise d'asthme.

— C'est un grand homme d'affaires. Il est entouré de ses hommes de main. Quelqu'un a voulu l'aider mais il a menacé de le tuer s'il montrait encore de la pitié et il l'a fait descendre les escaliers depuis le 39e étage.C'est quoi cette mauvaise blague ? Non mais les gens sont malades ici !

— Poussez-vous !

Je m'enfonce en arrière. Des exclamations se font entendre alors qu'on me supplie de ne pas y aller. Je rentre dans un gros tas de muscle en costume noir.

— Reculez. Tout de suite !

Je le dévisage nullement effrayée.

— Votre boss là, il est en train de faire une frise d'asthme. Si vous ne voulez pas qu'il meure dans un ascenseur, laissez-moi passer !

— Madame, veuillez reculer, me grogna-t-il tout bas.

Il me fait signe de regarder en bas où loge dans sa ceinture un revolver. Je ravale ma salive. L'homme derrière est repris d'une quinte de toux. Je ne peux pas le laisser comme ça. J'enfonce l'aiguille de mon talon dans le pied et j'attrape ses testicules et y enfonce les ongles. Il grogne violemment. De ma main gauche, j'attrape son arme à feu. Appuie sur le chien et le pose sur ses abdos de façon à ce que personne ne le voit.

— Bouge. Toi, ne t'approches pas, dis-je à son compère.

Il me jette un regard noir, il jette un œil derrière moi. Il capitule en se décalant sur le côté.

— À croire qu'on m'a élevé pour faire de la non-assistance à personne en danger.

Je n'ai pas peur de mourir. Et puis, ferait-il vraiment l'erreur de tirer dans un ascenseur rempli de personnes ? Et même s'il les tuait tous, le monde qu'il y a en bas aura rameuter les forces de l'ordre, il y aurait des témoins, un bain de sang. Tout ça pour quoi ? Pour rien.

Je me précipite vers l'homme recroquevillé sur lui-même. Je lui frotte le dos. Un homme dans le début de la soixantaine sûrement. Des cheveux blancs poivrés sur ce qui auraient été des cheveux blonds châtains. Je ne vais pas mentir mais il est très élégant et plein de charisme pour un homme qui pourrait être mon père.

— Ne me ... touche pas ! Tu te prends pour qui exactement ?

En fait, il est exactement comme Papsi.

— Écoutez Monsieur, je ne vais pas vous laisser crever ici. On est clairs ? Mourir est le cadet de mes soucis. J'aide ceux qui en ont besoin et vous ne faites pas exception à cette règle.

— J'ai l'air de faire pitié ? Mike, retire-moi cette folle devant moi.

Je me retourne et lance des éclairs. Là, je ne rigole pas du tout. Surtout que ce Mike est d'un ridicule. Qui se balade avec une arme à feu vide. Le chargeur déforme sa poche avant de pantalon.

— Vous faites des allergies ? Avez-vous une Ventoline ou des médicaments ? S'il vous plaît, respirez lentement.

Il m'attrape le cou pour essayer de m'étrangler. Dommage, dans son état, il n'arriverait pas à tuer une souris. Je lui tape les mains.

— Il est asthmatique, répond le Mike. Ah et diabétique. Il a déjà eu sa dose d'insuline.

— Une Ventoline ?

— Non.

— La ferme ! Tu es viré ! Je vais te tuer et exterminer toute ta famille, sale petit merdeux !

Je grimace. C'est typique des vieux, ils croient qu'avec l'âge et l'expérience, ils peuvent vaincre toute sorte de maladies et de problèmes.

— Il a surtout besoin de respirer.

— J'ai surtout une réunion à assister. Bouge petite. Tu te frottes à la mauvaise personne... (toux grasse). Je n'ai besoin de l'aide de personne. Tuez-la !

On dirait mon père. Qui est têtu comme ça ?

— Pour assister à une réunion, il faut être en bonne forme. Là, on dirait que vous êtes sur le point de vous asphyxier avec votre propre air. Alors soit vous restez avec moi, soit vous mourrez tout seul dans cet ascenseur parce que personne à part moi à le courage de vouloir aider un vieux aigri comme vous.

— En quoi ça vous regarde ?

— J'ai envie de vous en mettre une bien placée. Ne me chauffez pas et essayez de vous lever.

— Vous savez qui je suis ?!

— Non et à vrai dire, je m'en fiche, Monsieur. Parce que vous êtes idiot et têtu comme mon père.

Je passe son bras sous le mien. Je jette un regard à l'autre garde du corps pour qu'il m'aide à le soulever.

— À l'accueil, allez chercher une chaise et une bouteille d'eau, dis-je à Mike.

Les portes s'ouvrent sur le rez-de-chaussée. Les employés se précipitent hors de la cabine presque en courant. Ils ont vraiment peur d'un vieux ?

On me regarde comme si j'étais folle d'aider cet homme.

On se dépêche de sortir. Le froid nous frappe le visage mais c'est mieux que rien. Mike revient avec une chaise. J'aide l'homme à s'asseoir alors qu'il se tient le thorax. Je fouille dans mon sac et en sort une Ventoline que je me suis procurée récemment. Je ne l'ai pas encore utilisé. Ça pourra servir. Je lis vite fait la date de péremption, le secoue et enlève le bouchon avant de le placer au niveau de sa bouche. Il détourne la tête.

— Écoute Monsieur Grincheux, j'ai envie de déjeuner, je suis en manque de patience. Je suis venue travailler après presque 12 heures de vol ce matin. Soit t'inhales, soit je te force à inhaler.

Il persiste. Je m'agenouille devant lui. Lui pince les côtes. Il ouvre la bouche sous la surprise et je lui enfonce le truc dedans.

— On respire. Allez. Quatre inhalations.

Le coin gauche monte et tremble d'énervement.

— Je m'occupe de vous car si vous étiez mon père, j'aurais aimé qu'on lui vienne en aide. Vous n'avez pas l'air bien méchant, juste pas commode. Vous devez prendre soin de vous. Je m'excuse si j'ai été malpolie avec vous. C'est juste que... parfois lorsque quelqu'un est en danger de mort, il faut penser à ceux qu'on va laisser derrière nous s'il nous arrive quelque chose. Perso, je ne pourrai pas vivre sans mon père. C'est mon premier fan. Vous devez aussi être le fan de quelqu'un, non ?

Il se détend. Il respire à nouveau normalement et il reprend des couleurs.

— Ma fille. Je ferais n'importe quoi pour elle, dit-il froidement mais je perçois de l'amour quand il pense à elle.

— Eh bien voilà. Elle serait bien inquiète de vous voir dans cet état. Alors on va faire un deal, vous allez prendre rendez-vous chez un médecin, il vous prescrira le nécessaire. Et si par hasard, je vous revois, je vérifierai si vous avez vos médocs. Gare à vous si vous ne les avez pas, Monsieur! Ma colère en a déjà tué plus d'un. Plus que vous, je dirais.

Je ris toute seule. Je lui tends la bouteille. Il la prend sans hésiter.

— Tu es étonnante. Les gens fuient devant moi et toi, tu mets des coups de pression à des gens qui pourraient te tuer. Peu de personnes restent vivantes après m'avoir traité de vieux aigri.

— J'ai mauvais caractère. Et je suis plus têtue que le mot en lui-même. Gardez cette Ventoline près de vous. Vraiment. Prenez soin de vous, Monsieur Grincheux et Aigri.

Je lui souris. Je m'assure qu'il va mieux. Je le laisse là. Je crois même déceler une lueur d'amusement dans ses yeux.

J'ai vraiment décidé de jouer avec ma vie.

Chapitre 3

J e cherche Harry des yeux dans le lobby. Je me demande s'il n'a pas
fini par changer d'avis.

— T'étais où ? me demande Harry en m'attrapant par le bras.

— Toi, t'étais où ? Tu ne devineras jamais ce qu'il vient de m'arriver.

— Ouais et tu m'expliqueras aussi pourquoi tout le monde te
regarde comme si tu étais une héroïne en carton. On y va ? dit-il en
me proposant son bras.

Je sens une brûlure dans mon cou. Comme si on me regardait
intensément. Cette sensation, pourquoi j'ai l'impression de savoir de
qui il s'agit ?

Je lève la tête et en profite pour regarder autour de moi le plus
naturellement possible. J'accroche directement le regard avec Joshua.
Il m'appelle avec ses yeux. C'est assez tentant d'y répondre mais je ne
suis pas idiote. Je ne ferais rien sur mon lieu de travail. Encore, Harry
est une exception. C'est mon ami et si les gens veulent lancer des
rumeurs sur nous, les démentir ne nous prendraient que quelques

minutes. Mais lui, la tension est trop palpable et il continue de s'acharner contre moi, on ne va pas s'en sortir. Il est censé être fiancé et ne pas en train de la « tromper » avec celle qui est responsable de son audit. On pourrait croire à du soudoiement.

Je dois rester discrète. Qu'il aille plutôt réparer les pots cassés avec l'autre sorcière de Taylor.

Du coup, lorsque je le vois s'avancer dans notre direction, je resserre mon bras autour de celui d'Harry.

— On y va ? J'ai une faim de loup.

— Ouais on y va, beauté. Et je le fais parce que, visiblement, tu ne veux pas qu'il vienne déjeuner avec nous.

Je me tourne en vitesse vers lui.

— Tu l'as invité ?

— Ouais mais si tu ne veux pas, il ne nous en voudra pas si on part sans lui.

— Eh bien, t'attends quoi ? Emmène-moi !

Il rigole avant de m'entraîner dehors. On se promène dans la rue, sentant le froid jusqu'à l'os. Le froid ici est un tout autre délire. Il pose son manteau sur mes épaules. Je le remercie. Je me rassure en voyant son col roulé sous sa veste.

Mon esprit se tourne vers mes projets de passer un permis moto. Je lui demande s'il peut me recommander une auto-école pas loin. Il me donne un nom et une adresse dans laquelle il a passé son permis moto que je note dans un coin de ma tête.

— Tu critiques ma décapotable et toi, tu veux faire de la moto ? Ne me fais pas rire, Izzy.

— Les femmes ont droit de conduire une moto !

— Je n'ai pas dit le contraire, dit-il avant de tourner sa tête sur le côté et tousser.

Je le pince.

— J'ai juste un doute sur le fait que TU conduises.

Je tique.

— Comment ça le fait que JE conduise ? Je n'ai jamais tué qui que ce soit.

— Ça ne serait tardé, marmonna-t-il.

— Écoute le mouton blond, tu n'es jamais monté en voiture avec moi. Je roule aussi doucement et élégamment qu'une biche.

— En général, les biches se jettent sous les roues des voitures.

— Espèce de...

— Sinon, tu sais ce que tu vas prendre comme deux-roues ?

J'ai fait plein de recherches. Je n'ai rien trouvé qui me faisait craquer. J'ai cherché du côté des marques connues en France mais rien. Puis quand je me suis tournée vers les marques américaines, je suis tombée amoureuse. C'est la moto typique des motards honnêtement et je crois que, justement, c'est ce ue je voulais.

— Une Harley-Davidson Sportster S.

Il s'arrête de marcher et il se retourne vers moi choqué.

— Quoi ?

— Je croyais que t'allais te prendre un petit scooter rose rétro.

— Sale merde va ! Tu me vois sur un scooter, toi ?!

— C'est ce qu'il y a de plus sûr pour toi et pour ceux avec qui tu partageras la chaussée. Et puis, je ne m'attendais pas à ce que tu connaisses cette marque ni que tu aies un aussi bon goût. D'où tu sors cette idée ?

— Je vais tester mes limites, mon vieux. J'ai l'argent de mon divorce. J'ai placé la majorité dans une épargne pour me payer un appart et peut-être mettre de côté pour penser projet. L'autre partie, c'est pour le permis et la moto. Je compte profiter de ma vie à fond et je vais réaliser tous mes fantasmes maintenant que je suis libre. This is the American Dream, babe!

— Et donc, tu profites de ta liberté en voulant frôler la mort ? J'aime bien ta façon de penser, adhéra-t-il. Tapes-m'en cinq, sis.

Je le checke comme on le faisait à l'époque.

— Après, on ne va pas se mentir, c'est sexy les meufs sur des motos, avoua-t-il en léchant les lèvres excessivement.

Je pousse sa tête du plat de la main, loin de moi.

— Ah nan. La ferme, le mouton. Garde tes idées perverses pour quelqu'un qui est tout sauf sain d'esprit.

On arrive devant un brunch appelé Café Bonjour. On s'installe à une table et on commande directement. Je choisis mes œufs bénédict avec mon saumon fumée. Je ne sais pas si ici ç'a le même goût qu'en France mais il y a une première fois à tout.

— On peut reprendre notre conversation ?

— Si tu veux. Qu'est-ce que tu veux savoir ?

— Tout.

Il ricane.

— Toujours aussi honnête à ce que je vois.

— On ne change pas les vieilles habitudes.

Il prend quelques secondes pour mettre ses idées en place.

— C'est compliqué, Hazel. Beaucoup de choses se sont passées. Tu connais les grandes lignes de l'histoire.

Ouais, qu'après l'incident à Chicago, il a fui à Londres tout juste lorsqu'il est sorti d'hôpital. Qu'il ne pouvait plus jouer au foot. Je ne sais pas où il a habité mais de ce que j'ai compris, il y a rencontré l'autre serpent de Taylor. Que le père de celle-ci a payé les frais de scolarité de Joshua et qu'au fil des années, lui et Taylor sont sortis ensemble, elle l'a soutenu tout comme son père, Bob Martins a investi dans l'entreprise naissante de Joshua.

— Joshua est sous pression mais tu le sais déjà. La relation entre lui et Tully, il te l'a racontera lui-même. Je ne veux pas m'en mêler.

Tully ? Ah ouais ? M. D. R. Je dois me faire force pour ne pas grincer des dents. J'essaie d'imaginer qu'on parle de la femme de Gavin qui porte réellement ce surnom.

— Bob Martins touche à tout ce qui est illégal. Drogues, prostitution, jeux d'argent, trafics d'armes. Il est allé tellement loin qu'il en a perdu sa femme. Tuée dans une guerre de gang. Il n'avait pas eu d'enfant avec elle. Elle est morte, enceinte de 7 mois d'un garçon. Il est tombé au plus bas, jusqu'à ce qu'il rencontre une femme, elle est tombée enceinte. Ils se sont mariés. Elle lui a refourgué le bébé avant de disparaître. Ce bébé, c'est Tully. Cette farce a été son déclic et il a voulu tout arrêter. Il ne pouvait pas risquer la vie de Taylor comme avec celle de sa femme. Sauf que, ce connard, est emmêlé dans tout ça mais jusqu'au cul. Donc, pour s'en débarrasser, il doit légaliser ses affaires et blanchir son argent pour pouvoir le garder.

HASH Corp est une couverture. Il investit son argent sale jusqu'au dernier centime.

Pourquoi j'ai l'impression d'entendre quelque chose de familier ? Un truc me titille l'oreille mais je ne saurais mettre le doigt dessus. Et pourtant, c'est juste sous mon nez. Bref. Il investit afin que son argent ne soit pas gâché et il aura toujours une main mise dessus surtout si sa fille se marie avec lui. Il y aura un contrat de mariage qui stipulera que la moitié des biens de Joshua appartiendra à Taylor. C'est sûrement un génie incompris.

— Je ne sais pas ce qu'il s'est passé ce matin mais Taylor était folle furieuse et elle a fait venir son père. Là, il lui met la pression pour faire construire un clinique en France qui sera sous le nom de Taylor. L'emplacement d'un ancien cabinet d'expertise.

— Attends. Dans le 18 arrondissement ?

— Ouais, je crois.

— Vers Saint-Ouen ? Porte de Clignancourt ?

— Ça se dit pas « Clig and court » ?

Je manque de m'étouffer de rire. C'est vrai qu'en anglais le son « gn » n'existe mais quand même. C'est drôle de les entendre essayer de prononcer des mots français. Quant à Joshua, il a plus la haine contre lui que moi. Sa vengeance n'a rien d'enfantin. Il y va franco.

— Mais comment tu sais ?

— C'est l'emplacement du cabinet de Matthieu. Ils ont fait faillite.

— Ou alors on les a incité à partir, dit Harry. C'est assez facile de convaincre ces gens de céder leurs terrains. Ça devient plus facile pour nous de faire les démarches pour posséder cet endroit.

C'est vrai. Quand j'y pense, rien allait. Normalement, ils auraient dû envoyer, je ne sais pas, un chèque de dédommagement à Matthieu mais de ce que j'ai entendu, il n'en a pas eu. Plus je réfléchis, plus je me dis que c'est fait une exprès et que Joshua n'y est pas pour rien.

— Tu penses qu'il y a un moyen de les attraper ? Des rapports ? Des factures ? Pour discrimer et dénoncer les actes de Martins ?

Il me regarde, méfiant.

— Difficile à dire. Bob signe rarement des papiers en dehors des réunions du Conseil.

Il faut que je creuse. Que je trouve une faille.

— Izzy, je peux te poser une question ?

— Oui, vas-y.

— Pourquoi ?

Je fronce les sourcils, pas sûre de comprendre où il veut en venir.

— Pourquoi venir travailler à HASH Corp ? Je sais que tu as eu plein d'autres opportunités d'autres entreprises. Je te connais par cœur même après toutes ses années. Josh ne le voit pas mais je sais que tu es là pour quelque chose.

C'est pratiquement impossible de lui mentir. Il nous connaît beaucoup trop bien. Le langage corporel et lire les gens comme des livres ouverts est sa spécialité. Si seulement j'avais su qu'il était ici, je me serais mieux préparée. Sans mentir, c'est un des plus grands forceurs que je connaisse. Il ne m'aurait jamais lâché la grappe avant de m'avoir fait craché le morceau.

— Techniquement, je n'avais pas vraiment le choix en vrai. J'ai découvert il y a deux jours que je venais travailler ici. Mon cousin m'a prévenu assez tardivement et c'était trop tard pour refuser. Je lui avais lancé un défi. Et oui, tu as raison. Je suis là pour quelque chose, Harry. Mais pas pour les raisons que tu t'imagines.

— Je l'aurai deviné. Tu me fais passer un interrogatoire depuis ce matin.

La discrétion, on repassera.

— Je veux aider Joshua. L'aider comme il m'a aidé. Il ne mérite pas ça. Les personnes qui travaillent ici ne mérite pas ça non plus. Ce sont de milliers d'emplois qui sont menacés. Je suis humaine, je ne peux pas ignorer ça. Cette entreprise est le cœur même de Josh. Il a travaillé dur pour ça. Je ne suis pas sûre de pouvoir avancer, faire ma vie tout en sachant qu'il est dans une impasse et qu'il est dans l'incapacité de s'en sortir.

— Cette entreprise t'appartient d'une manière aussi, Izzy. Elle a été créée pour toi, ton nom figure dans le logo. Tu peux le dire, tu sais. Je ne te jugerai pas parce que tu en as tout à fait le droit. Tu te sens attachée à HASH.

— Je ne peux pas me sentir attachée. Je ne veux pas. Je n'en suis pas le pilier. Joshua, si. Ce n'est pas à moi.

— Tu l'es, insista-t-il.

— On peut ne pas batailler sur ça, s'il te plaît ? Je suis juste là pour l'aider à coincer ce Bobby et sa fille. Quoi de mieux qu'une experte-comptable. Je dois juste essayer de faire maintenir une distance à Joshua afin que Taylor cesse de douter de moi. Je dois agir rapidement tout en étant naturelle.

— Julian ?

Je ris, désabusée.

— Il m'aurait aidé, très certainement mais il aurait tourné tout ça à son avantage. L'esprit de compétition est un gros défaut chez lui.

— Ça ne dérangeait pas Taylor quand tu étais mariée.

Bingo !

— C'est une femme ! m'exclamai-je. Même avec tout le professionnalisme dont elle pourrait être dotée, voir son fiancé avec une autre ne la rassure pas. Je dois juste maintenir Joshua loin de moi. Je dois me trouver quelqu'un qui accepterait de jouer le jeu.

— Tu crois que Joshua va accepter de te voir au bras d'un homme ? T'es vraiment dérangée, ma parole, s'exclama-t-il en levant les yeux au ciel. Je crois que t'as oublié qu'il a les contacts nécessaires pour préméditer un meurtre dans le silence, sans se salir les mains. Tu vas le blesser. Il te veut. Vous êtes comme des aimants. Si l'un part, l'autre suit.

— Quitte à le blesser, tu vois une autre solution ? J'ai besoin d'agir sans avoir Taylor dans les pattes. Il me veut mais il est fiancé. Tant qu'il a cette femme près de lui, rien ne se passera entre lui et moi. Je vais continuer ma vie, rencontrer des hommes ou même des femmes si l'envie me prend, tiens. Mais je ne compte pas devenir celle avec laquelle on trompe une femme. Et là, je te rappelle qu'il ne s'agit pas que de nous. Et si on doit se sacrifier, qu'ainsi soit-il. Mais entre nous, je ne suis pas venue ici pour me lancer dans une relation alors que je viens d'en sortir d'une. J'aide seulement un ami. Un ami qui m'est cher. Il va devoir prendre sur lui. Et toi, tu as intérêt à garder ta bouche fermée, Harry.

Il mime un zip sur sa bouche.

— J'aimerais juste savoir s'il y aurait un moyen de transférer quelqu'un dans la clinique qu'il prévoit d'ouvrir en France. Tu peux te renseigner s'il y a des soins en psychiatrie prévus là-bas.

— Tu veux transférer qui ?

Mon cœur se serre.

— Quelqu'un de ma famille.

Ma famille.

— Qui ? Ta famille est partiellement saine d'esprit et en bonne santé. Qui est malade ? Ton grand-père? Ça ne m'étonnerais pas.

— Pas lui. Ma tante maternelle. Elle a besoin des meilleurs soins. Tiens-moi au courant. Je vais demander l'autorisation de ses enfants. Je ne veux pas prendre de décisions comme ça. Il s'agit de leur mère.

— La sœur de ta mère ? s'exclama-t-il un peu surpris. Bon. Je te dirais si j'ai des nouvelles.

Mon ventre se noue. Je suis rassurée mais je ne sais pas. Quelque chose me dit que les semaines à venir vont être difficiles mentalement et physiquement.

On vient déposer nos plats. L'odeur de saumon me monte au narine. D'habitude, je pourrais renifler cette odeur de poisson à longueur de journée mais là, c'est seulement de la bile qui remonte. Je me retourne et avise les toilettes court là où je peux vider mon estomac.

Le stress. La pression. Ces deux sentiments m'ont envahi bien avant que je pose le pied en France.

Franchement, je ne suis pas prête.

Chapitre 4

Ça va ? me demande Harry quand je reviens.

— Ça peut aller. Je pense que je vais juste prendre un wrap au poulet et une bouteille d'eau. Je suis sur les nerfs en ce moment et j'ai repensé à ce qu'a fait ma mère à sa petite sœur. Ça m'a juste... retourné l'estomac.

Je pousse mon entrée vers lui qu'il accepte avec plaisir. J'appelle la serveuse pour commander autre chose.

— Qu'est-ce qu'il s'est passé ?

Je lui raconte que ma mère était sortie avec le mari de sa sœur Lisa avant que ces deux derniers ne se connaissent. Tante Lisa aurait profité du fait qu'il faisait un break avec ma mère pour séduire Elliot, puisque tel est son nom. Il a laissé Lydia pour Lisa. Ils se sont mariés. Des années et des jumeaux plus tard, Lydia revient à la charge. Le pseudo-oncle Elliot trompe ma tante pour ma mère. Lisa part en dépression avec cette envie de mettre fin à sa vie. Sa propre sœur qui la harcelait. Lydia tombe enceinte et soutire l'argent qui était destiné à mes tout nouveaux cousins pour au final, avorter. Lisa n'a jamais reçu de pension alimentaire. Elle a élevé Tomas et Tristan jusqu'à leurs 14 ans, seule, puis elle a commencé à perdre la tête et 19 ans qu'elle est internée.

—Wow. Elle a besoin de plus que des soins là. Elle a besoin d'être entourée de ses propres enfants, pas enfermée entre quatre murs.

Je sais mais c'est comme ça. Si j'avais su plutôt, j'aurais été dans la même situation car il faut la permission des jumeaux. Et je ne les connais pas. La seule personne qui peut me venir en aide, c'est Léon.

— En-tout-cas, si tu as besoin d'une quelconque aide, tu me dis, Izzy. Je ne te le disais pas assez souvent mais tu as été une personne qui a beaucoup compté. Tu te comportes parfois comme une gamine capricieuse, mais tu as beaucoup d'amour à donner. Tu es loyale et on peut toujours compter sur toi en cas de besoin.

Je souris touchée par ses mots.

— Toi aussi, tu as beaucoup compté. C'est vrai que je n'ai pas gardé contact avec toi à cause de ce qu'il s'est passé. J'ai été injuste. Tu as été autant mon meilleur ami que Joshua. J'aurais dû être présente pour toi. Aujourd'hui, laisse-moi l'occasion de rectifier mon erreur. À partir de maintenant, on se serre les coudes. Deal ?

Il me tend son poing et je tends le mien aussi.

— Allez, raconte-moi ta vie.

— Je suis papa célibataire.

Je manque de m'étouffer.

— Pardon ??

Il explose de rire. Ne me faites pas croire que ce clown blond est père. Qui est le pauvre enfant qui a hérité d'un père aussi perché que Harry Brown ?

— Une fille, Ivy. Elle a 12 ans.

— 12 ans ? Mais on était encore au lycée ? C'est qui sa mère ? Maevis ?

— Nan. Sa meilleure amie, Eva Porter, la capitaine des cheerleaders.

Celle qui louchait sur Joshua sans manquer de me rabaisser au rang de larbin au passage ?

— Maevis paraissait être un meilleur choix.

— Ouais, jusqu'à ce que je fasse un black-out complet à une soirée et dans le lit d'Eva. Elle est tombée enceinte et n'a pas daigné une seule seconde de me le dire. Elle a accouché, elle me l'a jeté dans les bras avant de déménager à Jacksonville avec ses parents. Ivy passe les vacances là-bas. Je me fais lyncher parce qu'elle ne veut pas voir sa mère.

— Elles ne s'entendent pas bien ?

— Eva fait son possible pour regagner la confiance d'Ivy mais elle est très têtue et elle ne lui pardonne pas le fait qu'elle l'ait abandonnée. Eva est énormément prise par son boulot avec sa marque de cosmétique qu'elle a du mal à trouver un moment pour appeler sa fille. J'ai dû faire avec. Pas facile pour un père d'apprendre à une petite gamine qu'elle entre en période de pré-puberté, que ses seins grossissent, qu'elle a de l'acné sur le visage, que le sang qui coule entre ses jambes, ce sont ses règles.

— Elle les a déjà eues ?

— Ouais, il y a deux semaines. Je ne lui ai toujours pas expliqué. J'ai juste fait le plein de serviettes hygiéniques dans la salle de bain et lui ai montré après 14 essais comment on les mettait.

Pas facile du tout. J'avais ma sœur pour ça, cette petite Ivy n'a personne à part le fabuleux père qu'est Harry. Il est dépassé, mais je vois bien qu'il est fan d'elle.

— Si tu veux, je peux toujours t'aider, lui proposai-je.

— Tu me sauverais la vie. Je ne connais personne en qui j'ai assez confiance pour leur confier ma princesse. Elle est incroyable mais effroyable à la fois. Elle n'aime, en général, aucune femme que je rencontre. Sinon, sujet à part, tu comptes faire quoi ce soir ?

— Comme chaque année, rien. Je n'aime pas trop le fêter. Je vais juste pouvoir profiter de ce jour avec mon Papsi et c'est tout ce qui m'importe.

— C'est ennuyeux, Hazel. C'est tellement barbant. Peut-être qu'en France, les fêtes d'anniversaire sont nulles mais t'es à Boston, tu m'as moi. Comment ça, tu ne veux pas le fêter ?

Je croque dans mon wrap.

— I'm chilling, dude !

— C'est comme ça que tu te « détends » ? Hazel, non ! C'est un crime !

Je lui lance un mouchoir.

— Laisse-moi chiller comme bon me semble.

On finit nos déjeuners dans la bonne humeur. Je devais payer le déjeuner en guise de cadeau pour lui mais il a refusé en disant qu'il rigolait ce matin. On retourne au bureau, alors qu'il me raconte des anecdotes sur sa fille. Ivy est très spéciale. Renfermée sur elle face aux inconnus mais c'est une pépite qui ne demande que de l'attention. Il faut juste essayer de la dompter.

Il me raccompagne jusqu'à mon bureau. Dans l'ascenseur, je fixe le bouton de l'étage de Joshua. Je ne suis pas prête d'y remettre les pieds d'aussitôt.

Harry insiste pour me raccompagner jusqu'à mon bureau.

— T'es sûre de ne pas vouloir faire une fête ? Même une mini ?

— Non.

— Une micro ? dit-il d'une petite voix pour m'amadouer.

— Tu cherches juste une raison pour te saouler.

— Tu me connais si bien ! J'aime l'alcool, et les femmes. Mais surtout l'alcool.

— En général, c'est plus le contraire.

— Faut croire que je fais partie des exceptions.

N'importe quoi.

Je pousse la porte de mon bureau, une explosion retentit me faisant sursauter. Je ferme les yeux de peur. Des légers effleurements sur ma peau.

— Joyeux Anniversaire !

— Putain de merde !

Des confettis tombent sur moi. On commence à chanter autour de moi. Je vois Imogen allumer mes bougies d'un gâteau sur mon bureau. Je souris en voyant Ashleigh, Piper, Ju', Hina et étonnamment Vincent. Il y a Maxim et Yannis, mes collègues d'audit que je ne connais pas. Il y a d'autres personnes que je ne connais pas mais bon. Ils doivent travailler au même étage que nous.

Les Américaines que j'ai laissées ici me sautent dans les bras.

— Tu nous as manquées ! crie Hina.

— Vous aussi, vous m'avez manqué les poulettes.

C'était assez dur d'être sans elles. Ces filles sont une vraie bouffée d'air frais. Ma seule amie était ma meilleure amie Imogen. Puis j'ai rencontré mes collègues de VG, dont Pénélope. Mais de réelles copines avec qui je vais partager mon quotidien, sur qui je peux compter même depuis l'autre côté de l'océan, j'en avais jamais eu. Je l'ai peut-être déjà répété plusieurs fois mais être mariée m'a coupé de toute sociabilité.

— Déjà, bon anniversaire ! dit Ashleigh en m'embrassant.

— Mais avant tout, félicitations pour ce magnifique divorce ! ajoute Hina en enroulant son bras autour de mon cou.

Puis elle regarde mes cheveux.

— Je kiffe la couleur. On dirait une chasseuse.

— Et une bien sexy, renchérit Piper.

— Vous êtes bien folles.

Les autres dans la pièce viennent me saluer en me souhaitant un joyeux anniversaire. Puis vient le tour de Vincent. On se regarde avec un air gêné. Je me suis emportée quand ça n'avait pas lieu d'être et il n'a pas fait l'effort de vouloir me parler. J'ai pensé qu'il s'était mis d'accord avec Joshua pour me rapprocher de lui. Quelle idée ! Pourquoi ferait-il ça ? Patron ou pas, il a dit me considérer comme une amie proche. Sauf que la personne qui a le plus tort, c'est bien moi.

— Joyeux anniversaire, Hazel.

— Merci, Vincent.

— J'ai appris aussi pour Matthieu. Dommage qu'il finisse en taule. Je le jalousais un peu.

— Plus de Mathias alors ?

On ricane.

— Non, dit-il en soupirant. Sans rancune ?

— Sans rancune.

Il me prend dans ses bras.

— Faut que je t'avoue un truc.

— Hmm ?

— T'avais raison.

— De ?

— Tu te rappelles de ce que tu me reprochais de faire ? T'avais raison. Je me suis quelque peu mêlé à ta vie. Joshua m'a fait comprendre qu'il voulait te donner du travail... près de lui. J'ai accepté parce que je l'aime bien.

On se sépare de nos embrassades. Un sourire plaqué au visage mais dont la lèvre supérieure droite tique.

— Vincent...

J'avais raison depuis le début ! C'était un plan ! Sauf que ma colère d'autre fois a disparu. Je ne peux même pas être en colère contre lui. Un sourire malicieux se dessine sur sa bouche lorsqu'il regarde derrière moi.

Je ne le sens pas. Vincent part à reculons. Je sens sa présence à lui dans mon dos. Je rejoins mes amies sans me retourner.

— Fais un vœu, poulette, m'encourage Gina.

Je me penche au-dessus du gâteau. Je ferme les yeux.

Je souhaite avoir accès au bonheur. Je ne veux plus souffrir. Je souhaite que ma famille reste unie et que mes projets restent un succès. Je souhaite pouvoir refaire confiance à un homme. Et pouvoir sourire à nouveau avec une toute nouvelle joie de vivre dans ce tout nouveau départ, ici, à Boston.

Je souffle les bougies. Les applaudissements fusent autour de moi. On commence à me tendre les cadeaux. Je m'apprête à attraper celui d'Hina quand sa voix vibre tout près de mon oreille mais assez fort pour attirer l'attention de tout le monde.

— Je vous souhaite un joyeux anniversaire, Hazel. Et bienvenue parmi nous.

Je prends mon courage à deux mains et me retourne plaquant un sourire sans émotion sur le visage. Le genre professionnel et qui impose une énorme distance. Il me tend une grande boîte noire et un petit sac blanc.

— Pour vous remercier d'avoir fait de mon évènement un succès et d'avoir rejoint HASH Corp... à mes côtés.

Le sous-entendu ? Reçu cinq sur cinq. Mais ça ne marche pas comme ça.

— Je ne suis là seulement pour une courte durée. Ne vous inquiétez pas, je partirais aussi vite que je suis arrivée. Je ne vous dérangerais pas plus longtemps qu'il n'en est nécessaire. Vous devez être un homme plutôt occupé. Je vous remercie d'avoir pris du temps pour me donner ces cadeaux. Ce n'était pas nécessaire, Monsieur Miller.

Je prends les cadeaux et les pose nonchalamment sur mon bureau. Gina me jette un regard désapprobateur. Je sais ce que je fais. Je meurs d'envie d'ouvrir ces satanées boîtes. De découvrir ce qu'il m'a offert et de le serrer dans mes bras pour le remercier mais je dois, dès maintenant, imposer des limites. Il n'aura pas d'autres choix que de les respecter.

— Pourquoi vous jouez les inconnus professionnels ici ? s'exclame Harry. Vous êtes sérieux vous deux ?

La ferme ! La ferme ! La ferme !

— De quoi ? demande Ashleigh.

Le mouton qui va bientôt passer à la tondeuse vient derrière nous et passe ses bras autour des épaules de Joshua et moi.

— On se connaît déjà ! On était les meilleurs amis du monde du collège jusqu'au lycée.

Je lui pince les côtes.

— Izzy ? Tu connaissais déjà ton patron ? C'est ton meilleur pote ?

— C'était. Et toi, tu perds rien pour attendre, marmonnai-je à Harry.

— Profite du moment, bébé.

Les chuchotements deviennent des bruits de fond.

Et dire que je voulais me faire discrète. Je me rapproche d'Harry, et avec la pointe de mon talon, je lui écrase ses doigts de pied. Il grimace en se mordant la langue.

— Je t'avais dit que je voulais être discrète.

— Mes pauvres petits doigts de pied, dit-il en serrant les dents.

— Hazel.

Je lève la tête et croise le regard de mon tout nouveau patron. Je regarde autour de nous pour vérifier que personne nous regarde puis je chuchote.

— Non, Monsieur Miller. Vraiment. Pas maintenant.

— Tu ne peux pas me fuir indéfiniment.

— T'as bien réussi ces 11 dernières années. Et ce n'est pas une pique, ajoutai-je pour ne pas qu'il pense que je lui en veux encore. Juste un fait réel.

Je le contourne et vais rejoindre les autres pour couper le gâteau.

Je l'entends s'excuser et prendre congé. Mon cœur se remplit de tristesse. Gina le suit des yeux puis elle me regarde en secouant la tête, m'insultant silencieusement.

Tu crois que je ne me sens pas assez coupable là ? lui dis-je silencieusement en grimaçant.

T'as intérêt à avoir une bonne explication pour ton comportement, me fait-elle bien comprendre des yeux.

Je fais ça pour lui. Pas pour moi. Et si je dois m'attirer les foudres de tout le monde et bah tant pis.

***

Il est 19 heures. La majorité des employés ont déjà déserté. Julian est parti il y a quelques minutes avec les deux autres auditeurs.

Imogen et Ashleigh ont disparu et Vincent et Hina sont repartis travailler après avoir mangé le gâteau. Je dois être toute seule à cet étage.

La gestionnaire a déposé une pile de dossier sur mon bureau et des copies aux autres. Je n'ai pas fini de les éplucher mais il va falloir remettre ça à plus tard car la fatigue est en train de m'assommer.

Je réorganise mes affaires de façon à ce que demain, je puisse reprendre là où j'en suis restée aujourd'hui. En rangeant, mes yeux se posent sur la boîte noire laissée sur le fauteuil des visiteurs. Ma curiosité l'emporte sur tout. J'attrape la boîte par-dessus le bureau avant de me tourner, dos à la porte. Je pose mes fesses en bout de table et ouvre le paquet. Un sourire se pose sur ma bouche. Puis j'éclate de rire. C'est mon pyjama licorne. Tout propre, tout blanc et surtout bien sec. Ça sent plutôt bon l'adoucissant. Je le pose à côté de moi et je découvre une enveloppe. Il y a à l'intérieur trois photos. La première est une de moi, dormant bouche ouverte avec un filet de bave au coin des lèvres. Je me rappelle de notre petite soirée cinéma.

C'est pas mon meilleur profil.

Les deuxième et troisième photos me surprennent. L'une a été prise lorsque j'étais plus ou moins consciente de ma bêtise. Moi attirant Joshua vers moi par la cravate. Mes cheveux recouvrent la moitié de mon visage, laissant apercevoir seulement mes lèvres rouges. Ma tête est levée vers lui comme si je voulais l'embrasser. L'image est nette, sexy et l'angle de cette photo la rend plus magique. Par contre, la troisième photo est un carnage. Moi, faisant l'étoile de mer sur la glace de la patinoire, Joshua me traînant par les pieds. Je devais vraiment planer. Si seulement j'avais su que le champagne rendait aussi saoule.

Je ne me souviens pas de cette scène !

Je regarde ces deux photos. Personne ne croira que ça a été pris le même jour, à quelques minutes d'intervalle. Je ne peux que rire de la situation.

« Joyeux anniversaire Izzy. À un nouveau départ. Avec moins de champagne. Non parce que je te promets que j'ai sélectionné les meilleures photos les moins horribles parmi celles que le petit m'a envoyé.

Si tu les veux, demande-les moi. En privé.

P.S : la prochaine fois que je toque chez toi et que je trouve ton doudou dégueu, je le lave.

Josh. »

— Il n'oserait pas me faire ça ? dis-je à voix haute, outrée.

— On parie ?

Je sursaute. Je me retourne et je soupire.

— Putain ! jurai-je en français.

Il est là, assis sur le fauteuil de l'autre côté du bureau, la cheville droite sur son genou gauche, sa cravate a disparu pour faire place à quelques débuts de clavicule sur deux ou trois boutons ouverts de sa chemise. Confortablement assis, il me regarde, le bras reposé sur le dossier de l'autre chaise. Sa barbe brillant sous les lumières. Ses yeux percent mon âme, m'ordonnant d'arrêter de lutter. De lutter contre quoi ? Je ne sais pas. Mais c'est le genre de regard dominant qui veut nous obliger à baisser les yeux et à obéir.

SAUF QUE ! Si d'autres se plient à ses désirs tyranniques comme j'en ai souvent entendu parlé, je suis Hazel Stevenson, j'ai aussi du sang Alpha dans les veines, et je sais le dompter pour qu'il devienne un gentil petit chiot. Celui que moi seule connais.

Mon ventre se contracte. Je me racle la gorge et prends un ton professionnel en essayant de contrôler les tremblements de la voix.

— Qu'est-ce que vous faites là à cette heure-ci, Monsieur Miller ?

— Je vais vous proposer un test, Mademoiselle Stevenson. Pour m'assurer que vous ferez une bonne employée. Êtes-vous prête à prendre parti à ce test d'aptitude ? demanda-t-il en se redressant puis en ouvrant un bouton de sa chemise pour libérer un début de poils bruns.

J'avale ma salive de travers.

Je ne suis pas sûre d'en sortir gagnante ni indemne de ce test.

Sauvez-moi !

Chapitre 5

À cette heure-ci ? Un test d'aptitude ? Il n'est pas un peu trop tard pour ça ?

Je pose mes mains sur le bureau comme la maîtresse des lieux que je suis. Il se redresse puis se lève. Je ne bouge pas et ne le quitte pas des yeux. Aucun de nous rompt le contact visuel.

— Mon entreprise, je fixe les règles. Il n'y a pas d'heures pour vérifier si mes employés sont qualifiés pour leur poste.

Malgré le bureau qui nous sépare. Je peux sentir sa présence me toucher, me caresser. Ouais, nan, la tension est haute quand même. Je donnerais n'importe quoi pour plonger dans l'eau polluée de la Seine.

Non, Hazel. Ne tombe pas dans le panneau.

— Rectification. Je ne travaille pas pour vous. Vous avez besoin de nous. Pas du contraire.

— Je peux tout aussi bien vous renvoyer.

— Mais vous ne le ferez pas.

Le coin de ses lèvres se relève alors qu'il commence à faire le tour.

— C'est vrai.

Il est devant moi. Près tout en étant loin. Il attend. J'ai juste à faire un pas. Mais je ne le ferais pas.

— Alors, on peut remettre ça à demain ?

— Je ne pense pas avoir le temps.

Il fait un pas. Nos torses se touchent. Je dois me faire un torticolis pour le regarder dans les yeux. Sa main se lève et tâtonne le bureau. J'entends un clic. Je baisse les yeux et vois qu'il a appuyé sur un bouton sous le bureau.

— Qu'est-ce c'est ?

— Vitres tintées et floutées pour plus de confidentialité.

— Un hasard si j'ai ce bureau ?

— Un pur hasard, susurra-t-il.

Il tend sa main vers ma joue puis la laisse traîner sur mon épaule puis ma nuque avant de retomber sur ma clavicule. D'un doigt, il glisse vers ma poitrine, l'espace entre mes seins avant de le retirer. Il souffle sur mes cheveux. Le bien que ça me fait étant donné la température à laquelle monte mon corps.

Il approche encore plus comme pour me surplomber. Il passe ses lèvres sur ma joue. Ma mâchoire. Je fais un pas en arrière pour me soustraire mais il m'attrape fermement le bras.

— Laissez-moi.

— C'est comme ça que tu veux imposer une distance ? Être discrète ? Me fuir ? Regarde ton corps réagir au mien.

— Monsieur Miller, laissez-moi passer.

— Pourquoi tu fais ça ?

— Parce qu'il le faut. C'est pas compliqué à comprendre.

Il se rapproche encore jusqu'à respirer le même air que moi. Il butine mes lèvres sans pour autant m'embrasser et ça me frustre.

— Joshua.

— Hazel.

— Josh...

Qu'il finisse de m'achever !

— Test raté.

Je m'en serais doutée. Je recule et il me laisse faire.

— Ce n'est pas comme ça que tu y arriveras et je ne te faciliterai pas la tâche, Izzy.

— Et pourtant, tu devrais Joshua. Et ce n'est pas par rapport à ce matin. Je m'en fous de ça. Cette situation là, entre nous deux, ici, nos problèmes. Tu ne vois pas que rien ne va ?

— Et qu'est-ce qui ne va pas ? dit-il d'un coup en commençant à perdre son sang-froid. Non, dis-moi clairement le problème parce que je n'en vois aucun.

Pourquoi il complique les choses ? Il ne voit pas le problème ? Comment peut-on être aveugle ?

— J'ai fait une erreur en venant travailler ici mais j'en assume les conséquences aujourd'hui et je vais continuer ce pourquoi tu vais me payer. Ce matin, en te voyant avec Taylor, vous m'avez remis les pendules à l'heure. Je ne peux pas être avec toi. Rien n'est possible entre nous.

— Je te demande pardon ??

— Regarde ta situation, Joshua, deux secondes. Tu es fiancé. Fiancé ! Tu as une femme dans ta vie.

— Tu sais très bien que–

— Je sais que tu ne l'aimes pas, le coupai -je devinant ce qu'il allait dire. Et tout le tralala mais elle occupe encore le statut de ta future femme, elle est censée être la femme de ta vie. C'est ta meuf ! Elle est officielle, pas moi. Ce qu'on a fait vendredi était certes sous le coup de l'alcool mais ce n'était pas bien. Je refuse d'occuper le rôle de la maîtresse, de celle avec qui on va tromper une autre femme, je refuse d'être un bouc-émissaire parce que c'est ce que les gens verront et diront. Que tu as trompé Taylor avec moi alors que vous deviez vous marier. On me verra comme la toute fraîche divorcée qui cherchait combler un vide avec l'homme de quelqu'un d'autre.

Je lui tourne dos, imaginant cette scène. Le dégoût des gens. Les insultes. Il me retourne. Ses mains de fer me serrent les bras à m'en faire mal. Je sens sa détresse mais il doit s'éloigner. La moitié de ce que j'ai dit est une excuse pour qu'il comprenne qu'on doit arrêter afin que je puisse enquêter mais de l'autre, je lui communique ma peur. Car oui, quelque part, j'ai peur des répercussions.

— C'est faux ! Depuis quand tu te préoccupes de ce que l'on pense de toi ?

— Depuis toujours, Joshua. Même si je ne l'aime pas, aucune femme ne mérite de penser qu'elle ne suffit plus à son mec et donc qu'il a raison d'aller voir ailleurs. Non. Je ne veux pas. Je ne lui souhaite pas ça. J'ai toujours eu peur du regard des gens, j'ai peur des jugements. J'ai peur pour toi, et qu'à cause de moi, il y ait une possibilité que tu perdes de tout parce que ça arrange Taylor et son paternel. Et sans parler de tes soucis légaux à cause d'eux. Tant que tu ne te seras pas sorti de ces problèmes, toi et moi, c'est impossible et tu le sais.

— Ne te préoccupe pas de ça car tu n'en seras pas la cause. Ce qui devra arriver arrivera mais je ne te laisserai pas t'échapper. Pas encore. Ce sont mes soucis, je peux gérer. Taylor a déjà couché avec d'autres hommes, moi, je n'en veux qu'une et c'est toi. Où est le souci ?

Il a la tête dure celui-là !

— Elle a fait partie de ta vie ? Tu l'as aimé ? Joshua, si tu l'as estimé ne serait-ce qu'un peu, elle mérite ce respect. Ne tombe pas plus bas qu'elle. Je ne me pardonnerai jamais si tu perdais HASH Corp.

— Je ne veux pas, dit-il buté.

— Tu tiens à moi ?

— Oui.

— Tu me veux ?

Il me regarde sans sortir un mot et pourtant sa réponse est sortie silencieusement. C'est évident pour n'importe qui que c'est un oui pour lui.

— Sois libre. De Taylor, de Bob Martins, des trucs illégaux. Libère-toi de tout ça. C'est tout ce que je te demande. Mais en attendant que ça se fasse, je suis aussi libre que toi de voir qui je veux, quand je veux tant que t'es avec elle. Je refuse d'être dans son ombre. Après ce que je viens de vivre, je mérite un peu de tranquillité et d'être heureuse, tu ne crois pas ? On peut rester amis, essayer d'être à nouveau meilleurs amis comme avant.

Il rit jaune.

— Amis ? Même toi, tu n'y crois pas.

Je lève les yeux au ciel en me laissant tomber sur le divan noir derrière lui.

— Ouais bah j'essaie d'y croire. Ne fous pas mes espoirs en l'air, Joshua. Tu ne m'aides pas là.

Il s'avachit à côté de moi.

— J'aurais dû savoir ça mais je pensais que t'allais réussir à passer outre, souffla-t-il.

— Quelle genre de femme pourrait ? Sérieux ? Je me sens extrêmement mal pour elle. Et je me sens coupable vis à vis d'elle. J'ai l'impression de ressembler à ma mère.

— T'es bien gentille. Trop même car Taylor ne ferait pas ça pour toi. Elle ne sentirait pas un once de regret.

— Pas à ce point ?

Il ne répond pas. Je le regarde, il me fixe en biais sans rien dire en mode « Qu'est-ce que tu crois ? Qu'elle va t'acheter des fleurs ? Elle t'assassinerai si l'occasion se présentait ».

— Quand bien même, elle ne le ferait pas pour moi, je ne suis pas ce genre de personne.

Il ne parle plus. Il regarde un point invisible devant lui.

Et bah putain. Je suis dans la solidarité féminité dans la limite du raisonnable. Mais elle, elle serait capable de me laisser crever même si je la sauvais. Sauf que je ne suis pas mauvaise. J'aide du mieux que je peux sans rien demander en retour. Ce n'est pas pour autant que je baie tendre coup pour coup. Ce n'est pas ma façon de faire.

— Deal.

Il me sort de mes pensées.

— Hmmm ?

— Je te laisse tranquille jusqu'à ce que je me débarrasse d'elle.

— Attends, je n'ai pas dit débarrasser...

— Je vais me débarrasser d'elle, Hazel comme tu veux mais ne crois pas que je vais te laisser en paix. Je peux me déguiser en canard, courir à poils pour toi mais je sais aussi provoquer, venger et faire regretter.

Oh... merde.

— Mon entreprise, mes règles. Tant que tu seras là, tu ne seras jamais tranquille et je compte bien te faire regretter cette décision de la pire des manières, Stevenson.

Sans que je m'y attende, il m'attire à lui et suce la peau tendre de mon cou férocement. Je le pousse en portant la main à l'endroit où il a posé sa bouche. C'est assez douloureux.

— Un cadeau pour ne pas que tu oublies ce dont je suis capable. Viens, je te ramène.

Je ne m'en remets pas. Je me lève et attrape mon téléphone. Je regarde mon cou dans le reflet et y vois un gros suçon. Bien violet.

Et comment je vais cacher ça moi pour demain ?!

***

En rentrant, il me raccompagne jusqu'en haut. Je sors mes clés et l'introduit dans la serrure. Je sens toujours sa présence derrière moi. Il ne rentre pas chez lui ? Je lui pose la question silencieusement.

— Je dois parler avec Oliver.

Il est 20 heures. De quoi peut-il vouloir lui parler ? Je ne veux pas l'avoir dans les parages. Pas avec sa menace qui plane.

Je pousse la porte.

— HAPPY BIRTHDAY !!!

Je saute en arrière. Encore ? Joshua me rattrape. Je le vois sourire. Et merde ! Je déteste les surprises qui donnent des arrêts cardiaques.

Mon père me saute dessus. Je le câline fort. C'est mon Papsi et il est celui qui m'a le plus manqué. Je suis une vraie fille à son papa. Je retrouve dans le salon, ma petite bande copine, mes trois cousins avec Will, Hermionne et Kenneth en visio depuis la France et Mamie Phoebs.

J'en déduis que même pour mon anniversaire, Carlson n'a pas su mettre sa fierté et sa querelle avec Papsi de côté de pour sa petite-fille. Mon premier anniversaire à Boston avec toute la famille, sauf lui et mes oncles. J'ai arrêté de les en vouloir pour ça mais quand même. Je ne demande pas la lune.

— Joyeux anniversaire, me souhaita-t-il en me frôlant le bras.

C'est lui qui a organisé tout ça ? Comment résister à ce genre d'homme entreprenant ?

Et pourtant, c'est ce que je vais faire même s'il n'est pas content.

Chapitre 6

D imanche 13 février - 10 h 22

Boston a revêtu son plus beau et élégant manteau blanc.
Si, lorsque nous sommes revenus de Paris, il y avait du verglas, ces
derniers jours ont été très froid. De la neige, de la neige et encore de la
neige. Tellement qu'il en est impossible de sortir sans une doudoune
ou des gants en laine. J'aime ce temps. En France, cela fait bien
des années qu'il ne neige pas, surtout en Île-De-France. J'aime cette
ambiance.

Le lendemain de mon anniversaire, on était tous sous la piaule.
Par-là, je veux dire qu'on avait tous la gueule de bois. Tous sauf Josh
et moi. Le jour de mon anniversaire, j'ai dû jouer les chaperons en sa
compagnie. Reconduire ma grand-mère chez elle tandis qu'il traînait
les cousins dans son appart à côté. Se battre avec un Elijah bourré,
c'est pire que tout. Débattre avec un Julian bourré, c'est parler avec
un arnaqueur 2.0 buté et arrogant. Et parler avec Chris, bah, c'est
parler soit à un mur, soit parler chiffres, travail, politique. Les trucs

ennuyants qui font de lui un homme très sérieux. Mais jamais je n'aurais pensé qu'il avait la descente aussi facile. Et puis mon père qui se lamentait de voir sa fille grandir et quitter le bercail.

Dramaturge mais jusqu'à l'os ! Je dors encore chez mon père à l'âge de 27 ans. Il n'y a rien de bien grave.

Et puis les filles qui se sont endormies comme des masses sur mon lit.

Au réveil, j'ai eu des remerciements des filles mais je ne peux pas en dire de Joshua qui s'est fait insulter par Elijah et Julian. Et encore, Chris a eu la décence de ranger le carnage laissé par ses semblables et de laisser un petit mot avant de partir au petit matin. Je ne sais pas comment il fait pour être aussi matinal après une gueule de bois.

C'est encore difficile de croire qu'Eli et lui sont frères.

Depuis ce matin, — oui, ici on travaille aussi les week-ends dont les dimanches — l'air de mon bureau transpire la testostérone. De vrais bouledogues. On vient de flairer un truc louche dans les factures annuels. On essaie de comparer avec les reçus mais tout est vraiment minutieux et il faut refaire les calculs avant de comparer avec les dépenses des autres années.

J'AI trouvé cette anomalie mais ces sales cabots flairent mieux l'argent que l'odeur de leur propre caleçon. Ils ont décidé de venir « m'aider ». Mais je ne peux pas laisser faire. J'ai toujours le pari de Julian en tête et je dois trouver cette erreur avant d'en faire part à Joshua.

Ce serait la première fois en 6 jours qu'on se verrait. Il n'a rien tenté pour l'instant mais je reste énormément sur mes gardes. Plus il tarde, plus j'appréhende. J'aurais préféré qu'il agisse au plus vite comme ça, j'en suis débarrassée. Sauf que j'oubliais que je n'avais pas affaire avec n'importe qui mais avec un fan de mon père. S'il est poli, simple et modeste comme son père Andy, il a pris le mauvais côté de mon père à force de traîner avec nous, enfin, avec lui. Il a ce petit côté Stevenson transmis par Oliver quand il s'agit de vengeance. Très sexy au premier abord, mais quand on le connaît vraiment, son côté sombre impulsif ressort en même temps. J'ai déjà vu les dégâts au collège, pire, au lycée aussi. En général, ce n'était jamais contre moi. C'était même les seuls moments où les gens savaient que j'existais, que j'étais sa meilleure amie – et pas juste l'amie invisible tapie sous son ombre – et donc, ils accouraient vers moi pour que je le calme... à chaque fois. Étonnamment, ça marchait.

Et quand je serais la victime, qui le calmera pour moi ?

Sûrement pas Harry. Dans ces moments, la blondinette disparaît à chaque fois. « C'est pas mon soucis, les gars ! » C'est ce qu'il disait tout le temps quand Joshua refaisait le portrait à quelqu'un. La plupart du temps, la raison était qu'on s'en prenait à moi ou que l'on se moquait de moi. Pour le coup, je ne savais pas du tout qu'il m'aimait plus que je ne pensais avant.

— Allô la terre, j'appelle Hazel ?

— Quoi ?!

— M'agresse pas, p'tite sœur.

Je souffle. Faut que j'arrête de me torturer le cerveau.

— Qu'est-ce qu'il y a, Julian ?

Il m'a l'air préoccupé.

— Pendant que tu rêvais, on a fini les calculs, il faut les comparer aux recettes et dépenses des quatre dernières années. Bon..., comme je ne pense pas que tu trouveras aujourd'hui quelque chose de concluant, si tu vois ce que je veux dire...

Bien sûr que je vois ce qu'il veut dire... Un vrai rat celui-là !

— Je vais devoir vous laisser, j'ai une urgence.

— Quelle urgence ?

— J'ai ma meuf qui tape une crise de nerf. Elle a saccagé ma salle de bain. Elle n'est pas folle, ne t'inquiète pas, précisa-t-il. Disons qu'elle essaie de gérer ses problèmes différemment.

Mouais...

— Et deuxio, je suis beaucoup trop inquiet pour Hermionne, Izzy. Elle m'a appelé ce matin, elle avait l'air bizarre et stressée. Elle n'a pas voulu me dire ce qu'il se passait. Je lui ai dit de t'appeler si elle ne veut rien me dire. Donc, sœurette, si d'ici deux heures, elle ne t'a pas appelé ou elle ne m'a pas envoyé un message, je prends un vol pour New York dans la seconde.

La Fashion Week !

— Je vais essayer de me renseigner auprès de contact à la FW et je te tiens au courant, le rassura-t-il.

— Si tu prends un vol, rajoute une place pour moi. Je vais appeler Kenneth. Peut-être qu'il saura quelque chose.

— Kenneth ? Pourquoi lui ?

— Va voir ta chérie plutôt, Ju'. Tu me diras qui a fait chavirer le cœur de mon très cher cousin.

— Je préfère grand frère. Pas « Ju' ». Ah, et préviens quand même Monsieur Miller. Je l'ai prévenu à l'avance. Fais de même. Si ça ne vous dérange pas les gars ?

— Non, pas du tout, dit Maxim.

— Ah nous les primes ouais ! renchérit Yannis.

Il agite son mini drapeau d'Algérie. Ce qui finit de m'exaspérer.

Yannis et Maxim se remettent au travail quand Julian quitte les lieux.

J'envoie un message à Kenneth, qui est rentré voilà trois jours. Qui a débarqué chez moi pour récupérer les clés de son bar que j'ai dû refaire chez un serrurier. (D'ailleurs, son bar est plus classe que ce que je pensais.) Je m'attendais à le voir désagréable et à ce qu'il m'en veuille encore mais il avait l'air sur un nuage. Il s'est vraiment épris d'Hermionne. Normalement, cela veut dire qu'Hermionne allait bien quand il est parti.

J'essaie tout de même d'appeler en FaceTime ma sœur, en vain.

— Réponds-moi, bon sang...

J'ai un mauvais pressentiment. Je fais faire comme Julian a dit. Je vais attendre deux heures et voir si elle me rappelle. Je replonge dans ma tâche.

Une heure passe.

Quelque chose cloche. Les dépenses liées à l'événement des cinq ans de HASH Corp sont beaucoup plus supérieurs que la norme. Et dans « norme », je veux dire que ça ne correspond pas. Joshua a engagé VG Évènements pour la totalité de l'organisation. Des plus petits détails aux plus grands, c'est nous qui avons géré. Je me sou-

viens qu'on nous avait donné le feu vert, CERTES ! Mais j'ai fait extrêmement attention au budget. D'ailleurs, je m'en suis occupée avec
Kurt et nos banquiers. J'ai conservé tous les reçus. Mais maintenant
que j'y pense, certains ne sont pas présents. Pas n'importe lesquels.
Les reçus d'achats qui n'ont pas vraiment de valeur comme des fleurs
ou des décorations ont disparus.

Si les calculs sont bien corrects, nous avons dépensés pas plus 750
000 $ plus les intérêts et les déplacements compris. Nous n'avons
pas dépassé les millions comme ferait d'autres organisations. Alors,
pourquoi diable les dépenses sont notés à 2,3 millions de dollars ?
D'où sortent les 1,55 millions en plus ?

Il y a des partenariats dont je ne reconnais pas les noms.

Ça ressemble à du blanchiment d'argent. De l'argent utilisé puis
des dons à des associations, des investissements faits ce jour-là pour
la construction d'un bâtiment dont le lieu n'est pas mentionné.

Si ça, ce n'est pas louche, c'est quoi alors ?

En bas de la page, il y a la signature du comptable qui a validé les
comptes et la signature de Taylor à la place de Joshua.

Ma paume part frapper mon front. Comment peut-on être aussi
idiote ? Les chiffres sont incohérents. Rien ne va. Et puis, pourquoi
une simple directrice de filiale, précisément marketing, non pas pour
dénigrer mais pourquoi signerait-elle ça ? C'est à Joshua de les signer
et de ce que je sache, Taylor et lui ne sont pas mariés donc elle n'a
aucun droit sur les comptes, les gestions, la comptabilité. Aucun
droit sur rien. Je ne pense pas qu'elle soit actionnaire ou un rang
au-dessus de son pseudo-fiancé. Son père, Bob fait peut-être parti du

conseil machin chouette mais elle ne possède pas cette entreprise. Pas légalement. Elle a sûrement des actions mais ça ne veut rien dire. À part donner son accord, elle ne peut rien faire d'autre.

Ce qui veut donc dire, qu'avec ces preuves, Taylor peut être soupçonnée de blanchir de l'argent. Mais ce ne serait pas suffisant. Je suis assez intelligente pour comprendre que Taylor n'est qu'un pion et que le véritable problème est sous la forme de son paternel. Il faut quelque qui touche directement ou indirectement XV 15 et Bob Martins. Mais avant tout, j'ai besoin de réponse. De lui et d'elle. Commençons par la plus compliquée des réponses.

Quelque chose me fait rire intérieurement. C'était beaucoup trop bien caché. N'importe quel autre audit n'aurait pas pu remarquer cette erreur. Je rigole parce que je connais VG Évènements et j'ai organisé tout ça donc je connais mon sujet par cœur. Les planners, lorsqu'on leur laisse des libertés sur les budgets, surtout aux États-Unis, ils ne lésinent pas et ils dépensent comme si l'entreprise était leur Sugar Daddy. Lorsque je suis en charge d'un événement, je fais énormément d'économies et je fixe des limites. Mon objectif n'est pas de liquider mes clients juste pour un anniversaire, nom de Dieu.

Ils n'ont pas de chance d'être tombés sur moi.

J'attrape les feuilles et ma tablette.

— Tu vas où ? me demande Yannis. Ne me dis pas que—

— Ne pose pas trop de questions. Si Ju' appelle, dis-oui sue j'ai gagné le pari mais que je vous fais cadeau de la prime. L'essentiel est qu'il me paie un appart aux Four Seasons.

Maxim recrache son café sur son ordi.

— Four Seasons ?! Je sais que dans ce monde il y a des gens riches, mais riches comme ça ?!

Oui, je place la barre haute. Je mérite cet appart gratos. J'ai toujours rêvé de visiter cette chaîne d'hôtels de luxe. Je ne cherche pas à goûter à la vie de riche. Loin de là, mais c'est un petit plaisir, je me permets de faire ce caprice. On a tous un souhait caché. Eh bien, ça, c'est le mien. « La piaule des bourgeois qui se torchent le cul avec des billets de $100 » comme dirait Hermionne.

Non, je rigole. Je ne veux pas de cet appart au Four Seasons. C'était seulement pour que Julian accepte ce challenge en plaçant la barre haute. Je voulais juste passer du temps avec lui et partager quelque chose avec lui. J'essaie de renouer avec ma famille. Et je sais que ça lui fait plaisir. Il aime son travail, autant passer par ce domaine. C'est son terrain de jeu favori.

Je lui dirais que je n'ai jamais voulu cet appart. Il est vrai qu'on a tous un souhait caché mais le mien est mille fois plus simple que ça. Je veux sûrement essayer du luxe mais je ne souhaite pas y vivre. Je ne serais jamais à l'aise dans ce monde de richesse. Si je pouvais vivre dans une maison de campagne, ça me conviendrait parfaitement. J'épargnerai l'argent dans un compte et le laisserait pour les futurs enfants.

Un enfant. Je souris à cette pensée. C'est mon rêve d'en avoir. Je rêve de jouer l'enfant avec mon enfant. Je lui donnerai tout mon amour, mon attention et le protègerai de toute mon âme. Je nourris cette obsession de ne jamais devenir comme Lydia.

Je suis en route vers l'ascenseur quand...

Ploc.

Ploc.

Ploc.

Trois gouttes tombent sur mon front.

Hein ?

Je m'arrête en plein milieu du couloir. J'entends un craquement. Je lève la tête. Mon cerveau ne comprend pas mais mes jambes ont plus de réflexe. J'avance en vitesse vers l'ascenseur, le craquement violent redouble et le plafond s'effondre derrière moi. Je regarde droit devant moi avant de me retourner.

— C'est quoi ce délire ?

De l'eau tombe du plafond et un trou béant y réside.

O. K.

Si je m'y attendais.

— Ça va ? me demande Maxim en sortant la tête.

Les employés se précipitent hors de leurs bureaux pour voir ce qu'il se passe. J'en entends qui râlent des :

— Encore ?

Comment ça « encore » ? C'est déjà arrivé auparavant ? Et puis, ça m'étonne. Ce bâtiment est censé être révisé, vérifié chaque semaine. Et s'il y'a un problème, les réparations sont effectués les jours qui suivent. D'ailleurs, vu que c'est un bâtiment de « business », on va dire, c'est la commune qui paie les réparations, non ? Je prends quand même l'ascenseur avec la prière que je ne resterai pas bloquée à l'intérieur.

J'appuie au quarantième étage. Mon esprit divague et mon inquiétude prend de la place. Je me demande comment ma sœur. Elle est en a rêvé de ce jour. Ce rêve d'aller à la Fashion Week et avoir l'occasion de présenter ses créations à de grands créateurs. Elle est créative, unique. Elle sait se démarquer. Quel idiot ne verrait pas à quel point Hermionne est talentueuse, ambitieuse et déterminée.

Je lutterais contre toutes les personnes qui jureront le contraire.

Mon cœur s'arrête quand je me rends compte que je suis désormais seule dans l'ascenseur. La seule qui monte au quarantième.

Non. Et surtout, ce que je ne m'attendais pas à voir, c'est la piscine d'eau couler à mes pieds. Comment ? Parce que l'ascenseur est bloqué entre deux étages, que les portes sont entrouvertes en haut et que j'y suis coincée à l'intérieur.

Évidemment, mes prières n'ont pas été entendues.

Chapitre 7

Le courant est coupé. Il fait sombre dans cette cabine. Ma seule source de lumière est le reflet du carrelage reflétant le jour au quarantième. Je ne suis pas assez grande pour pouvoir grimper et m'échapper par cette issue, même avec les escarpins. Je commence à étouffer. Je me sens oppressée alors que la cabine est largement grande. Être seule, dans cet endroit sombre avec la pensée d'être bloquée me fait un peu paniquer que j'en ai du mal à respirer.

Je vois des pieds devant l'ascenseur. Je frappe contre les portes de celle-ci.

— Il y a quelqu'un ? À l'aide ! Je suis coincée dans l'ascenseur !

— Madame ? Vous allez bien ? me demande quelqu'un.

— J'ai... j'ai du mal à... respirer... Vous pouvez me sortir de là ? S'il vous plaît ?

— Nous allons aller chercher de l'aide, dit quelqu'un d'autre.

— Votre nom, s'il vous plaît. Respirez. Prenez lentement votre inspiration. Êtes-vous asthmatique ? demande à nouveau la première voix.

— Hazel Steve... Stevenson... Non, je ne suis pas asthmatique mais je fais des crises de panique.

— D'accord, Hazel. Moi, c'est Sammy. On m'appelle Sam. J'ai besoin que vous vous relaxiez. Que vous restiez avec moi et que vous restiez saine d'esprit. Je ne suis pas sûr de savoir dealer avec des fous.

Je ris.

— Seuls les fous dealent.

— C'est vrai, ria-t-il à son tour.

Je vois sa main dépasser pour me tendre une bouteille d'eau. Je le remercie.

— Avez-vous un traitement ou un inhalateur ?

— Je n'ai pas mon sac avec moi. Ça va prendre combien de temps avant que quelqu'un se manifeste pour me sortir d'ici ?

— En général, un à deux jours ouvrés.

— Mais on est dimanche !

— Ah oui, c'est vrai !

Il se moque vraiment de moi ? Il ricane. Oui, bien sûr qu'il se fout de moi. Enfin, qui ne le ferait pas ? Il a un humour qui me plaît bien. Je me demande à quoi il ressemble.

— Venez, essayez de me tendre votre main.

— Y a de l'eau qui coule.

— Vous n'avez pas vraiment le choix.

— J'ai un appareil électronique.

— Donnez-le-moi.

Je saute et arrive à faire glisser ma tablette et le dossier par-dessus.

— Elle est où ?! rugit une voix que je connais extrêmement bien.

Des pas précipités et il est là.

— Hazel ? T— Vous êtes là ?

— Oui.

— Elle a du mal à respirer, dit Sam.

— La Vento ?

— Elle n'a pas son sac.

Je suis prise d'une quinte de toux sèche.

— Elle est pas croyable ! Comment peut-on être irresponsable ? Vous devez l'avoir avec vous en permanence !

Je sens la détresse. Ce n'est pas le fait que je sois coincée ici qui le dérange, c'est le fait que récemment, j'ai des crises de panique pour un rien et j'ai été maladroite. Il montre son inquiétude en me blâmant. Je ne le prends pas du tout mal.

Selon lui.

Je commence à avoir tout d'un coup chaud.Des gros bruits contre les portes de l'ascenseur au-dessus de moi alors que je sens la cabine trembler. Je me sens trop oppressée. Comme si on cherchait à m'engloutir dans ces ténèbres. Mon cerveau s'embrume beaucoup trop vite.

— Josh... Joshua..., l'appellai-je faiblement.

Mes jambes ne tiennent plus debout, au point où je m'effondre au sol. Je vois de façon flou les portes s'ouvrir violemment et une figure pencher son corps.

— Hazel !

La sueur perle mon front et mes yeux se ferment tout seul. J'entends juste des voix en arrière-plan et un autre timbre de voix se rapprocher de moi. Quelque chose tombe à côté de moi. On soulève ma tête.

— Faites attention Monsieur.

— Izzy. Ouvre les yeux. Je vais te remonter.

— J'ai chaud...

Il touche mon front.

— Tiens bon, s'il te plait, me rassura-t-il. Lève-toi et monte sur mon dos.

Il m'aide à me relever. J'ouvre difficilement les yeux. Il est accroupi devant moi. Je m'allonge et m'accroche à lui tel un koala.

— L'échelle !

Il sent tellement bon. Il sent la sueur mais pas celle qui pue, ou ma sueur actuellement. Non, il sent l'effort. Il sent aussi le shampooing, le gel douche et ce parfum. Le fameux parfum qui me rappelle tant de souvenirs. Des souvenirs des tacos que j'aurais pu m'acheter si j'avais été une vraie crevarde. « Kenzo». Mais je ne sais pas, je le vois désormais avec un autre parfum. Celui-là appartient à un mec qui venait de fêter ses 18 ans en plein mois de mai. 15 mai. Il lui faut quelque chose qui ressemble à l'homme qu'il est devenu. Et pourtant, celui-ci lui va comme un gant.

Je connais si bien ce qui lui va, moi ? Je ricane en y pensant.

— Tu commences à délirer ?

Je secoue la tête.

— Tu sens bon.

— Elle délire pour de bon, déclara-t-il.

N'importe quoi.

— J'expose juste un fait. Tu sens bon. J'aurais préféré que tu pues. J'aurais une raison de plus de rester éloignée de toi.

— C'est si compliqué que ça ? Je te suis si irrésistible ?

Je hoche la tête sans réfléchir. Il rigole.

— Si seulement j'avais su, marmonna-t-il. Maintenez les portes ouvertes ! Je monte ! Toi, tiens-toi bien. Étouffe-moi s'il faut. Si tu tombes, je ne reviens pas te chercher.

— Bien sûr que tu reviendras. Tu reviens toujours.

Il grogne. Il ne serait jamais capable de me laisser là. Il a déjà fait cette erreur. Il ne compte pas la refaire. Je le sais ça. Au final, je l'écoute et je l'étouffe bien comme il faut et avec la bonne technique.

Arrivés en haut, il me dépose au sol deux seconds avant de me soulever et de m'emmener.

— Appelle un médecin, Sammy et trouve-moi son sac au trente-troisième, son cousin, Julian Stevenson et Bryan.

— Il n'est pas là.

— Je sais mais il va revenir en sachant que vous êtes malade. Sam, vas-y. Perla ! De la glace et de la cannelle brute s'il te plaît !

De retour au vouvoiement ?

— T'inquiète, je reviens, dit Sam.

Je vois enfin le visage du fameux Sam. Je suis surprise. Ce n'est pas l'homme discret qui accompagnait Joshua quand on était parties en boîte avec les filles ? Même il me paraissait familier. Il est châtain aux yeux noirs. Il est grand et élancé. Il a une légère carrure carrée mais il est très charmant. Comparé à la première fois que je l'ai vu, il m'avait l'air d'être toujours sérieux, morose, déprimant, comme si on lui avait annoncé que son chat venait de se faire renverser. Là, il a l'air de quelqu'un d'enjoué, de tendre et d'attentionné. Il n'a qu'à voir la façon dont il me regarde avec inquiétude.

— Ça va ?

— J'ai vécu pire comme situation.

Je me remémore les images de cette soirée. Je viens de réaliser un truc. Avec Joshua, il y avait Sam, un autre italien aux cheveux en bataille auquel j'avais comparé à un porc épique et un blond en costume. Le blond en question, c'était Harry ! Pourquoi il n'a rien dit ?!

— Vous autres, retournez travailler, leur ordonne Joshua. La situation est sous contrôle.

— Y a plus important.

— Comme ?

Hermionne ou sa copine. Mais plus Hermionne.

— Rien.

Il m'emporte dans son bureau. Ses pieds font des bruits de mouillés. Je regarde par-dessus son épaule. Il y a de l'eau partout. Il me pose sur un divan. On toque à la porte. Une petite dame aux airs de gouvernante débarque en me jetant un œil méfiant puis comme si elle réalisait quelque chose, elle se radoucit. Les cheveux grisonnants, attachés dans un chignon strict et un tailleur gris qui n'améliore visiblement pas son humeur. Derrière elle, Sam arrive avec mon sac, le téléphone vissé à l'oreille. Il me fait une révérence en s'assurant que j'aille bien avant de s'éclipser.

— Bryan !

— Oui, boss ?

— C'est quoi ça ? C'est la troisième fois en seulement deux mois.

— Je sais mais la compagnie engagée nous dit que tout a été réparé et qu'à ce jour, ils n'ont pas reçus de paiement.

— Gère-moi ça comme tu peux. Je veux des réparations avec de réels résultats. Je vérifierais ça moi-même. Quant aux paiements, vois ça avec les RH. Je veux savoir ce qu'il se passe. Et dis à cette compagnie que s'il n'y a pas de changements d'ici vendredi prochain, je devrais porter plainte contre leur entreprise. En attendant, fais évacuer nos équipes et préviens les autres entreprises des autres étages.

— Bien. Hum, Monsieur ? Il y a des nouvelles de Mackovksi et de son audit.

— D'accord. Je t'appellerai. On en parlera plus tard.

— Oui, Monsieur Miller.

Il a cette autorité naturelle chez lui, c'est déconcertant, déstabilisant et sex–

Reprends-toi Hazel ! T'es pas là pour ça ! Laisse ce Viking tranquille et concentre-toi !

Difficile lorsqu'on est indéniablement attiré par cet homme envoûtant.

Dans ces cas-là, sors-toi de là ! Sors de cette pièce !

Je le regarde s'affairer autour de mon sac, me donner ce dont j'ai besoin. De l'air comprimé dans une boîte en aluminium.

— Tu devrais consulter un médecin. Il y en a un en route.

Je retire la ventoline de ma bouche.

— Je vais bien. Je ne suis pas venue pour ça.

— Je ne veux rien savoir.

J'attrape son poignet fermement.

— Je ne rigole pas Joshua.

— On est familière maintenant ? dit-il ironique.

Je ramasse le dossier laissé sur la table basse par Sam et je les lui balance — presque.

— Peut-être que tu es familier avec ça. J'aimerais que tu m'expliques pourquoi Taylor signe des papiers qui n'ont ni queue ni tête et en plus, sous ton nez. Je te croyais un génie des mathématiques.

Il ne les regarde pas mais me regarde, moi, droit dans les yeux. Et avec tout le sérieux du monde, il me dit :

— J'ai triché au bac.

— Tu... Q-Quoi ?

Il me laisse sans voix.

— Mais je me fous que tu aies triché ou pas. Ce que tu as fait en Angleterre te regarde. C'est entre toi et ta conscience mais sûrement pas au péril de cette entreprise. Réponds à ma question.

— Elle croit détenir assez de parts dans mon entreprise pour pouvoir prendre ces décisions. Je l'ai juste laissé faire.

— Tu cours un risque aussi dans l'histoire. Elle s'expose à des accusations de blanchiment d'argent et toi, en la laissant signer à ta place, tu peux être accusé de complicité. Ce n'est pas n'importe qui peut signer ce genre de papiers. C'est la preuve qu'HASH fait les choses correctement et légalement. Pourquoi une direction de marketing devrait faire ça sans lien préalable ? C'est n'importe quoi ? Qu'est-ce qu'ils cherchent ? Taylor et Bob ? Qu'est-ce que TU cherches ?

— Moi ? Rien. Mais... Disons que Taylor et Bob Martins cherchent à mettre la main sur des actions cachés dites « anonymes ». Sur la deuxième personne qui détient le plus d'actions de valeur ici.

— Et c'est qui ?

— C'est toi, Hazel. Tu détiens 13% des actions et tu es 47% propriétaire d'HASH.

À partir du moment où il a parlé d'action et de capital, il m'a complètement perdue. C'est l'un des rares sujets auquel je sèche complètement. Et puis, Harry m'a doit qu'il était l'un des actionnaires majoritaires. J'y comprends plus rien. D'où est-ce que je sors, moi ?

— Je détiens quoi ? C-Comment ?

— Carlson. Il a investit, en ta faveur et en la sienne.

Ce vieux grand-père aigri va finir par me taper sur le système à agir dans mon dos sans arrêt.

— Pourquoi ?

— Cet endroit t'appartient autant qu'à moi.

— Mais pourquoi !

— Tu sais pourquoi ! Ton nom figure sur ces murs et je trouve logique que tu en aies ta part dans tout ça. Et je ne compte pas me justifier. Tu as insisté et je te l'ai dit mais fais comme si tu ne savais pas. Je laisse à Taylor la liberté d'agir comme bon lui semble car elle fera forcément un mauvais pas. Son père ne l'a sauvera pas indéfiniment. Ce dossier, dit-il en agitant ce que je lui ai donné, ce n'est qu'une preuve parmi tant d'autres mais qui ne suffisent pas à les arrêter tous les deux.

— À force de laisser passer, tu vas te retrouver emmêler dedans.

— Je prends ce risque, répond-il buté.

— J'ai les preuves des falsifications entre HASH et VG Évène-ments. Ça pourrait te nuire.

— Je sais.

Je râle excédée par son indifférence.

— C'est ridicule.

— Le ridicule ne tue pas, Hazel. Je suis déjà mêlé à leurs emmerdes jusqu'au cou. Ils veulent tremper HASH Corp dans la criminalité. Si pour la sauver, je dois aller en taule, pourquoi pas. Des milliers de personnes dépendent de cette entreprise. Elle ne doit jamais cesser de fonctionner. Je garde des actions cachés afin qu'ils soient donnés au réel propriétaire qui assurera la sécurité de ce bijou. Je peux compter uniquement sur Harry et toi. Carlson garde 2% pour toi exprès et les a sécurisé en te les laissant comme héritage pour faire de toi une actionnaire majoritaire et si un vote au conseil d'assemblée devait être demandé, tu aurais les relations et les droits suffisants pour prétendre à mon poste et sauver des milliers d'emplois, de patients et de béné-ficiaires.

C'est de la folie. Il compte gâcher sa vie et sa carrière pour eux ! J'ai envie de lui hurler et lui demander qui l'a envoyé là-bas ? Qui l'a envoyé fricoter avec cette folle ? Ou marchander avec son paternel ? Le blâmer que c'est de sa faute mais ça servirait ? Rien. Il a fait ce qu'il avait à faire. Il veut en assumer les conséquences, il les connaissait. Très bien. Je n'ai pas mon mot à dire. Sauf que la têtue que je suis refuse de laisser passer un truc pareil. Pour l'instant, j'ai besoin de m'éloigner de lui avant que je l'insulte et lui nique ses morts. Qu'il joue les héros tant qu'il veuille. Je suis connue pour casser les délires des gens quand ça me chante.

— Fais ce que tu veux, Joshua. Mais si tu crois qu'avec les infos que viens de me refiler, je vais rester sans rien, c'est mal me connaître, sale enflure. T'enchaînes conneries sur conneries et je vais rien dire ? Je ne t'ai rien demandé, Joshua. En attendant, je me barre, S.A.F.E., va envoyer deux personnes pour me remplacer cette semaine avec Julian. J'espère que d'ici-là, tu auras repris tes esprits. Ne m'oblige pas à céder ces parts légalement. Tu perdras plus qu'HASH Corp.

Je le repousse et me lève pour sortir de la pièce. J'entre ouvre la porte qu'il la claque et me plaque contre celle-ci.

— Je ne te demande pas ton avis, Hazel. Et je sais que tu ne feras rien non plus. Si les autres actionnaires ne savent pas que tu existes, tu crois qu'au tribunal, lorsqu'on réunira le conseil d'assemblée, tu ne seras pas présente ?

— Tu m'as mêlée à ce bourbier !

— Car tu es une garantie que s'il m'arrive quelque chose, HASH Corporation sera entre de bonnes mains.

— Mais pourquoi moi ? murmurai-je à bout de force perdue.

De longues secondes coulent entre le son de sa respiration, son souffle et son haleine sur mon visage. Sa présence qui force le passage de mon self-control. Il penche sa tête mais je tourne le visage. J'entends à peine le bruit de talons qui claquent au sol.

— Car malgré tout, que tu m'aies pardonné, la culpabilité est toujours là. Ton bonheur est le mien, et je me rassure en me disant que cette enseigne à nos deux noms est le plus beau cadeau que je puisse t'offrir. J'aide les gens comme toi, tu l'aurais fait. C'est une partie de toi que j'ai voulu transmettre ici. C'est à toi. J'ai certainement fait une erreur là-bas mais je cherche à la rectifier. Tu ne veux pas m'aider à me repentir ?

Et par là-bas, il veut dire Angleterre, Bob et Taylor. Je sais qu'il est sincère. Et dire que ça ne réchauffe pas mon cœur serait mentir. Mais je ne dois pas me laisser aller. Même si, je ne peux que le comprendre, j'ai une mission à accomplir. Il faiblit beaucoup trop, il commet des erreurs et il ne veut pas comprendre. Il pense que c'est la meilleure chose à faire mais c'est faux. Comment lui expliquer sans qu'il ne braque ?

— Non. Chacun sa merde.

Je ne crois pas un mot de ce que je viens de dire. Je crois que même lui aussi.

— Occupe-toi de ton présent, pas de ton passé. Je ne suis pas intéressée.

Je le bouscule et ouvre la porte. Je tombe nez à nez avec Taylor, une trace de griffure sur la joue, un coquard et un œil gonflé camouflé sous du maquillage presque — j'insiste sur presque — parfait, est face à moi, bras croisés, l'air d'un chihuahua enragé.

Elle s'est battue avec quoi ? Son mascara ?

Elle s'apprête à parler mais je prends la parole.

— Apprenez à votre mec à se canaliser. J'ai d'autres choses à faire que de recadrer les fiancés des autres.

Je sors de la pièce. Je l'entends hurler dans le bureau puis elle m'appelle.

— STEVENSON !

Mes talons claquent contre le sol mouillé. J'espère juste ne pas glisser et me ridiculiser devant elle. Mais je sais patiner et j'ai appris du meilleur.

Elle court limite comme si elle allait m'attaquer si j'en crois les bruits dans mon dos. Puis j'entends un cri strident derrière moi. Je me retourne et la retrouve les fesses au sol.

Je souris moqueuse avant de me tourner vers les escaliers. J'ouvre et referme derrière moi. Je m'adosse contre la porte de celle-ci et retire mes souliers. Une longue descente m'attend et une longue réflexion m'attend également.

Je suis venue exprès pour éviter qu'il fasse un truc pareil. Finalement, je préfère m'en tenir à ce que j'avais prévu surtout si Taylor reste dans ses pattes.

Chapitre 8

Mardi 15 février - JFK Airport, New York – 10h12

— Elle ne répond pas ?

— Non. On devrait d'abord aller là-bas, non ?

— Tu as besoin de te reposer, Izzy, me gronde Julian. Ça fait deux jours que tu ne dors pas.

— Je ne serais pas tranquille tant que je ne l'aurais pas vu de mes propres yeux.

Je tire ma petite valise vers la sortie et allume mon téléphone. Je suis assaillie de messages venant de mon père, Eli, Gina et Ibrahim, le meilleur pote d'Hermionne depuis qu'on est devenus voisins de bâtiment de quartier.

Je préfère ouvrir ceux d'Ibra, vu le degré de sa patience, y a moyen qu'il l'attrape par le col back si je ne réponds pas.

Ibrahim : [Ta race ! T où là ?] 8:10

I : [La vie de oim, j'vais t'niquer Hazel !] 8:12

I : [Eh, chu perdu je sais pas où frère. Viens chercher là !] 8:15

I : [Sur ma vie, je rentre chez ma daronne si tu réponds et si je te croise, prie Dieu pour que je te dégommes pas.] 8:37

I : [Et en chemin, je tue ta sœur pour m'avoir inquiété comme ça. Elle se paie un bigo à mille balles et elle répond ap ? Sur ma vie mtn, jvais le bousiller. C bon ou pas ?] 8:38

I : [Nan, attd. Désolé. Je sais que t'aimes pas quand j'écris pas français mais vzy, Herms me stresse. C'est la seule personne à part ma mère pour qui je pourrais payer un billet qui coûte plus d'un SMIC. J'veux pas qu'il lui arrive un truc. C'est mon sang wsh. J'ai besoin de savoir que mon acolyte sera en vie lorsque je lui dirai qu'elle sera mon témoin avec Moha pour mon hlel avec Halima.] 9:03

I : [Eh. Hazel. J'crois on me suit. Y a des types louches derrière moi. Ils arrêtent pas de me dire « gibe mi yo bague ». Ça veut dire quoi ? Chu éclaté en anglais. J'ai pas mentionné ça quand j'ai postulé à Uber Eats.] 9:19

I : [Attd, pourquoi je te dis ça ? Chu un bonhomme moi ! Sûrement, parce que je préfère discuter avec une clocharde divorcée que de me battre avec des gars du Bronx. Bref, dépêche-toi.] 9:21

Il est complètement dérangé ! Limite, il est barge ! Il a pourri ma scolarité avec ses conneries. Le genre de mec qui aime bien embêter la petite sœur de sa pote juste parce que… eh bien, c'est la petite sœur de sa pote. Mais je ne le remercierai jamais assez de m'avoir traîné – au sens propre – dans un dojang pour m'inscrire à des cours de taekwondo. C'est uniquement pour cette raison que je le tolère. Et aussi, parce qu'il m'a déjà laissé conduire sa moto et il ne m'a jamais demandé de rembourser les réparations de sa moto.

Pas facile, lorsqu'on heurte un arbre parce qu'on ne sait pas freiner avec une moto.

Moi : [De un, ce que j'aime pas, c'est quand tu parles comme un vieux mec de cité. « Reprends-toi ma gueule » comme tu dirais. De deux, évite de mettre ta frustration sur moi, c'est tout ce que je te demande. De trois... où est-ce que tu t'es perdu pour venir chialer par message, Ibra ? T'es un grand garçon, merde. Continue de faire des trucs comme as, je vais donner de quoi te faire tailler par tes sœurs pour le restant de tes jours en capturant tous ses messages que tu viens de m'envoyer.]

Si je m'apprêtais à verrouiller mon téléphone, un détail m'alarme. Je relis plusieurs fois un message. Halima ? Genre Halima ? La coloc à Hermionne ? Sa pote ? Ma livreuse de bricks et de msemens ? Il va se marier avec Halima ?

Halima est officiellement complètement folle. J'aurais certainement sauté de joie si je ne venais pas de me faire insulter de « clocharde divorcée ».

Ibra m'envoie sa localisation.

I : [W'Allah, je rigole plus mtn. J'ai trouvé sa loge mais elle veut pas m'ouvrir la porte. Cette grosse folle ! J'vais pété la porte.]

Moi : [Ne fais rien de bête, Ibra. J'arrive.]

— Qu'est-ce qu'il baragouine en français ? marmonne Julian en lisant les messages.

Je veux éviter d'aller le chercher en garde à vue et éviter qu'il ait un casier ici. Le sien en France ne tient plus debout, il ne va pas commencer ici.

« Spring Studios at 50 Varick Street. »

L'endroit où là Fashion Week se déroule. Je hèle un taxi et monte dedans avec mon cousin. Je me triture les mains. Je ne sais pas dans quel état je vais la retrouver. Je serais la première à vouloir la tuer si je la vois. Ma vie et ma conscience commence et finit avec elle. Ma sœur représente tout pour moi, la seule et unique figure maternelle que j'ai eue dans ma vie. S'il lui arrivait une égratignure, je remuerai ciel et terre pour la venger.

Je lis les autres messages pour essayer de me calmer. Mon père me demande de l'appeler lorsque j'arrive et lorsque j'aurais retrouvé Hermionne. Imogen, pareil. Elijah demande à ce que si c'est à cause d'un mec, de recueillir ses infos pour aller lui donner une leçon. Ne sait-il pas le mec est son meilleur ami en question ?

Quant à Harry, il me supplie de lui donner des solutions pour apaiser des maux de ventre pour Ivy. Je suppose qu'il s'agit de crampes pendant les règles.

Je lui propose d'aller chez mon père ou de demander à Imogen, des médicaments français, des Spasfons, de l'Antadys — en cas de force majeur — et un Doliprane. De lui donner une bouillotte, du chocolat noir, une tisane bien chaude, du tonic et de lui donner tout ce qu'elle veut sans la contrarier.

Il ne sait pas la douleur qu'elle doit endurer et qu'elle va devoir endurer tous les mois jusqu'à la ménopause. Autant éviter qu'il serve de punching-ball à sa propre fille. Perso, des techniques qui m'ont déjà apaisé.

Un jour, j'irai voir la progéniture de mon ami. Cette petite doit avoir besoin d'une figure féminine pour l'aider. Et connaissant sa mère, Eva Porter, la populaire capitaine des cheerleaders de notre lycée à Chicago. Une peste qui ne pense qu'à sa gueule et surtout à ses intérêts personnels. En général, de ce que j'ai entendu, lorsqu'une femme a un enfant, elle change en bien pour le bien-être de son bébé. Eva a carrément renoncé à Ivy. J'ai envie de dire que ça n'a pas marché pour ma mère. J'en suis le parfait exemple.

La voiture ralentit devant les studios Spring. Je laisse Julian s'occuper des formalités et de nos petites valises. Ni une, ni deux, je fonce à l'intérieur. Une secrétaire tape sur son écran en mâchant discrètement un chewing-gum.

— Excusez-moi. Je cherche la ou les loges réservées à l'ESMOD de Paris. Je dois voir une des profs présentes, Hermionne Stevenson.

— Hermionne Stevenson ? Vous voulez la voir ? Elle ? Vous aussi ?

Je fronce les sourcils. Je n'aime pas du tout le ton qu'elle emploie lorsqu'elle parle de ma sœur. Surtout ce « elle » insolent.

— Pourquoi ? Un problème ?

— Je ne pensais pas que quelqu'un se préoccuperait d'elle après le scandale de samedi. Personne n'ose parler d'elle ou avec elle donc qu'une personne aussi sophistiquée que vous veuille lui parler m'étonne. D'ailleurs, vous avez un air de ressemblance.

Un scandale ? Mais qu'est-ce qu'elle me raconte celle-là ?

— Où est-elle ? demandai-je fermement en me retenant de lui faire avaler son chewing-gum de travers.

— Deuxième couloir à droite. La troisième porte sur votre gauche. Il y a un dingue qui fait le pied de grue devant.

Je tourne les talons avant de me tourner et la prévenir.

— Surveillez votre langue lorsque vous parlez de ma sœur. Je suis aussi tarée qu'elle. J'espère que c'est bien clair pour vous et que vous vous mêlerez de vos oignons désormais.

Je suis rejointe par Julian. Je suis les indications donnés par cette secrétaire de pacotille. Plus on se rapproche, plus j'entends une voix grave, profonde, française et vulgaire crier dans le couloir. Des employés passent et s'arrêtent pour regarder le spectacle. Je passe entre eux jusqu'à trouver ce grand gaillard noir en jogging Nike gris. Il tambourine à la porte comme un harceleur. Il est entouré de gardes de sécurité qui lui intiment d'arrêter et de sortir.

Je sens que ça chauffe entre lui et un autre mec qui a le même gabarit que lui.

— Quoi « get out » ? Casse-toi frère ! Me touche pas j'te dis.

Je l'attrape par le bras et le tire loin de la sécurité. Il lève le poing vers moi prêt à l'abattre sans savoir que c'est moi. Pourtant, je coince son poing dans son dos et enfonce mon pied derrière son genou pour le forcer à s'agenouiller devant moi.

— Ibra ! Qu'est-ce que t'as pas capté dans : ne fais rien de bête ?

— Tu me veux quoi toi ? Arrête de me soûler et sors-la de là ! J'ai plus de patience, Stevenson.

— Et toi, arrête de péter les couilles et de réfléchir avec tes deux boules.

Il me regarde d'un œil mauvais.

— Ça faisait longtemps que je t'avais pas entendu jurer. C'est bon ? T'as fini de jouer la débarquée de Stains/Parisienne francisée ? Lâche-moi maintenant ! s'énerva-t-il. Hermionne, ouvre ta mère ! hurle-t-il en cognant contre la porte.

Je vais le tuer !

Je le lâche.

— Casse-toi, Ibra ! Tu vas m'énerver sérieusement.

Je le bouscule et sors une épingle de mes cheveux. Je tritouille la serrure jusqu'à entendre le cliquetis du déverrouillage de la porte. Ce sale pitbull qu'est Ibrahim, me pousse sans ménagement contre la porte pour entrer avant moi.

— Vous avez des amis bizarres en France, remarque Ju'.

— T'inquiète, ils sont bien mieux que les tiens, raillai-je. Il n'est pas mauvais, juste bourru aux premiers abords mais c'est un homme loyal sur qui Hermionne a toujours pu compter depuis notre déménagement radical en France. Tu verras. Qui se ressemble s'assemble. Vous allez bien vous entendre.

J'entre dans la pièce quand je l'entends s'indigner.

— Je suis bourru, moi ? Tu mens Hazel.

— Renseigne-toi plutôt sur un scandale qui aurait eu lieu en direct samedi.

Mon cœur rate un battement. La pièce est saccagée. Les pièces de vêtements d'Hermionne sont en pièces, déchirées et éparpillées partout par terre. Des ciseaux, des feuilles qui ont sûrement volé dans les airs, des pinceaux et des palettes de fards au sol. Elle a travaillé pendant des années sur ses créations. Comment ont-ils pu finir dans cet état ? Sauf que, lorsque je balaie la loge des yeux, la responsable de ce désastre est abonnée aux absents. Enfin, jusqu'à ce que j'entende des reniflements derrière un paravent noir. Et c'est là que je la vois, en train de pleurer toutes les larmes de son corps. Dans les bras de son meilleur ami.

— Hermionne...

Elle lève ses yeux marrons entourés de traces de mascara dégoulinant. Elle, d'habitude si apprêtée, est à présent dans un état lamentable.

— Izzy ? Qu'est-ce que tu fais là ?

— C'est à moi de te poser la question. Tu nous as fait une de ces frayeurs. Pourquoi tu ne réponds pas au téléphone ?

Je m'assois par terre à côté d'elle. Elle se détache des bras d'Ibra pour tomber dans les miens. Elle est agitée, elle tremble. Je lui caresse les cheveux.

— Je me suis ridiculisée devant tous les États-Unis. Ma carrière est terminée. Je suis foutue. Comment je vais faire face au monde maintenant ?

— Et si tu me disais ce qu'il s'est passé pour commencer ?

Elle nous explique que samedi, les créateurs ont accepté de découvrir de nouveaux créateurs. Une occasion en or pour les designers de se démarquer et d'impressionner ces gens-là. Elle avait toutes les chances de son côté. Et c'était filmé aussi pour la Fashion Week.

— Quand ça a été mon tour, j'ai présenté mes créations. C'est là que le cauchemar a commencé. On m'a accusé d'avoir volé les idées de quelqu'un d'autre. Il s'avère que l'homme passé avant moi avait présenté les mêmes pièces que moi. Ce qui est impossible. La plupart des créations que j'ai voulu présenter sont celles que j'ai créées pour toi, la robe de bal de promo que tu devais porter, et d'autres vêtements qui datent de l'histoire préhistorique mais qui ont encore du style. Les jurys m'ont humilié comme pas possible. Je me fais insulter sur les réseaux car faut savoir que le voleur en question est un influenceur connu. Tout le monde à écouter son parti sans me donner le droit de me défendre. Et puis, y'a cette folle sortie de nulle part, qui a demandé à ce qu'on m'expulse, moi et mes élèves. Elle a même incité à ce qu'on me retire de mon poste de professeure. Là, j'avoue que c'est ma faute si on m'a expulsé parce que vous connaissez. J'aime parler avec mes poings.

Oui, on sait et je ne compte pas la blâmer pour ça.

— Je n'ai rien volé, Ibrahim. Tu me crois au moins ?

— La question ne se pose même pas, Hermionne. Tu n'as rien fait qui puisse justifier une expulsion. C'est qui ? Ils sont où ?

— Ibra, non, l'intimai-je. Pas comme ça. Tu vas ne faire qu'aggraver la situation. D'abord, on va la lever et la sortir d'ici. La voir dans cet état me rend folle de rage. Hermionne, t'es plus forte et tu vaux bien mieux que ça. Tu dois te défendre et ne pas te morfondre toute seule ici. Tu sais que je ne te lâcherais pas.

— Et ton travail ? Papa ? Joshua ?

— Ils ne sont pas importants, Hermionne. Lève-toi. Allez, lève-toi !

Je l'aide à se lever et la confie à Ibra pour qu'il lui débarbouille le visage. En attendant, je décide de ramasser ses affaires, surtout ses

créations. Ça me comprime le cœur de voir ça. Travailler tant d'années pour le fruit de notre dur labeur réduit en miettes en l'espace de
quelques secondes. Je ne peux pas laisser cette injustice passer. Mais
qu'est-ce que je peux faire ? Convaincre les créateurs de l'innocence
de ma sœur ? Les gens penseront que je la défends uniquement parce
qu'on est liées par le sang. Des preuves ? Des photos d'il y a onze ans ?
C'est faisable mais pas en aussi peu de temps. Le temps de demander
à Papsi de fouiller dans nos albums-phots, ou demander à sortir ma
mère de prison pour aller les chercher dans son appart volé, ce sera
déjà trop tard. Des snaps ? Des photos Insta ? Faisable aussi mais ce
n'est pas comme si nous étions des personnes d'influence.

La seule solution que je vois, c'est parler à cet homme. Celui qui
s'est attribué le travail d'Hermionne.

Je ne vais pas l'épargner vivant. On ne fait pas pleurer ma sœur.
Jamais.

Chapitre 9

You really deserve that coffee, dit Julian.   {Tu mérites vraiment ce café-là.}

— Should I say 'thank you' ?   {Je devrais te dire « merci » ?}

— At least... yeah ! You can do that, right. I'm paying a fucking coffee in New York. Did you the price for just a latte ?   {Au moins... ouais ! Tu peux faire ça quand même. Je te paie un putain café à New York. T'as vu le prix, juste pour un latte ?}

— C'est pas l'argent qui te manque, sale rat !

Ibra me regarde dans l'incompréhension total.

— Qu'est-ce qu'il nous raconte, ces deux-là ? me demande-t-il. Y'a une option français pour les bledards comme moi ?

— Crois-moi, tu ne veux pas savoir, soupirai-je exténuée. Ces deux-là ont une façon de s'exprimer leur amour fraternel très particulière. Je suis la préférée de tout le monde. Mais Julian et Hermionne connaissent tous les secrets l'un de l'autre. Il arrive que lorsque l'un d'eux est en danger, l'autre accourt sans réfléchir. Tout comme toi... ou moi. Julian n'aurait jamais quitté son travail pour n'importe qui.

Pas même pour moi, même avec tout l'or et l'amour qu'il a pour la choucroute que je suis.

— Qui t'as dit que j'ai accouru ?

Je ricane. Toujours fidèle à lui même.

— Je suis quand même contente que tu sois là. Je me dis que maintenant que je ne vis plus en France, Hermionne peut toujours compter sur toi depuis Stains. J'en suis heureuse.

— Je ne suis pas là que pour elle, tu m'as moi toi aussi, petite. J'ai pas toujours été sympa avec toi mais tu sais comment je suis. Je ne vais pas t'abandonner non plus. Aujourd'hui, elle a eu besoin de moi, je me devais de venir, j'ai utilisé mes économies mais sah, c'est pas grave. Et puis Halima m'aurait sûrement niqué ma race si je n'avais pas rappliqué fissa.

— En parlant d'elle, à quel moment vous—

— Hazel, dis-lui de m'lâcher et de se verser son latte dans le cul, m'interrompt Hermionne en râlant. Je ne suis archi pas d'humeur.

Bon...

— Bref, j'ai vu des vidéos de la soirée de samedi et Hazel, tu ne vas pas me croire quand je te dirais qui était présente là-bas.

— Qui ?

Julian me montre un extrait de vidéo où l'on voit une femme blonde dans une robe noire à sequins, se lever parmi les premiers rangs des créateurs et clamer haut et fort de jeter Hermionne dehors. L'humiliation et les accusations fusent avec ses incitations à l'expulsion de l'enseignement jusqu'à ce que Hermionne saute sur elle depuis la podium. La colère me pique le nez quand je reconnais cette sorcière de Taylor Martins !

— Qu'est-ce qu'elle fait là ?

— Apparemment, elle est une amie proche d'une des créatrices présentes et elle a un partenariat avec la Fashion Week. Elle est là en tant que porte-parole d'une entreprise XV quelque chose.

— Izzy, c'est qui ? demande Hermionne en français en buvant sa boisson chaude.

— Taylor Martins. La fiancée de Joshua Miller.

Elle recrache tout de suite sur la table. Elle penche la tête sur le côté vers moi et me redemande pour être sûre d'avoir bien compris.

— Sa quoi ?

— Sa hlel, Herms.

Elle me regarde hallucinée.

— Mais...

— Ne dis rien, lui dis-je.

Je sais ce qu'elle allait dire. « Mais et toi ? » il n'y a pas de moi dans l'équation. Elle claque son gobelet sur la table et se lève lentement les yeux fermés.

— Je peux savoir pourquoi la fiancée de cette sale vermine pré pubère a gâché ma carrière ?! Pourquoi le nom Miller est toujours synonyme de problèmes ?! Je vais lui refaire le portrait. Elle habite où ?

— Je ne sais pas mais tu veux savoir où elle travaille ? Avec Joshua, dans son entreprise en tant que directrice marketing. Tu veux l'adresse aussi ? lui proposai-je.

Il n'y a pas de fumée sans feu. Je refuse de croire à une coïncidence. Elle essaie de faire quoi, au juste ? Si elle n'est pas derrière mon dos, elle s'en prend à ma sœur.

Je suis tout de même heureuse de découvrir l'origine de son œil au beurre noir. C'est de là qu'il venait.

— Quand tu seras sur pied, on ira voir l'organisation. On ne va pas laisser passer un truc pareil.

— Qu'est-ce que tu vas bien pouvoir faire, Izzy ? Hein ? On est le 15 février. Hier, c'était la Saint-Valentin, j'ai passé la nuit à me goinfrer de chocolats jusqu'à viser le diabète, j'ai esquivé tous les appels de Kenneth. Demain, la Fashion Week se clôture, je vais avoir 30 ans, et je vais sûrement me retrouver jobless.

— Je t'ai dit qu'on va arranger tout ça, lui répétai-je. On ne rentre pas sans que tu te sois défendue de ces fausses accusations.

— De ouf ! Tu ne vas pas renoncer aussi vite, s'exclame Ibra.

— De what ? Parler anglais n'est pas une option.

— Spiking french is not an option az well, réplique Ibra dans un vieux accent anglais francisé.

Ils se sourient hypocritement. Mon téléphone sonne lorsqu'on commence à faire des recherches sur Beck Gill, un indien imbu de lui-même qui ne cesse de se tarir d'éloges sur les réseaux, jouant les victimes de vol avec ses airs de princesse. Il vante les mérites des jurys qui ont su percer à jour la supercherie et donner sa chance à lui pour exposer ses créations et avoir l'occasion de faire un défilé de sa collection. Une collection faite par MA sœur. Les jurys aiment le travail d'Hermionne.

Comment peut-on faire ça sans scrupule et sans une once de honte ?

C'est pas comme si j'allais laisser faire.

Je finis d'envoyer un message à mon père et Imogen pour qu'il cherche toute photo comportant les vêtements créés par Hermionne. Des photos de nous plus jeunes. On jouait parfois les mannequins pour elle et Papsi gardait toujours une trace. Les photos imprimées avaient leurs dates de capture et leur date d'impression au dos et en bas de celle-ci sur l'image. Je pensais qu'il serait impossible en aussi peu de temps étant donné que Papsi et Imogen travaillent mais il s'agit du futur d'Hermionne. Son poste est tout ce qu'il y a de plus cher pour elle. Elle a charbonné pour en arriver là où elle en est. Enseigner l'art de créer un vêtement fait partie d'elle comme une seconde peau. Ça la détruirai.

Julian passe des appels pour obtenir des infos complémentaires sur ce Beck Gill. Mon téléphone sonne à ce moment-là.

— Allô ? Harry ?

— Dis, il y a un moyen de faire venir l'inspection de travail sans que personne ne le sache ?

— Comment ? Et pourquoi ? Attends, pourquoi tu me demandes à moi ? Je ne sais pas. L'inspection n'est pas vraiment caché, je pense. Pourquoi se cacherait-il ?

— Ok, c'est bon. C'est pas grave.

— Non. Dis-moi ce qu'il se passe.

— Hazel, Josh est à New York, il ne répond pas à mes appels. Taylor a fait venir l'inspection du travail. Ils réclament le PDG mais cet imbécile est en réunion toute la semaine.

Pourquoi faire venir l'inspection-

Oh la folle !

— Joshua est à New York, tu dis ? Elle n'a vraiment pas choisi la meilleure date. Je ne sais pas ce que tu peux faire mais surveille-le de près car je doute que ce soit un inspecteur commode.

— Si tu arrives à le voir, par hasard, dans la rue, rappelle-lui qu'un téléphone sert à répondre et pas à faire jolie comme déco sur son bureau.

— Je ne manquerai pas de lui dire.

Inspection du travail ? Pour quelles raisons il doit être là ? Harcèlement ? Esclavage ? Non-respect des lois du travail ? Elle doit être sacrément ravagée pour faire un truc pareil.

— Mes petites sœurs chéries, je vais vous demander un service.

— De ?

— Hazel, je sais que question vengeance, tu as de l'imagination, tu as appris du meilleur.

— Moi, se vante fièrement Hermionne.

— Nan, pas toi. J'ai dit vengeance, pas comment faire regretter son ex.

— Elle aussi, avec Matthieu.

Je le vois grimacer en entendant ce prénom.

— BREF ! Cette fois-ci, je veux que tu me laisses m'en charger. J'ai demandé à Oncle Oliver de me transférer toutes les photos et demander à ce qu'Imogen fasse de même. Quoi qu'il advienne, vous n'interviendrez pas. Je fais équipe avec votre ami, ça devrait aller.

On se regarde avec Hermionne. On pense à la même chose et on pense que c'est une énorme erreur. Une très mauvaise idée.

— On veut faire ça de façon civilisée, lui dis-je.

— Pas avec ce que je sais. Monsieur Gueye, l'appella-t-il en se levant. On y va. En attendant, les filles, profitez de New York. L'Hermite, souris un peu. Tu es nettement magnifique quand tu ris.

— Je le savais déjà.

Les hommes partent. Ju' nous laisse sa carte et jette un regard noir plein de regret à Hermionne quand elle saute dessus.

— Ça te dit du shopping ? J'ai vraiment besoin d'oublier et d'arrêter de pleurer. Je ne veux pas que Ken me voit dans cet état. Il n'a pas arrêté de m'harceler.

— Appelle-le, Hermionne. Il doit être tout aussi inquiet que nous mais il ne peut pas quitter son bar.

— On vient d'entamer une relation, je voulais vivre un conte de fées, pas l'accabler avec mes soucis de mode.

— Je pense surtout qu'il t'en voudra, justement, pour ne pas avoir communiqué avec lui. Il veut sûrement être là pour toi quand tu traverse une mauvaise passe. Tu vois, c'est ça, l'amour. On veut partager le fardeau de notre partenaire pour ne pas qu'il se sente seul.

— Eh bien, ça a bien marché pour toi.

— Aïe. Ça, ça fait mal. J'ai juste répété ce que tu m'as dit le jour de mon mariage.

Elle râle.

— C'était mérité. Une manière de te remercier pour la machine à coudre.

Drôle de façon de l'exprimer.

— Pour Kenneth, on verra. Après le shopping. C'est pas tous les jours que Ju' nous passe sa carte.

— À vrai dire. Jamais. On vivait en France, tu te rappelles.

On rigole avant de sortir du Starbucks.

***

On flâne dans les allées du Westfield World Trade Center à la recherche de quelque chose qui puisse faire sourire ma moitié. Elle est restée silencieuse pendant le trajet ce qui n'est pas son habitude de pipelette. Alors, je lui raconte l'avancée du pari avec notre cousin.

— Tu vas vraiment vivre aux Four Seasons si tu gagnes ? Moi qui pensais que tu blaguais. C'est pas ton genre les hôtels de luxe comme Four Seasons.

— Non. Je ne suis pas si superficielle. Pour moi, un petit appart cosy, un deux pièces me suffirait amplement. Je ne veux pas dépenser autant pour un toit sur la tête. J'ai juste dit ça pour faire pimenter les choses. J'aimerais vive une expérience là-bas mais pas y vivre. J'aime les plaisirs simples. Dans un petit quartier pas cher, calme, près de S.A.F.E. et de Papa.

— Pourquoi ne pas rester avec lui ? Après toutes ces années, ça ne peut que lui faire plaisir. Il n'a jamais eu l'occasion de vivre avec nous et de nous voir évoluer.

— Je sais. J'aimerais bien mais désormais, il a Alice. Il a une femme qu'il aime et je pense qu'il aimerait la ramener à la maison mais il n'ose pas à cause de moi. Surtout après les avoir surpris sur le plan de travail.

Des souvenirs reviennent, j'ai des frissons de dégoût.

— Elle est comment cette Alice ?

— Alice est vraiment douce. Quand elle sourit, tu ne peux que sourire avec elle. Le peu qu'on a échangé me laisse penser qu'elle a bon cœur. Elle est indépendante, audacieuse et, on ne va pas se mentir, elle est sexy pour une femme de son âge. Elle est prof d'art à la fac. Elle a trois enfants, d'après Papa. On se sent à l'aise avec elle. Papsi l'est. Elle le rend heureux.

— Si tu arrives à décrire cette femme aussi bien, c'est que Papa mérite vraiment son attention. S'il est heureux, je le suis aussi.

— Moi aussi. Donc, j'ai décidé qu'en rentrant, je lui annoncerai que je vivrais chez Gina le temps de me trouver un appart.

— Tu demanderas à Imogen si elle a de la place pour moi. Après ce qu'il s'est passé, je ne suis pas sûre de pouvoir rester à Paris, ou même de garder mon poste. Élise n'est pas au courant pour mon possible départ mais elle essaie d'apaiser la directrice. Ce scandale a fait une mauvaise pub à l'école. Et même si je n'ai aucun tord, cela a quand porté préjudice à ESMOD.

C'est vraiment injuste ce qu'il se passe. C'est horrible et je ne souhaite ça à personne. Je ne peux même pas la rassurer sur ce sujet là, tout simplement parce que ce n'est pas de mon ressort. Mais celui de l'école. J'ai simplement pitié pour ESMOD qui auront perdu une professeure exceptionnelle comme Hermionne.

Le silence n'est plus qu'alimenté par les exclamations d'Hermionne devant des chaussures chez Sam Eldelman et des sacs chez H&M. On sait tous comment lui faire plaisir à ce bout de femme. Je la laisse se servir de moi comme porte-bagages. Mon cœur meurt littéralement quand je la vois dévaliser Sam Eldelman avec ses chaussures. Le prix total me donne le tournis.

— Hermionne, je suis désolée mais je ne peux pas te laisser payer tout ça.

— Tu vois pas que je suis triste ? Steuplait ? C'est peut-être la dernière fois que je fais du shopping avant de finir au chômage.

Elle me fait les yeux doux. Je panique au début quand je vois des gouttes perler au coin de ses yeux avant de réaliser que cette femme est une actrice-née. Au final, je cède.

Depuis, mon esprit valdingue vers ce que j'ai appris avant mon départ.

Je possède 47% des parts de HASH Corporation. Je suis logiquement propriétaire et millionnaire. Cette pensée ne me réjouit pas beaucoup. Ça attire les envieux. Mais la fierté me remplit quand même en pensant aux actions humanitaires qu'elle finance.

Si ça s'apprend que je suis propriétaire et pas Taylor, j'aurais une cible dans le dos. Mais est-ce possible d'être propriétaire et que quelqu'un d'autre soit un actionnaire majoritaire comme Harry ? Non parce que, une partie de moi est rassurée que ce soit lui et pas un inconnu. Une autre partie n'aurait pas voulu savoir et une tierce partie aimerait pouvoir œuvrer pour HASH mais c'est impossible.

Aider, c'est ce que je fais de mieux et c'est ce que j'aime faire. Mon expérience chez VG m'a fait développé des liens avec les gens. Être à l'écoute des besoins des gens. Les comprendre. Le monde est différent. Si seulement je pouvais être aussi compréhensive et à l'écoute dans ma vie privée.

— Izzy, j'ai trouvé une pépite pour toi. Vu le pare-choc que tu te trimballes, c'est juste parfait.

Je tourne la tête. Je ne m'étais même pas rendue qu'on était devant Victoria's Secret. Elle me traîne de force dans une cabine d'essayage.

— Tu ne bouges pas de là, petite. Je reviens de suite.

— Hermionne, attends !

— T'inquiète ! Fais-moi confiance ! Je vais essayer avec toi !

Lui faire confiance ? Question sous-vêtements ? Non ! Je n'ai jamais laissé qui que ce soit choisir pour moi. Je trouve ça trop personnel surtout que la plupart du temps, je porte des culottes styles Calvin Klein version culotte de grand-mère. Les trucs en dentelles, en cas de force majeur et si l'envie me prend d'en porter. J'ai toujours eu du mal à trouver une bonne taille de soutien-gorge. Je disais avoir une corpulence normale mais maintenant que je me regarde dans le miroir…J'ai pas seulement un « pare-choc » comme dit Hermionne, j'ai aussi une poitrine et on me compare à un vase mais ça, je crois l'avoir déjà dit. Mon ventre plat il y a quelques mois, pendant le gala de VG et Berlian, arbore aujourd'hui, des bourrelets. Je grimace.

Je n'ai plus le temps de courir comme lorsque j'étais à Paris. Mais je dois remédier à ça. Des hanches ? Ok. Des fesses ? Ok. Des cuisses ? Je peux m'y faire mais compliquée l'idée. Des seins ? La puberté ne s'évapore pas comme ça. Mais du ventre ? Non, je ne peux pas. Je n'ai jamais pris du ventre de toute ma vie. Prendre du poids de partout sauf du ventre était mon talent caché mais là, il y a un problème. Je dois me remettre au sport, le jogging et le taekwondo. Comme avant tous mes problèmes. Comme avant de revenir à Boston. Je n'ai pas eu une ceinture noire pour rien.

Le rideau s'ouvre.

— Essaie-moi ça. Allez.

Je fais les yeux ronds.

— C'est quoi... ça ?

Un ensemble de lingerie vert sapin. Un string aussi fin qu'un fil.

— Hermionne, c'est mort.

— Ah, non, c'est pour moi et Kenneth ça. C'est pour toi ça.

Je ne veux pas savoir ! Un body rouge en dentelle Bombshell. Je louche dessus. Je rentre dedans moi ?

— N'ouvre la bouche que lorsque tu l'auras craqué et qu'il faudra rembourser.

Elle referme le lourd rideau.

Purée... Hermionne !!!

Je l'essaie à contrecœur. La matière est douce. Bon, c'est étrange d'avoir un truc aussi serré entre les deux fesses mais ce n'est pas dérangeant pour autant. La couleur va bien avec ma peau hâlée. Je me suis souvent demandé si nous n'avions des origines dans la famille pour qu'on soit bronzé pour des blancs pures souches. Une mère bien française et un père américain aux cheveux noirs mais au teint de porcelaine. C'est louche, un peu, non ?

— Je sors ! l'avertissai-je.

— Ouais !

C'est réservé aux femmes donc je n'ai aucun problème pour sortir. Bien dans mes Air Force, je sors.

Je m'admire devant le grand miroir à nouveau. Je suis... mignonne. J'en oublie même ma cellulite. Je guette la cabine où réside ma sœur quand je sens qu'on détache mes cheveux.

— Tu es mieux comme ça, ma belle, me surprend Hermionne en posant son menton sur mon épaule.

Je ne peux que lui sourire. Faire du shopping avec elle et l'entendre me complimenter quand elle sent que je me dénigre, encore, me rend encore plus heureuse. Les moments avec elle m'ont manqué. Je lui caresse la joue et on rit de sa tenue hyper sexy mais qui fera sûrement bander le gros porc qu'est Kenneth.

Chapitre 10

Tu es sexy, belle, attirante et baisable de toutes les manières avec toute cette lingerie. Je te l'ai répété maintes fois. Maintenant, laisse-moi payer ! Rien ni personne ne m'en empêchera ! Pas même ta conscience !

***

C'est ce qu'elle m'a craché au visage hier avant de passer la carte de crédit sur le terminal de paiement. 3000$ de sous-vêtements. Je ne m'y fais pas. C'est une somme astronomique et déraisonnable. C'est peut-être l'argent, la vie que j'aurais pu avoir MAIS c'est beaucoup trop. Surtout que la plupart sont pour moi alors que je n'ai rien demandé.

Undiz, Primark ou SHEIN c'est bien, non ?

Bon, passons. On a payé pire que 3000 pauvres dollars. Pour des chaussures, des sacs et des vêtements de printemps. La galère pour ramener tout ça à son hôtel. J'ai pris des crampons en douce pendant qu'elle réservait un resto pas cher non loin.

Demain a lieu la rencontre avec l'équipe universitaire de New York avec le public. J'avais offert ce cadeau à Joshua pour qu'il ait l'occasion de jouer au foot à nouveau. Comme avant. Techniquement, pas totalement comme avant. J'ai remarqué à Paris ses grimaces de douleurs au genou. Il aurait participé ou regardé. Mais Harry a dit que son emploi du temps était chargé toute la semaine. Dommage qu'il ne puisse pas profiter de ce cadeau mais je sais que ça lui a fait plaisir.

Alors j'ai décidé d'emmener Hermionne avec moi pour son anniversaire. Elle aime le foot aussi. Enfin, fantasmer sur l'équipe de France. Retomber en enfance lui fera du bien.

Il est 9 heures. Ça fait une bonne heure que je suis rentrée de mon footing. Après tout ce qu'on a mangé hier, une bonne séance de sport s'imposait.

Je reçois un message de Julian qui m'avertit qu'il est à l'extérieur de la chambre avec Ibra. Quand j'ouvre la porte, je m'attendais à voir Julian, tout souriant, heureux de pouvoir assister à l'anniversaire de son acolyte après tant d'années loin d'elle. Mais non, ses yeux lancent des éclairs. Ibra, lui, a les bras remplis de cadeaux. Il ne se gêne pas pour rentrer dans la chambre d'hôtel en hurlant :

— HERMIONNE !!! MA VIEILLE TRENTENAIRE !!! API BEURDAY !!!

Julian reste là, planté dans l'entrée. Je crois savoir pourquoi il a l'air un peu en colère.

Un peu ? T'es sûre que c'est le bon mot, Izzy ?

— Laquelle je tue en premier ?

Je pointe en vitesse la porte où dort...

— Laisse-moi dormir !!!

...Je corrige, où dormait Hermionne.

À partir de là, c'est plus mon dos. C'est très mauvais de ma part de lui faire un coup bas mais bon, soyons raisonnable. Elle va assumer les pots cassés toute seule. Je l'ai juste suivie dans son délire. Elle me faisait les yeux doux. Comment j'aurais pu faire ? C'est moi la petite dans l'histoire. Je laisse ça entre les adultes.

Et par adultes, je veux dire (chuchotements) les plus de trente ans.

Je peux être une sacrée sorcière des fois.

Je sais que je viens de signer mon arrêt de mort. Comme lorsqu'elle a débarqué à Boston il y a quelques mois quand elle a appris pour Matthieu et moi. En me remémorant ce jour-là, je caresse mes pauvres cheveux qui avaient subi de sacrés dégâts.

La porte claque. Ibrahim a fermé la porte de la chambre.

— Ils sont en train de jour à chat perché.

— Ils ont des armes mortelles ?

— Un fer à lisser froid et une ceinture en cuir, c'est mortel.

— Nan. T'inquiète. Ils s'en sortiront... avec quelques contusions.

Il vient poser ses fesses sur le minibar.

— Le casse pas.

— Je suis léger comme une plume. Sinon, c'est quoi le programme d'aujourd'hui ?

— J'emmène Hermionne jouer au foot avec l'équipe de soccer universitaire de New York.

— Vous savez jouer ? D'après mes souvenirs, la dernière fois que je l'ai vu jouer, elle était en talon et elle n'a pas tenue 5 minutes.

— Elle est nulle mais elle aime bien. Ça lui rappelle de bons souvenirs avec...

Je me racle la gorge.

— Avec son ex ? Nathan ?

— Nate.

— T'as l'air de bien l'aimer aussi. C'est quoi votre histoire ? Elle, je sais qu'elle est sortie avec lui mais toi, et le frère de son ex... c'est quoi le mystère ?

— Nate et Joshua. C'était le grand frère de mon meilleur ami. Tous les deux fans de foot. Nos pères étaient meilleurs amis. On a grandis ensemble. Joshua est devenu mon meilleur ami et mon premier amour. Les événements de la vie ont fait qu'on a été séparés longtemps. Nate est décédé sur le front en Afghanistan. Je l'ai appris le mois dernier. 11 ans après. Nate a énormément compté pour nous. Hermionne et Nate ont voulu emménager ensemble, elle est même tombée enceinte de lui avant de faire une fausse couche. Les enfants Stevenson et Miller ont changé de voies et on a avancé.

— Et aujourd'hui ? Quelque chose me dit que tu as retrouvé ce premier amour, non ?

— Et par quelque chose, tu veux dire quelqu'un du nom d'Hermionne Stevenson ? supposai-je.

— Tout ce que je sais, c'est que toi et ce Joshua, vous étiez fous amoureux mais que vous étiez assez cons pour ne pas savoir que vous vous aimiez l'un l'autre. Vous avez gaspillé votre temps pour r en sah.

Mais vous vous retrouvez aujourd'hui. Mieux vaut tard que jamais. Ne le laisse pas s'échapper cette fois-ci.

Je ricane exagérément.

— Je n'ai pas d'autres choix que de te le tenir éloigné.

— Pourquoi ? Ça t'arrange à quoi de te faire désirer, Hazel ? Tu veux le perdre à nouveau ? Parce que je te promets que t'es sur le bon chemin, gamine, dit-il en levant les yeux au ciel.

Il a l'air d'en connaître pas mal dans le rayon amour celui-là.

— Quelque soit ta raison, danger de mort ou non. Même s'il est fiancé comme t'as dit hier, rien ne justifie que tu sacrifies ton histoire d'amour datant de... Attends t'as quel âge ?

— 27 ans, Ibra, grognai-je.

— 27 ans d'histoire d'amour incomplète.

— Elle a 20 ans mon histoire d'amour, Ibra.

— Peut-être que c'est 27 pour lui. T'as été assez bête pour ne pas t'en rendre compte pendant presque trois décennies.

— Comment tu peux m'accuser ? Lui aussi ne savait pas !

— Je te connais toi, donc je t'accuse toi. Et même si je le connaissais, je t'accuserais quand même. C'est plus facile d'accuser les filles. J'aime te faire chier.

Je vois ça.

— Et toi ? Ton histoire avec Halima ? lui demandai-je.

— Disons qu'à force de passer voir Hermionne pendant mes pauses, je suis tombé sur Halima. On a fait connaissance et les choses en entraînant d'autres, j'ai craqué pour elle. Elle m'a fait ramer comme pas possible. On a galéré avec nos familles à cause de nos origines pendant des mois mais ça a finit par se faire.

— Ça fait combien de temps ?

— Deux ans.

Je le frappe l'épaule.

— Pourquoi je l'apprends que maintenant ?

— Peut-être parce que tu vivais recluse avec ton ex-mari.

C'est vrai.

— Sinon, pour le foot, t'as des crampons ? Je veux jouer aussi.

— C'est une journée entre filles. No guys allowed.

— Je ne suis pas n'importe quel mec.

— C'est ce qu'ils disent tous.

***

Arrête de gigoter, Hermionne.

— J'aime pas les surprises où je ne vois rien. On est souvent déçus.

— Fais-moi confiance, orh.

Je la guide vers le stade Gaelic Park. On pénètre à l'intérieur et on prend place dans les premières places du gradin. Je retire le bandeau. Ses yeux rétrécissent avant de les ouvrir grands.

— Du foot ?

Elle a l'air sincèrement surprise mais pas déçue.

— Je savais que c'était une mauvaise idée, se moque Ibra.

— La ferme. Tu vas pleurer à force d'ouvrir ta gorge !

— Oula ! Hazel sors les griffes. Ta vraie nature ressort. Je me disais bien que le garçon manqué que t'étais était bien caché sous tes tailleurs.

J'étais un garçon manqué ? Moi ? Où sont les preuves ?!

— Je te conseille de surveiller ta langue, Ibra. C'est ce qu'il y a de mieux pour toi, dis-je menaçante tout en lui tapotant le dos jusqu'à serrer le muscle de son épaule dans mon poing.

Qu'il sente bien ma force de taekwondoïste. Je vais lui faire la peau s'il me compare à la vieille folle d'Hazel que j'étais à l'époque.

— Allons jouer, nous dit Julian en descendant des gradins.

Je passe des crampons à Hermionne et enfile les miennes. J'ai pensé à lui apporter un jogging mais elle insiste pour jouer en robe mi-courte verte. Ses cheveux sont relevés dans une parfaite queue de cheval.

Je comprends pas. Je ne la comprends pas, ni elle ni la façon dont marche son cerveau.

Hermionne a trouvé le moyen d'être magnifique en toute circonstance. Mais je choisis le confort. Un gros jogging gris, un t-shirt à manches longues noirs et mes cheveux au-dessus de ma tête, des mèches tombant de chaque côté de mon visage fatigué.

Une autre douche s'impose ce soir.

On s'annonce auprès de l'entraîneur et de l'organisateur. Il réunit tous les participants qui sont venus après la première partie près de l'un des bancs de touche. Il faut dire qu'on n'est pas arrivés à l'heure pour la deuxième partie dédiée aux amateurs. Entre Hermionne qui voulait faire une séance photo à Central Park, se faire traîner par

Julian dans les boutiques pour trouver un cadeau à sa petite copine tout en nous incitant à rendre certains de nos articles — Hermionne n'a rien rendu au passage et ne m'a pas laissé non plus rendre les sous-vêtements. Il est à présent 14 heures. Les matchs ont commencé depuis onze heures. Pas cool du tout.

— Bienvenue à tous et merci d'être venus, nous accueille l'organisateur. Nous avons organisé cette journée de match afin de préparer nos joueurs aux Nationaux. C'est aussi l'occasion de repérer de potentiels futurs footballeurs ou footballeuses pour notre équipe universitaire. Mais évidemment afin de faire découvrir ce sport dans ce pays où le football américain domine.

— Pour les matchs, vous allez jouer avec les équipes de ce matin, explique ensuite l'entraîneur. Il faudrait avouer qu'il n'y avait presque seulement des pros. J'en suis retourné. Nous allons vous organiser en 4 équipes de onze avec des remplaçants. Vous jouerez contre des joueurs de l'équipe universitaire et des joueurs assez affirmés. Ce n'est pas une compétition. Juste l'occasion de vous amusez. Vous pouvez être nul, tomber, rater, rire. Le ridicule ne tue pas mais vous encourage à faire mieux.

— Mais avant, nous allons juste évaluer votre niveau pendant quarante-cinq minutes afin de constituer des équipes équilibrés.

Il s'en suit d'une dizaine de minutes à s'entraîner et s'étirer avant de faire des exercices de passes, d'appuis, de frappe-dribble, du travail sur nos pieds gauche et droit, on fait un taureau pour finir sur des échauffements et une course sur demi-terrain avant de nous faire travailler les différentes positions sur le terrain. Gardiens, milieux, défenseurs et attaquants. J'avais quelques souvenirs des entraînements de Joshua mais ça reste assez lointain. Et honnêtement, je suis assez détendue mais un peu épuisée. C'est assez intense comme entraînement pour des débutants. Je n'imagine pas pour les joueurs.

Quand je regarde Hermionne, ses cheveux ne ressemblent plus à rien. Ses joues sont rouges tomate. Elle s'en est sortie tout juste. Sa robe limitant ses mouvements. Elle râle toutes les cinq minutes. Elle a froid aux jambes et chaud en même temps. Le gazon a été débarrassé de la neige. Perso, les exercices m'ont rendue imperméable à la température, qui est quand même assez basse.

Je ris parce qu'elle continue tout de même de faire la belle devant ces étudiants débordant de testostérone. Certains la matent sans retenue tout en la pointant du doigt. Elle fait mine de ne pas les voir et s'embrouille avec Ibra qui lui demande d'aller se changer. J'en profite pour prendre une photo d'elle et l'envoyer à notre père pour le rassurer que sa grande fille va bien.

Ju' a l'air concentré sur les explications donnés. Je lève les yeux. Toujours dans la compétition celui-là.

— Bon ! Les équipes sont faites. Nous allons vous appeler un par un. Je vous préviens que les équipes sont mixtes. Les joueuses sont peu. Donc les mecs, faites attention, les prévient le coach. Vous mettrez des maillots, pour ceux qui se sont inscrits avant et des dossards pour ceux qui nous ont rejoint à l'improviste.

— Des quoi ? Des dossards ? s'exclame Hermionne. Des gens ont sué dedans. C'est dégueulasse !

— Ça ne peut qu'être pire que ceux en France, l'embête Ibrahim en la bousculant.

Elle court en lui assénant un tape derrière la tête au même moment où le coach Park l'appelle pour récupérer son dossard jaune. Elle lorgne dessus dégoûtée et le tient à un doigt loin d'elle.

Par contre, je manque de tomber quand j'entends son placement sur le terrain. Je dois être rassurée qu'on la fasse jouer en attaque ?

— C'est pas une bonne idée ça, m'appuie Julian en se penchant vers moi. Regarde-moi ce chihuahua enragé avec ses canines qui ressortent.

Hermionne sourit diabolique. O. K. Elle ne va pas jouer à la loyal. Je le sens. Si c'est pas les poings et les coups bas, c'est le charme.

On me donne un maillot aux couleurs de NYU, blanc et violet et mon nom de famille dans mon dos. Je voulais y aller avec Joshua quand j'ai fait les inscriptions. Mais lorsque je regarde autour de moi. Je ne le vois pas. En même temps, à quoi est-ce que je m'attendais ? Il est occupé Izzy.

Je suis en attaque. On m'a dit que je pouvais me placer facilement en défense tout comme en attaque. Je préfère tester de nouveau rôle.

Nous sommes l'équipe de B-2 comme Bulls. Avec moi, il y a Ibra. Julian est dans l'équipe C-2 comme Cauldrons. Des chaudrons quoi. Et Hermionne dans l'équipe A-2 comme Awful Eagles.

Ne me demandez pas d'où sortent ces noms. Des Taureaux, des Chaudrons et des Aigles Horribles.

Les matchs durent cinquante minutes avec une pause de cinq minutes à la 25ème minute. Les 1 correspondent aux joueurs de la partie de ce matin. Et les 2, c'est nous.

L'équipe d'Hermionne commence avec les B-1. J'avais raison. Elle joue de façon non fair-play. Elle use de charmes et si ça ne marche pas, elle fait des coups en douce ou simule une chute. Mais le reste du temps. Elle arrive à se déplacer sur le terrain comme une joueuse normale mais finit toujours par s'énerver quand le ballon lui ait prise.

Au final, ils perdent à 2 - 1.

Nous commençons et nous jouons contre les D-1, les Donkeys. Les Ânes.

C'est horrible.

Je me place sur le terrain avec les dix autres dont Ibra au but. Je commence à avoir chaud alors je fais un noeud avec mon maillot pour laisser un bout de ma petite graisse de ventre prendre l'air.

L'arbitre siffle le coup d'envoi. Le match commence et la balle est à l'adversaire. Le jeu progresse tout comme les adversaires mais nos défenseurs font barrage et le ballon est remis à notre équipe. J'essaie de me démarquer le plus possible pour laisser un échappatoire possible. Au début, je suis un peu perdue mais au fur et à mesure, je prends mes marques.

Vingt minutes passent. Trois tentatives de tir pour nous, quatre pour les D-1. Ibra n'a pas chômé une seule fois. Notre équipe fait très peu la passe aux filles même lorsqu'elles sont bien démarquées, ce qui nous vaut à chaque fois la perte du ballon. Je me suis énervée contre un de mes coéquipiers du milieu de terrain par rapport à ça.

Sauf que là, il n'a pas trop le choix. Il est entouré de trois joueurs dont un qui est torse nu, son maillot sur les épaules, dos à moi. Il essaie de lui prendre le ballon, son coéquipier roux aussi mais il me fait la passe à contrecœur. Je coince le ballon sous mon pied avant de commencer à courir vers les buts adverses. De là, je fais une autre passe à un autre attaquant avant-centre. Je me rapproche de lui et des buts. Il me refait la passe, le roux de tout à l'heure essaie d'intervenir. Il s'en suit d'un duel où il ne me lâche pas d'une semelle. Mais je feinte fort sur la gauche, avant de repartir à droite d'un coup sur la droite. Je me retourne sur moi-même avec le ballon avant de tirer le plus fort possible. Je suis le ballon des yeux. Il frôle le poteau mais réussit à rentrer dedans.

Je suis bouche bée. J'entends des exclamations derrière moi mais je reste immobile, fixant la cage de but.

— Jurez, j'ai marqué ? J'ai marqué ? J'ai marqué !

Mes coéquipiers viennent me taper dans la main alors que je suis toujours sous le choc. On se remet en place.

J'ai marqué... On aura beau perdre, j'aurai vécu ma meilleure victoire. Si Nate était là, je lui aurais sûrement balancé un : « Bim dans tes dents. »

Il ne m'a jamais cru capable de marquer. J'aurais aimé lui prouver aujourd'hui que, oui, je peux.

Le match continue. Il reste 3 minutes avant la mi-temps. On a sifflé un carton jaune pour nous. Les D-1 ont marqué. Les garçons ont décidé de faire les bons joueurs et faire des passes aux filles. Actuellement, je suis en train de courir hors d'haleine vers les buts pour recevoir une passe. J'ai le ballon. Je cours à nouveau en essayant de ne pas m'emmêler les pieds. Je suis presque arrivée quand je vois du coin de l'œil, un mouvement vif sur ma gauche. On me tacle violemment au niveau des genoux. Je vois limite des étoiles.

Je tombe douloureusement sur le dos, m'éraflant le coude gauche et ma cuisse sur le côté. Ça fait mal. Super mal.

L'arbitre siffle. J'ignore la sanction pour cet acte tellement je suis focus sur ma douleur. Elle est brève, pas grave, mais c'est une sacré chute quand même.

On vient s'assurer que je vais bien. Je regarde le coupable. Le gars torse nu, s'en allant sans un regard pour moi. Il vient de me blesser et il s'en va ? Et la politesse alors ?

— EH TOI ?! TOI LÀ !! hurlai-je hors de moi.

Je me lève précipitamment et cours vers lui.

— La moindre des choses, c'est de s'excuser !

— C'est pas mon souci.

Il ne se retourne même pas. C'est encore un de ces gamins pourris gâtés qui se croient tout permis. J'enlève mes crampons, prends mon élan, et les lance. Un dans son dos, le griffant à sang. Et l'autre, dans le mille, derrière son crâne. Il ne s'arrête pas. J'oublie la douleur deux secondes et cours carrément derrière lui.

— Hazel, nan !!! crie Julian depuis les tribunes.

— Vas-y ma sœur ! hurle Ibra depuis ses cages.

Mon pied frappe derrière ses genoux et le balaie sec. Je lui fais une clé de bras avant de le faire passer au dessus de mon dos. Il tombe en arrière. Je me jette à genoux, le poing levé, prêt à s'abattre contre son minois. Mon geste reste en suspens. Je penche la tête sur le côté pour bien voir son visage qui est à l'envers.

— Qu'est-ce que... Mais tu fais quoi ici toi ?!

Il sourit. Il rigole. Mes nerfs sont tendus. Je n'aime pas les mauvais joueurs, ni la triche. Un homme qui tacle une femme aussi violemment, en plus avec son gros gabarit.

Mon poing s'écrase contre sa mâchoire.

Je déteste qu'on se moque de moi.

Il ne le savait pas ça ?

Et pourtant, il devrait.

Chapitre 11

J'essaie de me lever après ma poing d'attaque mais il attrape mon
poignet.

— Surprise ?

— M'en fiche. Par contre, votre croche-patte va vous coûter cher,
Monsieur Miller. Sale mauvais joueur, grognai-je.

— En amour comme au foot, tous les coups sont permis.

— Sûrement pas au foot, Miller, intervient le coach en nous regardant tour à tour d'un drôle d'air. C'était dangereux et j'avais bien
spécifié que je ne voulais pas de mauvais coups aux filles. Rien que
pour cette remarque, je te mets un carton rouge, gamin. Tu ne sais
pas qu'on ne provoque pas les femmes ?

Joshua ouvre grand les yeux. Et moi, je me moque ouvertement. Il
se venge en me tirant les cheveux. Je fais de même.

— Ibra ! Aide-moi s'il te plaît.

Je fusille Joshua du regard alors qu'il rit à gorge déployée. Son rire
me donne la chair de poule mais me fais en même temps rager parce
que je ne peux pas jouer pour me venger. J'ai mal à la cuisse quoi.

Ibra vient me soulever sous les aisselles. Je jette un dernier regard au Viking américain, qui est maintenant assis, prenant appui sur ses mains en arrière. Il nous observe, ou plutôt, observe Ibra, méfiant.

Mon ami fait un bout du chemin avec moi avant de me demander.

— Tu pourras te débrouiller ? Le match va reprendre.

— Ouais, vas-y.

Je rejoins les gradins et m'installe avec Hermionne et Julian.

On m'applique de la crème sur ma petite blessure au coude et de la glace sur la cuisse. J'aurais sûrement un bleu. On me remplace sur le terrain. Je regarde le responsable de mon état. Il a remis son t-shirt. Un t-shirt que J'AI fait faire quand je l'ai inscrit. Un t-shirt où est marqué en lettres majuscules violettes : MILLER.

J'ai. La. Haine.

Qu'il soit un connard de première. Ça, je le conçois. Mais me faire un coup pareil ? Je n'accepte pas.

J'ai encore plus la haine car on a perdu. Il arbore un magnifique bleu sur la joue, signé de mon nom.

Je le vois au loin jouer. Mal en point, certes mais il a l'air d'être content de jouer. Je ne pensais pas qu'il allait pouvoir venir avec son emploi du temps chargé. Je dois être heureuse ou pas ?

Ouais... si on veut.

J'attendais de voir ce sourire. Celui de l'épanouissement et de la passion qui l'animait comme l'époque où il jouait au lycée. Quand il était heureux, je l'étais automatiquement. Mais là, le seul sentiment qui m'anime c'est la colère et la douleur. La colère d'avoir perdu. La douleur de mes pauvres muscles. J'aimerais effacer son sale sourire de gamin fier de sa bêtise.

Me tacler ? Moi ? Non mais sans rire. Il veut crever ?

— Alors, c'est lui ? Le fameux frère ? Il est pas mal, hein ?

Je tourne la tête lentement vers Ibra et le fusille du regard.

— Il t'arrive de garder tes commentaires pour toi ?

— Tu sais pas que je m'en bats les couilles de ton avis ? Je parle. Ça s'appelle la liberté d'expression.

— T'inquiète pas. Mon poing aussi va exprimer sa liberté d'expression sur ton visage, imbécile.

— Arrêtez de vous disputer. Je me concentre sur un truc louche là, nous gronde Hermionne. Izzy, la démarche de la vermine n'est pas un bizarre ?

Je la regarde sans comprendre.

— C'est moi ou il boite un peu là ?

Je regarde le terrain et cherche Joshua. Je le vois courir bizarrement. Il n'est pas régulier. D'un coup, une action commence. Il se masse deux secondes le genou avant de courir derrière le ballon.

J'ai un mauvais pressentiment. Ce n'est pas la première fois que je le vois se masser le genou droit. Sa fracture. À Paris, juste en me coursant, il avait des douleurs. Il avait dit que s'il ne tirait pas trop sur son genou, la douleur serait supportable. Mais il est là depuis ce matin, quelque chose me chiffonne.

Une pensée me vient. Et s'il avait pris une dose assez forte d'antidouleurs ? Il commence à sentir la douleur maintenant car les médicaments commencent à diminuer leurs effets, non ? Il transpire anormalement.

D'ailleurs, il avait pris de la vitesse mais il commence à ralentir. Je panique.

— C'est pas bon du tout ça, marmonnai-je avant de jeter la poche de glaces par terre et descendre en vitesse en bas.

Il est en train de tuer son genou.

Je rejoins le coach en bas.

— Monsieur, il faut arrêter le match.

— Pourquoi ? Quel est le souci ?

— Le joueur du nom Miller. Il doit arrêter de jouer.

— C'est un excellent joueur comme je n'en vois presque jamais. Le match se passe bien. Pourquoi devrait-il arrêter ?

— Il a une fracture d'un de ses ligaments au genou. Je crois qu'il a pris des antidouleurs. Il boite.

— Il a quoi ?!! Merde !! Mais il est fou !

Il siffle l'arrêt du jeu. Les joueurs s'arrêtent sans comprendre. Mes yeux ne suivent que le corps de Joshua qui n'a pas l'air de vouloir s'arrêter. Il s'obstine à courir. Il boite de plus en plus. Il titube lit- téralement. Il trébuche à plusieurs reprises.

Non. Non. Non.

Je cours vers lui.

— Joshua !!!

Il se force à avancer pour rejoindre le ballon plus loin. Les autres joueurs le remarquent et essaient de lui barrer le chemin mais il les pousse. Mais qu'est-ce qui lui arrive ?

C'est là que je vois son genou meurtri. Il ne bouge plus. Ses yeux se ferment. Il s'apprête à s'effondrer mais je l'attrape au vol pour amortir sa chute et on tombe sous son poids. Une petite douleur de rien dans mon dos. Je me redresse en vitesse, sa tête à moitié sur mon ventre et l'autre sur mes cuisses.

— Joshua ?

Il hurle de douleur en se tenant le genou. Je panique et je ne sais pas quoi faire. Le seul truc que je demande, c'est supplier pour qu'on appelle les pompiers, n'importe qui pourra soulager sa douleur. Mon état de panique m'empêche de réfléchir correctement. Le coach me prévient qu'il a appelé les secours.

— Hazel, j'ai mal, gémit-il.

Il entoure ses bras autour autour de ma taille me griffant. Tout ce que je peux faire, c'est le serrer encore plus contre moi. Qu'il ne se sente pas seul comme il l'a été la première fois qu'il a vécu cette douleur. Cette même douleur qui lui rappelle sans cesse à cet instant qu'il ne peut plus vivre normalement sans le regret de ne plus pouvoir jouer, de courir à pleine vitesse sans crainte d'une blessure plus grave.

Julian accourt avec des poches de glaces. Il les pose sur le genou puis sur toute la jambe. Joshua grogne violemment et s'agrippe à moi. Je serre les dents. Le voir dans le mal, me met à mal. Dès qu'il gémit, mon cœur se compresse si fort. Mon souffle se bloque et le sentiment d'être inutile pour le soulager m'étouffe tellement.

Les larmes coulent toutes seules sur mes joues et tombent dans ses cheveux. Pile à ce moment, je sens mon maillot s'humidifier. Il tremble. Il souffre et pleure. Il se cache contre moi pour pleurer.

— Pardon, Izzy. Pardon. Pardon.

— Pourquoi tu t'excuses ? Hmm ?

— C'est tout ce que je peux dire pour ne pas craquer complètement devant toi.

Je le déteste d'être toujours prévenant et imbu en même temps. Je n'ai pas besoin qu'on prenne des pincettes avec moi. Il a besoin d'être réconforté, pas moi.

— Les secours arrivent. Tiens bon.

Quelques minutes plus tard, j'entends des sirènes, les secours arrivent avec un brancard. Et derrière eux, des hommes style Men In Black accourent en même temps. Ils essaient de m'arracher à lui mais je lutte.

— Ne me touchez pas ! Enlevez vos mains !!!

Joshua pose la main sur la main d'un de ses gardes.

— Laissez-la, marmonne Joshua.

Les secours demandent à ce que je recule. Je le fais sans broncher. Je les suis à la trace lorsqu'il embarque dans l'ambulance. L'un des ambulanciers me stoppe.

— Vous êtes de la famille ?

Je le regarde sur le brancard. Il ne m'aurait pas lâché une seconde si j'avais été à sa place. Il fait parti de ma famille depuis ma naissance. Il compte pour moi et c'est bien la première fois que je me l'avoue. Je suis là pour lui comme il aurait été pour moi.

— Oui.

Je monte avec eux. Hermionne me donne mon téléphone avant que les portes ne se ferment sur nous. Elle me fait signe de loin de l'appeler. Puis l'ambulance part en vitesse direction l'hôpital.

***

J oshua

10 ans plutôt Tard cette nuit-là. À l'hôpital. Chicago.

Mes ongles rentrent dans ma paume et traverse ma chair à m'en faire saigner. Si je pensais avoir complètement fermé mon poing, j'arrivais à le resserrer encore plus.

Ce que j'ai vu. Ce que j'ai su. Ce que j'aurais pu faire. Ce que j'aurais aimé penser. Ce que j'aurais DÛ faire.

Et puis... ce que je n'ai pas fait.

Y' a-t-il quelqu'un dans ce monde qui a déjà ressenti, ressent ou pourra ressentir ce que je ressens à présent ?

Ce sentiment d'être minable, incapable, d'étouffement, d'oppression. Cette douleur qui comprime la poitrine vous rappelant à quel point vous êtes la pire espèce d'humain. Cette envie de mourir, de se noyer dans cette mare rassemblant vos pires cauchemars pour venir vous tourmenter avec. La culpabilité est le pire sentiment. La culpabilité vous pousse au pire.

Je n'ai pas su protéger mon bien le plus précieux que je possédais. Je ne peux pas guérir une blessure que j'ai causé. Guérir une blessure comme cette infirmière qui désinfecte mon genou.

— Vous vous êtes juste ouvert le genou et un blocage du genou. Votre genou a reçu un choc traumatique. Ça aurait pu être grave mais les examens montrent que vous allez vous en remettre très vite. Il faut juste que vous vous reposiez un maximum, que vous fassiez des exercices pour rhabituer le genou à bouger et que vous preniez vos médicaments à l'heure.

Je regarde ces jambes de malheur. Ces jambes que tout le monde envie pour sa vitesse, sa force et sa ténacité. Ces jambes qui, selon l'entraîneur, m'emmènera loin dans le monde du football. Et c'est aussi ces mêmes jambes qui n'ont pas été capable de courir assez vite pour sauver Hazel.

À quoi me servent-elles, honnêtement ? À part courir derrière un putain de ballon, à quoi servent-elles ?! À quoi servent-elles si je ne peux même pas m'en servir pour sauver ma meilleure amie ? Le premier amour de ma vie ?

Un cerveau qui n'a pas su comprendre son appel à l'aide. Des jambes inutiles. Un être inutile. Elle est brisée. Je suis entier. Pourquoi ne pas faire les choses équitablement ? Je ne sais pas si c'est les médocs qui me font penser comme ça. Je plane. Je plane tellement, et si haut que j'arrive à voir ma situation dans son ensemble. Je suis quelqu'un de juste. Si Hazel a perdu sa virginité avec un violeur. Si elle est brisée du plus profond de son âme, pourquoi devrais-je rester entier ? C'est injuste.

Réfléchir rationnellement, c'est ce que j'aurais dû faire bien avant mais là, peut-être que la morphine nous faire voir la réalité.

Je revois son regard vide. Les draps tachés de sang. Ses lèvres sèches. Et puis, sa main. Sa main qui serrait mon pull que je lui avais passé un jour de pluie. Le pull qui lui servait d'oreiller épuisé ce jour-là. Si j'avais su. Si j'avais compris. Si je n'avais pas sous-estimé Eric.

Je mérite d'être puni. Prendre un appel à l'aide à la légère est le pire des crimes. Voilà pourquoi on ne fait pas confiance aux hommes.

Je regarde le miroir en face de moi. Je vois un connard. Pas homme, ni un garçon de 18 ans. Juste un connard. Je n'ai jamais pensé de façon si extrême. Mais je veux en finir pour être en paix. Et pour l'être, je dois me priver de ce qu'il y a de plus important pour moi. Je ne pourrais plus jamais regarder Hazel dans les yeux.

Autant en finir.

L'infirmière s'en va après avoir vérifié ma perfusion. J'avise la chaise en bois au pied de mon lit. Je me lève avec difficulté. J'arrache l'aiguille de mon bras. Je soulève la chaise et la fracasse au sol. Je bloque l'accès à ma chambre avec la table roulante et le fauteuil visiteur. J'attrape un pied de chaise et sans aucune hésitation, je frappe mon genou droit à plusieurs reprises jusqu'à ce que je ne sois plus en mesure de tenir non sur deux mais une seule jambe.

Je sais que je vais le regretter. Fort même. Mais sur le moment, c'est la meilleure idée que j'ai eue de toute ma vie. Je jette le bâton pour me cogner contre le mur. Je veux juste me bousiller le genou.

J'entends à peine les exclamations des médecins qui me hurlent d'ouvrir.

Ils ne peuvent pas comprendre ma douleur. Car ajouté à ça, mon frère est mort. Comment puis-je vivre en sachant que j'ai perdu mon frère ? Ce mec aux airs d'aîné qui aurait tout sacrifié pour nous. Le perdre lui est encore plus douloureux car je ne le reverrai plus jamais. Je n'ai pas eu l'occasion de lui dire à quel point je l'aime. Qu'après la mort de Maman, il a été notre point de repère à Papa et moi. Que sans lui, tout est éphémère. Sans goût. Il n'est plus là pour m'encourager, alors à quoi bon continuer ?

Je n'ai pas su garder ni Nate ni Hazel. Que voulez-vous que je fasse de cette vie ? Leur rendre hommage ? C'est une insulte à leurs égards. Ces deux-là ont toujours haï le fait qu'on puisse avoir pitié d'eux. Alors, leur rendre hommage est une autre histoire. Je préfère tout assumer. Et j'aurais trouvé ma paix.

J'ai beau hurler ma douleur mais je me moque de moi-même. J'ai l'impression que ma rotule va jaillir hors de sa chair à tout moment. C'est insupportable mais pas autant que je le pense.

Je me dis qu'il y a pire, non ? Comme douleur.

La porte s'ouvre, on m'attrape mais je me débats en criant. J'attrape un couteau dans une bassine en acier. Je saute sur un pied. Des sueurs froides dans le dos. Je brandis le couteau devant moi les faisant reculer. Ils lèvent les mains pour montrer qu'ils ne le veulent aucun mal. Mais je sors de la chambre. Derrière moi se trouve la porte des escaliers vers laquelle je me rue. Sauf qu'en l'ouvrant. Une violente migraine me saisit. Je commence à halluciner quand je vois Hazel et Nate derrière moi dans le couloir. Je recule. Toujours et encore. Jusqu'à ce que je rate une marche. Je sens mon corps partir en arrière. Mes os craquent lorsque mon corps déboule dans les escaliers. Je ne sens plus mes membres. Je me suis littéralement brisé.

C'est ce que je voulais, n'est-ce pas ? Mais j'accepte quelque soit le résultat de ma connerie.

Arrivé en bas, je ris de désespoir. Je regrette d'avoir fait un truc pareil. Ils ne me le pardonneront jamais.

— Je suis désolé, Nate. Je suis désolé, Hazel.

Je dis au revoir à mon rêve, en signe d'excuse et pardon aux deux personnes que j'aime le plus après mon père.

À Nate, désolé de ne pas su poursuivre mon rêve. J'accepte de vivre avec ce regret toute ma vie. J'aurais voulu te dire à quel point je suis fier d'être ton petit frère. À quel point, tu resteras à jamais mon modèle. J'aimerai avoir ton courage de pouvoir affronter le monde sans montrer tes réelles peurs. D'être aussi responsable et loyal envers ceux qui t'aiment. D'être un homme de parole, un homme qui a aimé une femme et dompté cette lionne. Un homme dont rien n'arrêtait. Nate : la définition d'un Homme avec un grand H.

À Hazel, celle j'ai aimé. Celle que j'aime. Celle que j'aimerai le restant de mes jours. J'aurais souhaité te dire ces mots : « je t'aime ». Je les garde au chaud. Pour toi. Et les chérirais dans mon cœur, en te les soufflant à l'oreille dans mes plus beaux rêves.

***

N.A. : Je vais pas vous mentir hein mais le dernier paragraphe de ce chapitre... MAIS COMMENT JE SUIS FAN ! En mode... c'est moi qui ai écris cette disquette ? En tout cas, je suis archi contente.

Ah, et aussi. Je voulais vous prévenir que, certainement au mois d'août, je ne publierai pas afin de profiter de mes vacances. D'ici-là, j'aurais épuisé mon stock de chapitres écrits à l'avance. Mais ça reste encore à confirmer.

Bonne journée les Honeys

Chapitre 12

Joshua

Les bruits de l'électrocardiogramme me donne la migraine alors que j'émerge de ce cauchemar assez violemment. Violent, c'est mon impression mais apparemment, pas pour la demoiselle endormie sur ma côte droite. J'essaie de faire bouger mes doigts mais ils sont entrelacés avec des doigts si doux. Je lève ma main gauche tremblante et la passe dans ses cheveux.

Ses cheveux sont soyeux, doux mais emmêlés. Elle porte encore sa tenue de sport. Elle a l'air si calme et apaisée. Je n'imagine pas sa panique. Je savais qu'un truc comme ça allait m'arriver. Je me suis rendu trop tard de la forte de dose d'antidouleurs que j'ai pris. Mais étant un extrême entêté et heureux de pouvoir enfin jouer, j'ai ignoré tout ça et mis le problème dans un coin de ma tête. J'espérais juste qu'elle ne serait jamais témoin de cet entêtement.

J'ai fait une autre connerie. Celle-ci. Elle va sûrement me tuer, m'insulter puis me ressusciter avant de me tuer à nouveau.

Néanmoins, si faire des conneries me permet de l'avoir près de moi, pourquoi pas. Mon cœur s'emballe juste en la voyant contre moi. Toute chaude, sa respiration régulière me rassure plus que mon propre état. Et son petit sourire rêveur. Je donnerais n'importe quoi pour voir ce sourire tous les jours.

Je devrais la réveiller, lui dire que je vais bien. La faire chier ou l'envoyer balader comme elle le voulait de base mais je n'arrive pas à m'y résoudre. Je la laisse à son sommeil. Juste pour profiter de cet instant, le chérir car rare est-il.

Mes pensées basculent sur cette nuit de cauchemar du mois d'avril. À ce jour, il n'y a pas juste le fait que je n'ai pas pu sauver Hazel. Cette culpabilité a diminué mais elle est toujours présente. Ce qui me ronge vraiment, c'est la bêtise qu'a fait l'enfant de 18 ans que j'étais lors de mon hospitalisation. Le lendemain, j'ai compris que j'agissais sous les effets de médocs et qu'un infirmier corrompu ou licencié mais surtout hors-sol et shooté était passé m'injecter de la drogue pour se « venger ». Il avait été viré pour vol et consommation de drogues durs pendant ses services. Et forcément, sans revenu, il était dans l'incapacité de se payer ses doses.

J'étais bien éveillé tout mon hospitalisation mais je n'ai pas prêté attention aux allés et venues. Je m'en foutais complètement. Mais ça m'a coûté mon genou et un éternel mal-être. D'un côté, j'agissais sous une influence psychologique mais de l'autre, je crois que j'étais consentant. Je pense que j'avais vraiment envie de me niquer le genou. Sauf que je ne l'aurais jamais fait. C'est seulement la culpabilité qui parlait.

Mais ce qui est passé est passé. Au présent, disons que je me suis shooté sans connaissance de cause. Hazel ne devait pas voir ça. Je savais qu'elle allait à New York. Julian était venu me prévenir qu'il partait là-bas pour des raisons familiales. Juste après Hazel a suivi. J'ai tout de suite compris qu'il s'y allait ensemble. Et vu que je suis plus ou moins de près ou de loin Hermionne. J'ai cru comprendre qu'ils partaient la rejoindre à cause du scandale.

Mais je ne savais pas que suite à ça, ces deux folles sœurs allaient venir s'amuser ici ! Qui emmène sa sœur jouer au foot pour son anniversaire ? Quand je les ai vu, en revenant d'une pause déjeuner avec les étudiants, j'ai cru halluciner. Elle courait. Je suis resté planté là, à la regarder, ensorcelé. Puis je me suis rappelé qu'elle voulait se tenir éloignée de moi.

J'ai voulu lui faire regretter mais même ça, je n'ai pas pu le faire.

Par contre, le tacle. C'était juste une vengeance personnelle. C'est venu comme ça. J'en ai ri. J'en ai rêvé. Et je l'ai fait. Ma satisfaction. Il y a 11 ans, elle m'a fait la même avec Hermionne. C'était le moment ou jamais.

Elle s'est blessée ? Je ne m'en suis pas inquiété vu qu'il y avait ce grand black qui était au but, non ?

Il avait l'air de bien la connaître et de bien prendre soin de lui. Quand je l'ai vu me fixer, et sourire en coin, Dieu sait que j'ai voulu lui refaire le portrait. À la place, j'ai poussé sur mon genou alors qu'il ne le fallait pas.

J'ai été con. Et ça fait trop longtemps que je ne l'ai pas été. Je ris doucement en me remémorant ma jeunesse. J'étais beau, sexy, musclé, intelligent, j'avais toutes les filles qui existaient mais j'en voulais qu'une et elle se trouve à mes côtés à cet instant.

Je la sens bouger. Elle passe une main sur son visage. Elle essuie sa joue baveuse comme si elle passait un rouleau de pâtisserie dessus. Elle est tellement mignonne. Elle ouvre ses yeux. Son regard croise le mien. Elle saute en arrière.

— Tu vas bien ? Tu as encore mal au genou ? Ça va ? Attends, j'appelle le médecin.

Elle lutte, je le vois dans ses yeux.

Elle se retourne.

— Doct... ! Ah !

Je tire sur sa main qui est toujours dans la mienne. Elle tombe sur mon torse et même si elle essaie de se lever, je l'enlace.

— Lâche-moi. T'as besoin de voir un médecin.

Je la serre fort pour ne pas qu'elle s'échappe. Elle me frappe le torse. Je vois ses yeux briller.

— Laisse-toi aller. Juste cette fois. Fais-le. Laisse-les couler une bonne fois pour toute.

Elle arrête. Elle me regarde enfin avant de tourner la tête, posée sur mon cœur, pour ne pas que je la vois dans ce léger moment de faiblesse et surtout de détresse. Elle se détend. Elle laisse couler ses larmes. C'est tout ce que je voulais. Elle se retient trop. Être la raison de ses larmes me fait sentir mal mais je sais pourquoi elle est comme ça. Se retenir, c'est ce qu'elle fait de mieux. Je l'entends renifler. Ma chemise d'hôpital se mouille rapidement. Je caresse sa tête.

— Je suis désolé, Hazel.

Elle ne répond pas. Puis je l'entends faiblement.

— Arrête de t'excuser. Je t'en supplie. Ça en devient vraiment ridicule. Et ça me met mal à l'aise. J'ai l'impression de passer pour la cruelle de l'histoire.

Je rigole franchement. C'est vrai que je ne fais que m'excuser. Ce ne sont que des mots pour elle. Moi, j'y tiens énormément. Parce que ce n'est jamais suffisant.

— T'as autant souffert...? La première fois ? me demande-t-elle.

— Je planais, je ne me souviens pas bien de la douleur ressentie mais je pense que c'était bien pire que maintenant.

Elle se redresse et se lève. Elle sèche ses larmes d'un revers de la main.

— Je vais chercher le médecin, dit-elle faiblement.

À peine est-t-elle sortie que la minute d'après, une tornade française déboule et m'attrape par le col de ma chemise d'hôpital.

— Tu sais dans la vie, il y a deux types de personnes   Il y a les cons et les extrêmement cons. Mais toi... Tu fais partie d'une espèce tellement rare que l'envie de te disséquer est tellement tentant afin de découvrir avec quel genre de cerveau tu as pu te retrouver dans cet état !!!

— Merci, je vais bien, Hermionne, souriai-je en me laissant malmené par cette dérangée.

— Tant mieux pour toi que tu vas bien parce que je t'aurais quand même donné une raison de finir dans un lit d'hôpital. Qu'est-ce qui t'as pris de faire un truc pareil ? Tu souhaites mourir pour rejoindre ton frère ? Fallait me demander, je t'aurais aidé avec plaisir.

— C'est que tu t'inquièterai pour moi ? Je te pensais sans cœur ni âme.

— Je le suis toujours. Je suis cruelle. Tu devrais le savoir. Et je ne m'inquiétais pas. C'est Hazel qui chialait comme une m–

— Finis ta phrase, l'interrompt Hazel derrière elle les bras croisés accompagnée d'une docteure.

— Je vais me gêner, tiens. Elle chialait comme une merde. Une bonne diarrhée si tu veux mon avis.

Je vois la docteure rire discrètement. Alors que les filles commencent à se chamailler comme à leur habitude. Les voir ensemble m'avait manqué. Il ne manque que Nate au tableau.

— Si vous permettez, nous pourrions discuter de l'état de vos excréments plus tard. Je vais devoir ausculter le patient. Pouvez-vous attendre dehors ?

— Oui, on y va. Toi, viens là.

— Non. Je veux voir à quel point notre pré pubère a grandi, dit-elle avec un sourire bien pervers et psychopathe.

Elle veut quoi ??? Je remonte le drap bien haut. Elle me fait peur. Elle n'a aucune pudeur ni honte. Elle me fait vraiment flipper. Tellement qu'il m'est arrivé de faire des cauchemars... de viol. Elle a toujours été très ouverte sur sa sexualité. En parler au monde entier ne la gênerai pas, mais je ne veux pas être sa cible. Psychologiquement, je ne m'en remettrais jamais. Impossible. Ses moqueries sont un motif de suicide, j'ai juré ce qu'il y a de plus précieux au monde.

Un grand homme noir fait son entrée, les yeux endormis mais un grand sourire aux lèvres. L'autre gardien là.

— Il me semble que t'as un mec, Herms, dit-il en français. Je ne pense pas qu'il va être content d'apprendre que tu lorgnes sur d'autres hommes.

Il me regarde. Me dévisage avant de me sourire avec un sous-entendu mais qui m'échappe.

— Enchanté de vous rencontrer, M'sieur Miller. J'ai entendu pas mal de choses. À votre sujet. J'espère que vous allez vous en remettre. Ce serait dommage de perdre une occasion de séduire ou de défendre un territoire.

À ses yeux, il sait des choses mais quoi ? Il regarde Hazel puis moi.

Il s'étire avant de passer un bras autour des épaules d'Hermionne et Hazel ! Je rage. Il se moque ouvertement de moi en me narguant.

— Tu peux essayer de bien te tenir, genre pour une fois dans ta vie, Hermionne ? gronde Hazel en français.

— On s'en bat les couilles.

— T'en as pas.

— Ça ne serait tarder. Je les porte mieux que certains mecs sur cette planète.

Je devrais ouvrir un hôpital psychiatrique à son nom. Elle en serait la première patiente.

Je les regarde partir et je fixe ce bras posé sur l'épaule d'Hazel comme si j'avais le pouvoir de le faire disparaître ou de le brûler. Quand la porte se ferme, je grince des dents mais lorsque je lève la tête, ma colère s'évapore et est remplacé par ce sentiment d'être dans la mouise. La docteure me regarde en colère les poings sur la taille. Je m'installe confortablement attendant son sermon. Cette petite dame au teint de cacao me fait rire car je ne la prend jamais au sérieux et ça l'énerve.

— Tu crois que je t'ai donné cette jambe pour que tu reviennes ici ?

Je pince les lèvres car son accent africain ressort à cause de l'énervement.

— Vous êtes là pour me sauver à chaque fois, non ?

Elle m'attrape les deux oreilles et les tire.

— Et tu crois que mon salaire augmente ? Écoute petit, les jambes comme ça, des gens en mourraient pour les avoir. Il y a dix ans, si je n'avais pas été là, tu aurais fini sur une chaise roulante toute ta vie et tu ne serais pas le grand businessman dont tu te vantes devant mon nez. Si t'avais été mon fils, Dieu sait que je t'aurais poussé plus loin dans les escaliers pour t'apprendre une bonne leçon.

C'est... hard. Je suis entouré de gens violents.

— Je t'ai bien répété et re-répété que les anti-douleurs sont à prendre avec précaution. Il y a des side effects. Vu la quantité dans ton sang, tu n'y es pas allé mollo et tu pouvais y passer. On aurait vu dans Forbes « mort à cause d'une overdose d'antidouleurs ».

— Je me suis laissé emporté. Je n'ai pas fait attention. Désolé, Aminata.

— C'est Docteure Sidy pour toi.

Elle me lâche enfin les oreilles. Je grince des dents en massant mes tempes. Elle soulève le drap et vérifie mon genou. Elle me demande si j'ai mal et me fait faire quelques exercices d'étirements.

— Dis. La petite qui dormait, c'est elle ? Celle que tu voulais sauver cette nuit-là ? Ta copine ? Et le « HA » de HASH ?

— Oui.

— Elle est très jolie. Tu as bon goût. Tu as l'œil pour les spécimens rares. Elle a provoqué la troisième guerre mondiale en arrivant aux urgences. Elle paniquait, pleurait. Elle a essayé de se consoler mais elle se sentait coupable de t'avoir envoyé à ce truc de foot.

Je le savais.

— Elle est bien mignonne. Très courageuse. Ne la perds pas une deuxième fois, Joshua. Je ne veux devoir te soigner l'autre jambe. Sinon je te les brise une par une, os par os. La dernière fois à Chicago est la seule exception. C'est clair ?

— Ne t'inquiète pas. Ce n'est pas au programme.

— Bien, dit-elle en hochant la tête. Maintenant, je vais te prescrire des séances de kiné, une bonne rééducation et un psy.

— Quoi ? C'est hors de question! Kiné, je veux bien. La rééducation pourquoi faire ? Et un psy ? Conseille-le à la folle perverse dehors.

— Je ne te demande pas ton avis. Je connais les docteurs que je t'ai recommandé et je vais bien suivre tes soins de très près. Manque un seul rendez-vous, tu ne sais pas ce qu'il va t'attendre. Je t'offre un aller sans retour au Bénin dans ma famille. Ils vont te discipliner correctement. Tu verras.

Elle ne me laisse pas vraiment le choix. Elle ne le fera jamais mais je sais qu'elle fait ça pour mon bien. Il y a dix ans, j'ai refusé qu'on m'opère après ma chute dans les escaliers. Je faisais peur aux médecins et aux infirmiers. Ils ne pouvaient pas me forcer car j'étais majeur. Puis cette femme a débarqué, toujours les poings sur la taille. Elle m'a sermonné. Je ne l'écoutais pas. Je m'en foutais. L'insulter ne lui faisait pas d'effet. La menacer non plus. La bousculer pour ne pas dire brutaliser, ça ne marchait pas non plus, elle a la main trop légère à mon goût. Je la haïssais et ne manquais jamais de le lui faire savoir. Mon père en a été découragé et ça a duré une semaine. Elle est têtue. Elle ne m'a pas lâché. Ces sermons m'ont donné mal au crâne que j'ai finalement cédé juste pour qu'elle l'a boucle.

Au final, j'aurais pris très mal le fait qu'elle abandonne aussi vite. Elle m'a encouragé à continuer d'avancer pour revenir plus fort qu'avant. C'est seulement après cette étape que je pourrais faire ce que je n'étais pas capable de faire avant. Puis elle a été transféré à New York.

— Tu pourras sortir demain. Je te garde en observation par précaution. On va te ramener un plat. Repose-toi après avoir mangé. Il est tard.

— Docteure Sidy.

— Aminata pour toi.

Ne pas faire de commentaires qui nous vaudra une boutade longue de cent ans.

— Merci de ne pas m'avoir lâché.

Elle pose sa main sur la main et la serre fort pour me donner du courage.

— Monsieur ?

J'aimerais juste me reposer deux secondes. J'ai mal partout.

— Entre Bryan, dis-je à mon garde.

— Vous allez bien ?

— Si on veut.

— Je ne voulais pas vous déranger mais on a un souci. Taylor est là. Je me redresse trop vite, ma jambe tire.

— Qu'est-ce qu'elle fait ici ?

— Un de mes hommes a reçu son appel et il lui a dit ce qu'il vous est arrivé.

— Où est Hazel ? Hermionne ? Qui est dans le couloir ?

— Mademoiselle Hazel est partie chercher vos médicaments à la pharmacie de garde, sa sœur l'a accompagné. Il y a deux hommes à l'extérieur. L'un est leur cousin, Julian Stevenson et l'autre est un ami, Ibrahim Gueye, un ingénieur son.

Je place dans un coin de ma tête : faire des recherches sur ce Ibrahim Gueye et quel lien il partage avec Hazel à part celui de l'amitié. Il ne me plaît pas trop et il est beaucoup trop tactile et séduisant. Pas que je me sente en danger... loin de là...

— Retiens Taylor le longtemps possible. Je ne veux pas la-

— BÉBÉÉ !!! hurle cette banshee en débarquant.

— -voir... Fais chier...

Il est trois heures du mat'. Mon principal mal de crâne débarque. Je demande la peine capitale juste pour ne plus la voir en face de moi.

— Qu'est-ce qu'il t'est arrivé, mon amour ? Dis-moi où tu as mal ? Ta douleur au genou pu a repris ? Et tes médicaments, ils ne font plus effet ? MAIS OÙ SONT LES MÉD-

— Taylor, la ferme.

Aminata la regarde comme si elle avait la chose la plus ridicule au monde. Elle me regarde posant cette question muette. Je soupire. Elle s'en va après m'avoir mimé une gifle.

— Hein ? s'indigne Taylor.

— La ferme. Tu me donnes la migraine. Il est trois heures, y a des gens qui dorment à côté. Ne transforme pas leurs rêves en cauchemar avec ta voix. Merci.

— Je me suis inquiétée pour toi, j'ai pris le premier avion pour venir te rejoindre dès que j'ai s-

— Je m'en carre, Taylor. Si tu t'inquiètes pour moi, garde la bouche fermée.

Elle me dévisage.

— J'ai tout à fait le droit de m'inquiéter pour toi, Joshua. Ce n'est pas un crime.

— T'entendre, oui. Tu n'avais pas besoin de venir faire un cinéma ici. Le téléphone existe.

— Je sais. Mais t'étais mon seul échappatoire à cette réunion en pleine nuit avec la Corée du Nord.

La quoi ? Je dois vraiment me débarrasser d'elle.Elle va conduire mon entreprise à la faillite et on sera accusés de complicité de dictature à cause d'elle. Et le fait qu'elle ait accourue jusqu'ici juste pour sécher une réunion importante renforce ma pensée sur sa place à HASH. Elle ne mérite pas cette place. Elle ne prend rien au sérieux et ne cherche seulement qu'à montrer que je lui appartiens et qu'elle détient tous les droits.

— La Corée du Sud, Madame.

— C'est la même chose, Bryan chéri. Le plus important, c'est que je suis là pour mon fiancé. J'ai dû lui manquer au point qu'il ne puisse pas dormir sans moi. Tu peux te reposer mon amour.

Elle me répugne. Je soupire en tournant la tête vers la porte. Mon cœur s'arrête. Hazel est dans l'embrasure. Un sachet rempli de médicaments à la main. J'amorce un mouvement pour me redresser mais elle secoue la tête. J'aimerai juste la prendre mes bras une dernière fois. Lui dire que ce n'est rien même si elle le sait déjà. Voir Taylor assise à mon chevet doit lui faire mal car il y a à une heure, c'est elle qui était assise là, à mes côtés.

Taylor ne voit pas Hazel dans son dos alors qu'elle continue de parler toute seule. Hazel pose le sac sur la poignet. Elle me regarde une dernière fois, forçant un sourire jaune. Un sourire déçu, dégoûté mais dont les souvenirs de son engagement lui revienne en tête : rester loin de moi.

Elle mime un au revoir avant de refermer la porte. Ma tête tombe lourdement sur l'oreiller. Je regarde le plafond.

Je croise le regard de Bryan qui a l'air désolé.

Pourquoi c'est si compliqué de partager un moment tranquille dans ma vie sans désagréable interruption ?

— Joshua.

— Quoi ?

Son expression de parfaite petite copine soucieuse disparaît pour faire apparaître celui d'une garce pure.

— Tu m'expliques pour qu'il y a trois membres de la famille Stevenson ? Julian Stevenson et mes adorables sœurs Hermionne et... Hazel.

Je ne dis rien.

— Tu croyais quoi ? Je ne le saurais jamais ? Je t'avais prévenu, bébé. Je t'ai mise en garde. Prépare-toi à faire face aux conséquences, mon amour.

— Par conséquence, tu veux dire que si tu tentes quoi que ce soit, Taylor, tu perdras ton poste. Qui voudrait garder quelqu'un qui sèche une réunion avec un de nos plus important investisseur ? Même ton père ne saurait pas te sauver.

— Tu peux toujours tenter.

— Ou sinon, tu veux refaire un tour là-bas ?

— Où...?

Elle ouvre grand les yeux et me fixe comprenant où je veux en venir.

— Ne me tente pas Taylor. Je t'ai sorti une fois de là. Pas sûr que je le fasse une deuxième fois. Bristol et ses centres doivent te manquer.

— Tu n'oserais pas.

— Je te l'ai dit : ne me tente pas.

Chapitre 13

Hazel

***

Lundi 2 mai - Boston

Le soleil. Le printemps. Les robes.

Le retour au bercail. Je ne pouvais pas plus me réjouir. Nous sommes rentrés lendemain de notre nuit à l'hosto. Julian a réussi à prouver l'innocence d'Hermionne à la Fashion Week après que nous ayons quitté l'hôpital. Malheureusement, au lieu de jouer au foot, on aurait dû se concentrer sur ce problème-là plus sérieusement. L'influenceur qui a volé les créations d'Hermionne, Beck Gill, a humilié et monté la majorité d'Internet contre ma sœur. Même après avoir publié les preuves et avoir vu que l'influenceur a été banni de tous les événements de mode, le public est de son côté et juge que c'est faux. Fort heureusement, d'autres, plus réfléchis ont cru Hermionne. Du coup, il y a une cyber-guerre entre les communautés soutenant Hermionne et la communauté de Beck.

La Fashion Week s'est excusée publiquement auprès de ma sœur mais ils ne lui ont pas donné le prix qu'elle méritait de base, c'est-à-dire, rencontrer des créateurs, des stylistes qui serait intéressés par son travail dans le but de créer un partenariat.

Ce point ne dérange pas Hermionne étrangement. Après tout ça, quelque chose a changé en elle.

Elle a passé tellement d'années à vouloir les impressionner afin d'être considérée par des créateurs qu'au final, elle s'est oubliée. Elle n'a pas besoin d'être pistonnée pour donner de la valeur à ses robes. Elle n'a pas besoin de l'absolute approbation Jean-Paul Gautier, d'Elie Saab, de Masaba Gupta ou je ne sais pas qui que je ne connais pas. Leurs avis comptent mais pas au point de dépendre d'eux pour avoir du succès. Elle n'a pas besoin non plus que Emily Ratajkowski ou Bella Hadid portent ses vêtements pour dire que ce sont des créations de luxe. Elle a besoin de confiance, de courage et de support. Un jour, elle arrivera d'elle-même en premières pages de Vogue.

Une fois de plus, mon admiration pour elle grandit.

Trois mois et deux semaines que je ne l'ai pas entendue. Et c'est normal. Malgré tout ce qu'il s'est passé, son poste de designer et de prof est en péril. Elle est partie, confiante, le sourire aux lèvres mais je ne peux m'empêcher de me soucier de son sort. ESMOD est toute sa vie. Elle a travaillé dur pour en arriver là. Si elle venait à perdre son poste, je ne sais pas ce qu'elle va ressentir, ni ce qu'elle va faire.

Et finalement, la sentence est tombée : elle a perdu son poste avec indemnisation. Je trouve ça insultant, et Hermionne n'en pense pas moins du tout.

Cela fait aussi trois mois et deux semaines que je n'ai pas vu Joshua. J'évite de monter à son étage. Je travaille et je rentre chez moi. Je ne fais que ça travailler que je n'ai même pas assez de temps pour moi. La fatigue, le stress. Entre temps, j'ai emménagé chez Imogen donc je peux toujours compter sur elle. Mon père a été forcément contre cette idée mais il ne pouvait pas me dire non. Je tiens à ce qu'il continue sa vie comme il le faisait avant que je n'arrive. Voir Alice, profiter avec elle, être heureux de nouveau avec une femme. Ça m'évite aussi de devoir à tout moment croiser son voisin de palier. Je pense que lui aussi a décidé de me laisser tranquille. Il n'a pas essayé de se venger comme il le prétendait. J'ai pu me concentrer à trouver des preuves qui relierait Bob Martins, Taylor et XV15 à tout ce qui est illégal dans HASH Corp.

Je rentre dans le bâtiment de l'entreprise après avoir déjeuner seule. La solitude m'a fait du bien. J'ai pu faire le vide et j'ai discuté quelques minutes avec mon ancienne collègue et amie Pénélope. En arrivant vers l'accueil, je vois une jeune fille assise par terre devant le comptoir. Les genoux contre sa poitrine, la tête en arrière, se balançant en rythme. Casque sur les oreilles. Ses mèches blondes teintes en vert et bleu électrique. Ses yeux soulignés de crayon noir qui assombrit son visage d'ange. Elle porte un jean déchiré, un gros sweet noir Metallica que je reconnais ! Puisque c'est le mien, enfin celui de mon père. À l'époque où je m'habillais en tout sauf comme une fille. Je la reconnais grace à la tache de javel et la signature légendaire de James Hetfield au marqueur blanc. J'empruntais les vêtements de Papsi et il tenait à ce sweat, lui rappelant sa vingtaine où il était de fan de heavy metal. Jusqu'à ce que je le perde.

Mais comment ? Je croyais l'avoir perdu quelque part dans un vestiaire au lycée ou à une soirée où Joshua et Harry m'avaient traîné de force.

Plus je m'approche d'elle, plus j'ai l'impression de la connaître. Je m'accroupis devant elle. Je tapote son épaule. Elle me regarde le sourcil levé sans pour autant enlever son casque. Elle m'analyse de façon assez malpoli avant de refermer les yeux. Si elle pense que ça va marcher ce genre de comportement pour me faire fuir, c'est raté. Je tapote encore son épaule.

— Quoi ?

— Ivy ?

— En personne. T'es qui toi ? Une autre des salopes que mon père se tape ? Vous voulez que je lui demande quoi pour vous ? Un autre cabriolet ?

Wow. Qu'est-ce qu'Harry a montré cette pauvre fille ?

— De un, le langage, cocotte. On n'est pas dans une cité. De deux, le jour où je me tape ton père sera la jour où Zemmour sera le président de la France. C'est-à-dire, jamais. De trois, il a des décapotables et je déteste les décapotables. C'est moche et moche. J'aurais dû vraiment toutes les brûler.

Elle sursaute.

— Enfin quelqu'un qui me comprend ! Mais il ne veut pas s'en débarrasser.

Je rigole mais elle sourit à peine avant que son visage redevienne de marbre. Êtes-vous sûrs que cette Ivy est l'enfant d'Harry Brown ? L'homme le plus jovial et lumineux alors qu'elle est tellement sombre.

Elle me scrute, elle me passe littéralement au scanner.

— Tu me dis quelque chose.

Elle fouille dans son sac et sort un jeu de clés. Elle regarde un porte-clé avant de venir me le plaquer sur la joue.

Bon...

— Tu es Hazel ?! La fameuse Hazel ?!!

— Oui.

— Wow, je t'ai presque pas reconnue. Tu ressembles plus à une...

Elle me dévisage encore de la tête au pied.

— Ouais, tu ressembles plus à une fille. C'est bizarre.

Je papillonne des yeux, ahurie. Je le prends comment ça ? Elle est crue, sans aucun tact ou sensibilité. Elle est juste directe. Un caractère dérivé de sa sorcière de mère, Eva.

— T'es tellement belle.

Je préfère ça.

— Mais c'est bizarre.

Ok.

Je regarde la photo qu'elle possède et il s'agit d'une image d'Harry, Joshua et moi assez jeune. Je ne me reconnais presque. J'avoue que je n'étais pas sous mon meilleur jour. Par contre, les garçons n'ont presque pas changé. Ils ont seulement pris de l'âge et du muscles.

— Qu'est-ce que tu fais là, toute seule ? Où est ton père ?

— J'ai mes règles. J'ai mal partout et il a oublié de faire des approvisionnements des couches bizarres. Il ne répond pas. Et cette sorcière de secrétaire ne veut pas me laisser monter, ni me donner des couches.

— Des serviettes hygiéniques. Mais attends... tu n'as rien mis ?

— Du papier toilette.

Bon, au moins, elle a les réflexes d'urgence.

— Viens avec moi.

Elle se lève et jette un regard noir à l'hôtesse d'accueil.

— Salope.

— Pardon, sale gosse ?! s'indigne l'autre.

Par contre, je n'aime pas le ton qu'elle emploie. Tout simplement parce qu'Ivy a totalement raison.

— Excusez-moi ? Que vous ne pouviez pas la laisser monter, ça, je peux comprendre. Mais refusez de donner une serviette à une enfant de 12 ans, c'est inacceptable.

— Et bien, ce que je trouve inacceptable, c'est qu'on laisse des gosses traîner ici et qu'on mente en prétendant être la fille de Monsieur Harry Brown. Je travaille, je ne fais pas du babysitting.

— Qu'est-ce que vous en savez si c'est vrai ou pas ? Votre travail est d'annoncer les visiteurs et de les guider. Si voir une enfant seule ici dans un grand bâtiment ne vous inquiète pas, moi, je m'inquiète de la qualité de votre travail à le faire correctement. Et honnêtement, entre filles, on devrait se soutenir, c'est la moindre des choses que vous pouviez faire mais visiblement, vous n'avez aucune empathie, ni morale. Bonne journée, Madame. Ivy, on y va.

Ivy rigole pour la première fois mais c'est pour se moquer et balancer un doigt d'honneur à l'hôtesse.

Elle me rappelle moi... quand j'étais un mec.

Je me retiens d'exploser de rire. Mon cerveau aime jouer des tours. C'est dur de ne pas rire à sa propre blague.

J'emmène Ivy dans les toilettes publiques. Je farfouille dans mon sac.

— Ton flux ?

— C'est quoi ça ?

Ah. J'oubliais qu'Harry ne lui a rien expliqué.

— Alors, ton flux, on va dire que c'est la quantité de sang qui s'écoule de toi. Léger comme des petites traces. Moyen comme des gouttes ou abondante, exemple quand tu éternues, tu as l'impression que ça coule à flot. Eh bien, selon ton flux, tu peux avoir une serviette adaptée. Il y'en des fines et des épaisses. C'est selon toi, ton confort et ton corps.

Après, je ne sais pas si c'est judicieux de lui demander étant donné que, si j'ai bien calculé par rapport à ce que Harry m'a dit la première fois, c'est son troisième mois de règles.

— Je dirais que ça coule pas mal.

Je lui tends une grande serviette.

— Petite astuce. Aies toujours une petite trousse avec des petites serviettes. Tu peux toujours en superposer ou en mettre deux l'une derrière l'autre. D'accord ?

— Ouais.

Elle s'enferme dans les toilettes. J'attends qu'elle finisse mais elle m'appelle.

— J'arrive pas à le mettre.

— Laisse-moi entrer.

Je lui montre comment le mettre correctement. Quand elle sort, je lui donne de quoi soulager ses maux de ventre. Un Doliprane et de l'Antadys.* Le combo indispensable. Je mets dans la liste de course de penser à lui acheter une bouillotte et des médicaments à avoir sur elle au cas où.

{N.A.: Ça, c'est mon combo personnel. Jugez pas, d'accord ? }

— Je t'emmène voir ton père, ma belle.

— Pas envie de le voir, râle-t-elle.

— Je ne te demande pas ton avis, Ivy Brown.

— Pfff. Et dire que je voulais devenir comme toi. J'étais fan de toi, je commence à reconsidérer ce choix.

— Reconsidère-le bien. Tu ne m'auras pas émotionnellement.

Je souris alors qu'elle continue de grommeler. Ah la la, les ados de nos jours ! Je l'aime bien cette petite. Ça me fait chaud au cœur qu'elle me dise être fan de celle que j'étais avant. Je l'avais oublié celle-là. Je la remercie du fond du cœur de me rappeler mon adolescence. Je me suis tellement forcée à oublier ce nuit de cauchemar que j'ai fini par oublier les moments heureux de ma jeunesse. Grâce à Ivy, elle maintient une partie de moi vivante. Mais je souhaite aussi qu'elle trouve sa voix, peut-être, si elle veut, en s'inspirant de moi mais je ne veux pas qu'elle devienne comme moi. J'ai fait pas mal d'erreurs, j'en fais toujours et j'en ferai encore. Regardez où j'en suis aujourd'hui. 27 ans, divorcée, une mère psychopathe, un ex mari pas net non plus, émotionnellement endommagée pour un homme qui s'avère être mon ex meilleur ami, des problèmes familiaux à gogo, un mafieux qui a voulu s'en prendre à mon père et maintenant à HASH Corp. J'ai du mal à avoir confiance en mes décisions, l'immaturité s'insinue sous ma peau sans que je ne m'en rende compte. C'est compliqué d'être moi, comme c'est compliqué d'être une autre femme ou d'être soi-même.

Je ne souhaite que le meilleur pour Ivy. J'espère qu'elle grandira aussi forte que je n'ai pas su être. Elle a le temps. Elle a de la chance d'avoir Harry comme père, un homme qui fait passer sa famille avant tout comme Papsi, une famille paternelle unie, pas comme la mienne dont le grand-père et l'un des fils ne s'entendent toujours pas. Je ne sais pas si je peux tenir responsable Maevis d'avoir laissé Ivy à Harry mais je pense que ça a été pour le mieux. Elle savait qu'elle n'aurait pas pu s'occuper d'elle correctement. J'aurais sûrement préféré que Lydia nous laisse à notre père qu'autre chose. J'aurais peut-être pu avoir une enfance plus heureuse, je n'aurais jamais croisé le chemin d'Eric, Joshua ne serait jamais parti et il aurait réalisé son rêve. Je n'aurais jamais rencontré Matthieu même si la situation aurait été différente sans Lydia. Et sûrement Carlson et Oliver Stevenson seraient réconciliés à l'heure actuelle.

Mais ce n'est pas le cas. Mais je continue d'apprécier cette vie à sa juste valeur. C'est ce qu'il y a de mieux à faire. Être reconnaissante d'avoir quand même cette vie où je n'ai pas à me plaindre d'être dans la galère. Je ne peux que sourire et dire « merci ».

On atteint l'ascenseur. On patiente. J'essaie de joindre cet empoté d'Harry qui ne répond toujours pas. Les portes s'ouvrent, je bouscule quelqu'un qui sort en trombe.

— Pardon.

J'entre dans la cabine avec Ivy et on commence la montée. Les arrêts interminables entre les étages. Un arrêt au 25e, je vois une série d'hommes en costard entrer puis le chef de cette meute en noire. Je croise les bras.

— Oh mais c'est la sauveuse non désirée, m'appelle-t-il avec son accent que je sens comme britannique.

— Bonjour Monsieur Aigri. J'espère que vous allez mieux depuis la dernière fois ?

— Plus que bien je dirais. Grâce à vous ?

Ivy me tape le bras.

— C'est qui lui ? demande-t-elle en le désignant du menton.

— En voilà une jeune fille malpolie. Je vous intéresse tant que ça ?

— Nan, je m'en fous des vieux. C'est juste vos potos qui me regardent comme si j'avais craché sur leurs pompes.

Je pince les lèvres. Quand même... C'est vrai qu'ils sont trop à l'affût même sur une enfant.

— J'en suis navré, jeune demoiselle mais ça ne tenait qu'à moi, vous n'oseriez plus ouvrir la bouche, répond l'homme avec un sous-entendu menaçant qui me fait froid au dos.

Il n'est toujours pas net depuis, celui-là.

— Mais puisque vous avez l'air d'être avec cette magnifique jeune femme, je laisse passer. Que ce soit la dernière fois.

— Si vous le dites, dit Ivy en haussant les épaules.

O. K. J'y ai presque laissé ma peau la dernière fois que j'ai parlé comme ça. C'est mon portrait craché du garçon manqué. Qu'est-ce que Harry a dû lui raconté comme histoire pour que je vois mon double en face de moi ? Si Harry lui a raconté dans les moindres détails mes péripéties et qu'elle prend vraiment exemple sur ça, on n'est pas sauvé du tout. J'aurais vraiment dû surveiller ma bouche à l'époque.

— Qui est-ce ?

— La fille d'un ami qui travaille en collaboration avec HASH. Elle est venue le retrouver mais on lui a refusé l'entrée.

— Je vois que la gentillesse fait partie de vos valeurs. Si seulement ma fille pouvait hérité de ce trait parfois. Elle ne le tiendrait sûrement pas de sa salope de mère.

Il n'a pas l'air d'aimer sa femme.

— Puis-je vous demander si vous avez vos médicaments ?

Question piège que je lui pose. Je n'aurais aucun scrupule à le gronder.

— Oui Mademoiselle. J'ai écouté votre conseil et je vous en suis éternellement reconnaissant. Ma fille vous est de même reconnaissante. Elle veut vous rencontrer.

Je suis rassurée. Il n'est pas commode mais il a un bon fond.

— C'est moi qui vous remercie de m'avoir laissé vous aider. Ça fait toujours plaisir. Et bien sûr que je veux la rencontrer pour lui dire de prendre soin de vous correctement, Monsieur... Ah... Votre nom ? Je ne le connais pas?

La porte s'ouvre au trentième.

Eh là. Le drame. Le drame dramatique écrit par un dramaturge. Qui aurait cru ? MAIS QUI L'AURAIT CRU ?!!

— Papa ?

Papa ?

— Ah ! Tiens, je parlais de toi justement, chérie. C'est elle que je voulais te présenter. Celle qui m'a sauvé de l'étouffement. Et pour vous répondre, je suis Bob Martins, président-directeur général de XV15, pour vous servir, jeune demoiselle.

Ma tête penche au ralenti, mais vraiment au ralenti quand je vois qui est vraiment sa fille. Je fixe l'horreur incarné devant moi.

— Toi ! la pointai-je du doigt.

— Toi ! s'exclama-t-elle.

Je porte la poisse ? Donc, vous me dites que cet homme que je commençais à apprécier est l'homme que je dois détester ? L'ennemi numéro de cette entreprise et de mon père ? De toutes les femmes au monde, il a fallu que ce soit elle sa fille ? Taylor ? Sérieux ?

Chapitre 14

Tu veux dire que la sauveuse dont tu parlais, c'est elle ? crache-t-elle.

Oh, me regarde pas comme ça. Si j'avais su, je l'aurais laissé s'étouffer tout seul.

Les portes se ferment derrière elle. Sans arrêt jusqu'à mon étage.

— Vous vous connaissez ? demande Bob.

— Papa, je te présente Hazel Verblay, dit-elle sarcastique avant de s'étouffer dans un rire mauvais. Ah, toutes mes excuses. Je veux dire Stevenson. Hazel Stevenson, l'ancienne camarade de classe de mon fiancé, ton futur gendre. Elle fait partie de l'audit envoyé par la S.A.F.E. AFirm de Carlson Stevenson.

Elle est obligée d'énoncer mon parcours, mes connaissances et mon arbre généalogique ? L'utilité dans tout ça ? Ça ne va pas améliorer son cas. Sauf que je remarque que le visage de Bob change du tout au tout sans que je comprenne quoi que ce soit.

— Vous êtes la fille de cette-

— Bon, on descend ? s'impatiente Ivy.

— Oui oui.

Qu'est-ce que je l'aime cette fille ! Elle me tend une perche, je l'attrape avec plaisir. Non, parce que la tension et le silence pesant surtout la façon dont il me regarde me fait un peu douter de ses intentions.

— J'espère qu'on se reverra Monsieur... Martins. Prenez soin de vous, le saluai-je de la main. Et toi, Taylor, tu devrais prendre soin de lui. C'est précieux les pères.

J'attrape à Ivy et sors en vitesse.

— EH !!! Doucement ! Mon bras !

Pas une fois, je regarde derrière moi. Je veux d'abord me sentir en sécurité dans mon bureau. Je l'atteints presque en courant. Je pénètre à l'intérieur avant de claquer la porte. On tambourine.

— Tu m'as oublié, sale folle !

Ah oui. À quel moment je l'ai lâché ? J'ouvre puis referme direct. Je m'assois un instant, ignorant Ivy qui se plaint que je lui ai bousillé la main. Je dois me reprendre. Je n'ai pas fini de découvrir des choses choquantes sur des gens que j'aime bien ou que je commençais à apprécier. Ce n'est que le début. Je ne dois pas être choquée à chaque fois. Je ferme les yeux pour reprendre mes esprits. Je dis à Ivy de s'installer où elle veut le temps que je me remets les idées en place.

On toque à nouveau à la porte.

— Entrez.

— Bonjour Mademoiselle.

Je me redresse. Je suis surprise de voir l'assistante de Joshua.

— Bonjour Madame Osbourne, dis-je en me levant puis lui tends ma main à laquelle elle répond au geste.

— Appelez-moi Perla, je vous en prie. Je suis seulement venue déposer les documents que vous avez demandé sur l'accès à la comptabilité. J'ai préféré les préparer moi-même plutôt que de demander à des 'inconnus'. J'ai dû faire en vitesse car Monsieur Miller a des réunions auquel je dois l'y assister. Les noms ont été remplacé par des initiales, je vous ai ajouté une feuille avec les noms correspondants faits par un tierce assistant.

— Merci beaucoup Perla.

Elle ressort aussi discrètement qu'elle est entrée. Je pousse un souffle. Je regarde Ivy qui fait ses devoirs puis met au travail.

Lorsque je parcours les documents. TM et BM reviennent de manières assez répétitives. Ce qui veut dire que parmi tous ses temps d'accès, ils ont pu trafiquer les comptes et faire ce qu'ils voulaient. Malheureusement, retrouver ce qu'ils ont fait à chaque fois est impossible et même dans le cas contraires, cela prendrait trop longtemps. Les comptes et les rapports sont signés par le comptable et Joshua, parfois Taylor. Mais ce ne serait pas une preuve suffisante pour l'incriminer sans mettre Joshua dans la sauce.

Et puis, il a ce truc qui me turlupine depuis tout à l'heure. J'ai déjà entendu ces deux groupes de lettres ensemble quelque part. TM. BM. Lorsque que je me repère sur l'organigramme, si on peut l'appeler comme ça, je ne suis presque pas choquée de voir qu'il s'agit de Taylor et Bob. Mon cerveau travaille. Je regarde dans le vide pour essayer de me souvenir de quelque chose mais dont je ne sais pas de quoi il s'agit. Je prends les feuilles entre mes deux mains. Les engrenages ne cessent de tourner et retourner mes souvenirs au point d'en avoir la migraine.

-□--

Attendez...

« J'ai été hackeur pendant mes années d'étudiant avant de devenir juge. 28 ans qu'un compte privé verse de l'argent sous les initiales de BM. Désormais c'est un certain TM qui le fait aussi. Il ne peut s'agir que de gens affluents », avait dit Léon.

Les feuilles s'échappent de mes mains.

TM et BM. Comme ceux qui versent de l'argent sur le compte de ma mère. Ce n'est pas une coïncidence. C'est à vérifier mais...Bob serait-il l'homme avec lequel Lydia a trompé mon père à Bristol ? Donc Taylor est logiquement la fille de Lydia et ma... non...

L'évidence est là mais je refuse d'y croire car ça impliquerait énormément de choses. Que Taylor me hait pour cette raison. Que Bob utilise à coup sûr HASH Corp pour nous atteindre ou un truc du genre. Et si ce n'est pas le cas tant mieux mais ma mère a créé quelque chose de très mauvais. Ça sent mauvais. J'ai mal aussi pour Hermionne , pour Papa et j'ai doublement mal à cause de Joshua car... il le savait. Cette feuille tombée au tribunal était un signe que je n'ai pas voulu voir. Il a fait un test ADN, mais pour faire ce genre de test, il faut une deuxième personne avec qui comparer. Lydia quoi. J'avais toutes les cartes en mains mais je n'ai pas voulu les remettre en place, inconsciemment.

Je ne demanderai pas des comptes à Joshua. Je ne pourrai pas lui faire face sans avoir envie de l'insulter. Car il est le fiancé de ma grande sœur. Correction : demi-sœur. Il doit se marier avec ma sœur.

Ma sœur...

Ma sœur...

Ma sœur...

Ces deux mots me répugnent. Taylor est ma sœur. Joshua doit se marier avec elle s'il ne fait rien. La colère est présente. Vraiment présente. Mais je ne peux pas la montrer. Ni pleurer car cela ne servirait strictement à rien même si j'ai envie de laisser couler ma frustration de cette manière. Ma mère me vole mon mari, l'homme que j'ai aimé presque un tiers de ma vie est fiancé à ma toute nouvelle demi-sœur. Y'a vraiment rien qui va. Mon cœur craque mais mon visage reste de marbre. Il doit le rester. Je me dois d'être forte sinon je ne serai jamais prête pour la suite. Une fois que ce sera fini, je prendrais sûrement une semaine de congés pour hurler, insulter, pleurer et frapper. En attendant, tout ce que j'ai, c'est les joggings du matin et les entraînements de taekwondo.

J'ai toujours voulu avoir d'autres sœurs avec lesquelles partager le même lien que j'ai avec Hermionne. Comme quoi, il faudrait faire attention à ce que l'on souhaite car on n'a pas toujours exactement ce que l'on veut, de la manière qu'on veut.

Joshua m'a demandé d'attendre et de lui faire confiance. Qu'il me dirait tout en temps voulu. Mais je l'ai découvert avant. Mon monde est loin de s'écrouler. Vraiment loin de là. J'ai juste encore plus de problèmes à gérer car maintenant que je sais, je prends encore plus de risques. Ce que je sais, même si je n'en parle pas, peut me mener à ma perte. Et je dois, plus que jamais, rester loin de Joshua.

Je dois, une fois de plus, subir les conséquences des actes de Lydia Fernand.

Il y a deux mois, j'aurais angoissé, pleuré, fait une crise ridicule, hyperventilé même mais cette fois, je crois que j'ai déjà touché le fond et rien ne peut m'affaiblir. J'ai déjà vécu le pire. Je me rassure en me disant que ... rien de pire qu'une femme qui a déjà touché le fond. Elle en connaît déjà la profondeur exacte. Elle est prête à affronter n'importe quoi. Et maintenant, je sais aussi la raison pour laquelle XV15 voulait racheter Stevenson Construction à mon père.

Bob et sa vengeance. Mais il se venge sur la mauvaise personne et il entretient la coupable de l'histoire. Mettre la faute sur Lydia est une bêtise car on pourrait penser qu'elle a retourné le cerveau de Bob pour s'en prendre à Papsi mais il me semble que c'est un grand garçon. Il ne se laisserait pas manipuler aussi facilement. Même avec une histoire de vengeance en tête, cet homme sait tirer parti des profits. Stevenson Construction peut faire des envieux. Peu arrivent dans le domaine du bâtiment mais Oliver, il a réussi. Si Bob s'en prend aussi à mon père, c'est pour lui voler.

C'est pas comme si j'allais laissé faire.

J'attache mes cheveux en chignon haut. Tant pis pour la coiffure et la grâce. De toute façon, ça ne changerait rien vu mon moyen de transport.

Je remarque un petit post-it. Des identifiants et des mots de passes.

Pour la première fois, j'allume l'ordinateur fixe de mon bureau. Je tape le premier code. Je suis accueillie par un : « Bienvenue Barbara Hendrix ».

Qui est Barbara Hendrix ? Je comprends qu'il s'agit d'un pseudo pour ne pas remonter jusqu'à moi. Qui douterait d'une cantatrice ? Barbara Hendricks. Ils ont juste changé l'orthographe et c'est un nom commun. Pas mal.

J'ai accès à tous les logiciels. Il y a tellement de choses à faire que je ne sais pas par quoi commencer. Alors je décide de taper n'importe quoi. La société de réparations du bâtiment. D'après ce que j'ai entendu, la dernière fuite aurait être réparé depuis longtemps. Et donc, le plafond n'aurait jamais dû s'effondrer ce jour-là.

En faisant mes recherches, je découvre que la société est en étroite collaboration avec XV15. Les entreprises qui siègent ici avec HASH Corporation paient une fortune pour entretenir le bâtiment et paient des frais à la commune pour au final rien. L'argent versé à la société de réparation va directement à XV15 ça veut dire.

C'est de l'extorsion.

Et ça, c'est une preuve.

Bon, ça fait déjà deux preuves.

Je commence à fatiguer un peu ce qui n'est pas assez commun.

— Izzy ? m'appelle Ivy.

— Izzy ? Tu m'appelles comme ça, toi ?

— Papa le fait, donc je le fais.

— Donc s'il te demande de sauter de cet étage, tu le fais ?

— Nan, pour ça, il saura se débrouiller.

Ah ouais. C'est assez grave.

— J'ai faim.

— Il y a un distributeur dans la salle de pause. Prends ma carte dans mon sac. C'est sans contact. Tu sauras comment faire ?

— Bah bien sûr.

Elle s'en bat vraiment les reins. Elle part en faisant danser ma carte entre ses doigts. Je bois un peu d'eau puis replonge dans les dossiers de la boîte. Mes yeux picotent à force de rester devant cet écran. Je masse les tempes quand je sens la migraine monter. Je lis les contrats à venir. Je m'apprête à passer au contrat suivant mais le nom de 'Stevenson Construction' m'interpelle sur l'actuel contrat.

Un contrat en cours de rédaction par un avocat qui n'est pas Imogen. L'entreprise de mon père va être engagée pour construire la fameuse clinique en France. Je lis tout le contrat. Le terrain est au nom de XV15 qui possèdera 49% et recevra 45% des profits. Pourquoi XV15 recevrait des parts ? Le problème, c'est que s'il y a un défaut de construction, les deux sociétés peuvent tenir mon père responsable. Joshua a une confiance aveugle en Oliver mais Bob ? Qui sait s'il ne va pas se servir de ce contrat pour faire tomber mon père et lui tirer je sais pas moi, des amendes, des indemnités, des trucs comme ça.

C'est un vrai casse-tête.

Je vais en perdre mes cheveux.

Il faut que je fasse une pause. Mes pieds souffrent le martyr dans mes talons. C'est un soulagement lorsque je les retire. Par contre, ils sont assez gonflés. Peut-être que c'est parce que ce sont de nouvelles paires. Je pose mes pieds sur mon bureau décide de faire une micro sieste.

***

J e sens des chatouilles.

— Hmm...

— Hazel, tu sais que tu pues des pieds. Ça sent jusque dans le couloir.

J'ouvre péniblement les yeux. Harry est assis en face de moi.

— Tu vois, là, j'ai autre raison de te cogner. Tu me réveilles, tu critiques l'odeur de mes pieds sachant que les tiens puent la mort et tu as l'audace de te pointer en face de moi après m'avoir laissé poireauter avec ta fille sur ta messagerie, énumérai-je calmement encore dans les vapes.

— Pardonne-moi.

— C'est à moi que tu dois t'excuser, dit Ivy.

— Tu ne me pardonneras pas.

— C'est vrai, dit-elle en haussant les épaules avant de rabattre son casque sur ses oreilles.

Je l'aime vraiment. Je regarde l'heure. Une sieste d'une heure. Il est déjà 18 heures. Mon ventre se manifeste. Encore. J'ai souvent faim. En général, je suis fringale seulement lorsque j'ai mes...

Je descends mes pieds de mon bureau me redresse manquant de tomber de ma chaise.

— Qu'est-ce qu'il t'arrive ?

Je saute sur mon calendrier et mon portable. J'ouvre mon application de santé. J'ai... j'ai... 13 semaines de retard sur mes règles...

MAIS COMMENT J'AI PU OUBLIÉ ET PASSÉ À CÔTÉ D'UN TRUC PAREIL ?!!

Et moi, je menais ma vie pépère !

Chapitre 15

E t il y a 13 semaines, si je calcule bien...

Je tourne les pages du calendrier papier limite en les arrachant presque, tombe la première semaine de février. J'aurais avoir mes ragnagnas la semaine de mon anniversaire. Mais pourquoi je n'ai pas eu mes—

Putain. De. Merde. Sa. Mère. L'enflure.

Le resto. Le patinage. La pluie. L'hôtel. La chambre d'hôtel.

Le lit...

Joshua.

Est-ce possible que...

Non.

Non.

Si.

Et merde.

— Euh... Izzy ? Tu vas bien ?

— Oui oui, je vais pas bien. Je vais archi pas bien, dis-je en forçant un sourire. Je... Tu m'excuses un instant, s'il te plaît ?

Je sors en courant de mon bureau. Je croise quelqu'un mais je ne sais pas qui. Je dois trouver Imogen. Et de suite. J'ai besoin de ma meilleure amie. Je ne suis pas tête en l'air. Je suis toujours organisée. Pourquoi ? Pourquoi moi ? Et pas une autre femme ? Pourquoi mon cerveau m'a lâché ?!

Ça fait 13 ans que chaque mois j'agonise au point où il fut un moment où on suspectait une endométriose chez moi. C'est inoubliable.

J'étais tellement concentrée sur mes recherches que j'en ai oublié que j'étais une femme. Et puis, je prends la pilule, non ? Ma plaquette est périmée ou quoi ?!

Quand je descends les étages des escaliers. Je cours vers le bureau d'Imogen. Je m'arrête. Mon front effleure tout juste le bois. Je prends quand même la peine de toquer. Je suis polie. Tout de même.

— Entrez.

J'ouvre la porte. J'inspecte les lieux des yeux en vitesse. Je claque la porte. Je ferme à clé.

— T'as les Stups sur le dos ? se moqua-t-elle. T'es suivie ou quoi ? Qu'est-ce que t'as commis comme crime encore ?

— Le dernier crime que j'ai commis c'était le vol d'un lapin en chocolat à Leader Price. Le gérant était un connard. Non, là, c'est pire.

J'en ai des sueurs froides. Je décide de me calmer et d'aller m'asseoir en face d'elle.

— Qu'est-ce qu'il t'arrive ?

— Gina, j'ai un retard de 13 semaines.

— T'as pas eu tes règles pendant trois mois ?

Je hoche la tête. Elle me regarde droit dans les yeux. Je m'attends à ce qu'elle m'insulte d'idiote, qu'elle me traite d'irresponsable. Mais non, elle part en fou rire. En fait, je ne sais pas pourquoi j'ai pensé à elle en premier. J'aurais dû appeler Hermionne ... ou pas. Elle aurait sûrement eu la même réaction. Non, je peux vraiment compter que sur moi-même.

— Imogen, ce n'est pas drôle.

— Ok, j'arrête de rire. Mais dis-moi un truc, s'il te plaît. Est-ce que tu as eu des nausées récemment ? Des envies d'uriner fréquentes ? Fringales ?

— J'ai eu des nausées la semaine dernière mais c'est pas un nouveauté, tu avais préparé un plat bourré d'ail. Uriner, oui. Et fringale...

— Tu ne peux pas dire non à ça Hazel. Tu as commandé une hawaïenne hier soir.

— Et ?

— Tu détestes la pizza hawaïenne. Mais qui mange des pizzas avec de l'ananas par-dessus ?!

— Ah...

C'est vrai que c'est à partir de ce moment-là que j'aurais dû pigé qu'un truc clochait. J'ai vraiment ingéré... ça ? Je vais hurler et vomir puis hurler encore ma rage. Mais pour l'instant, je suis déboussolée. Rien ne va. Tout se complique.

— Sans indiscrétion, Izzy, mais si tu es possiblement, et je dis bien « possiblement », enceinte, qui est le père ? Pardon pour la question mais ces derniers mois, ta vie sexuelle est aussi inexistante que celle d'une nonne. Et tu n'es plus avec un homme depuis six mois.

Réfléchis, chérie. Réfléchis bien.

— Quoi ? Pourquoi tu me regardes comme ça ? Je ne suis pas devin— Attends, tu es enceinte de trois mois ? On n'était pas à Paris à ce moment-là ?

Elle se lève.

— Joshua ?!!!!

Je saute sur elle et met ma main sur sa bouche.

— Mais ça va pas ?! Pourquoi tu cries ?! Ferme-la, Imogen ! Chut !

Elle secoue la tête.

— Ok, on se calme deux minutes. D'accord ? Avant de tirer des conclusions hâtives, tu devrais faire un test de grossesse et pour être sûre, une prise de sang et une bonne échographie. J'avais remarqué que malgré le sport que tu faisais, je ne voyais pas vraiment de dif-férence mais là, tout prend son sens. Une fois que tout test sera pris en compte, tu décideras de ce que tu dois faire. Mais pour l'instant, ma question est, comment tu te sens ? Comment tu vas ?

Je ne sais pas.

— Quand je vois cette situation dans son ensemble, rien ne va. Tout va mal.

— Mais je croyais que tu rêvais d'avoir un enfant et en plus, c'est avec l'homme que tu as aimé presque tout ta vie.

— Je sais. Mais je n'arrive pas à me réjouir parce que ce n'est pas bien. Je suis peut-être enceinte d'un homme fiancé. Si ça se sait, Gina, je suis en danger et le bébé aussi.

— Pourquoi tu dis ça ? C'est parce que c'est Bob Martins et sa fille ? Mais c'est rien ! Leur couple va mal depuis des lustres. Qu'est-ce que tu crois que Bob va faire, franchement à part vouloir venger sa fille ?

Imogen ne sait rien. Elle ne sait pas ce que j'ai découvert aujourd'hui, ni pourquoi je me donne tant de mal ici.

— Hazel, qu'est-ce que tu me caches ?

— Rien. C'est juste que je ne pense pas être prête à devenir mère. Joshua est dans une situation pas possible. J'ai enfin trouvé quelque chose qui me passionne. Je travaille, je fais des rencontres professionnelles. Je me développe. Je me reconstruis petit à petit. Un enfant compliquerait tous mes projets. Et je ne veux pas qu'il grandisse avec un seul parent. J'ai peur d'être comme ma mère même si je rêve de fonder ma famille. Je ne suis juste pas prête. Je dois me sentir stable avant de fournir une vie stable et sans danger à un autre être.

— Sans danger mais sans danger de quoi ? Je n'essaie pas de te convaincre de quoi que ce soit mais des détails m'échappent. Tu parles de danger, d'élever un enfant seule alors que tu as le père, et le meilleur homme qui soit. Je n'ai pas fait de commentaires quand je te voyais rentrer tard tous les soirs. Te donner à fond pour un audit alors que ça n'a pas lieu d'être. J'ai l'impression que tu crains quelque chose, et Bob et Taylor font parti de cette crainte. C'est un mec qui trempe dans l'illégalité, certes, mais Joshua est là pour te protéger.

— Oui, avouai-je. Imogen, Taylor est ma demi-sœur. L'homme de Bristol dont parlait Léon, celui avec lequel Lydia a trompé mon père, c'est Bob.

— Pardon ??

Je sais que c'est la pire des coïncidences.

Je lui explique pourquoi je me donne tant de mal comme elle dit. Que je cherche à sauver HASH Corp de Bob en récoltant le plus de preuves et d'incohérence dans la comptabilité. Les blanchiments, les déplacements de fonds et les trafics d'action au sein de l'entreprise, toutes les compagnies qui agissent pour XV15. Juste pour faire tomber le père et la fille. Car je ne supporterai pas de voir le dur travail de Joshua, qu'il a fait en mon nom, tomber dans de mauvaises mains. Harry avait raison. J'ai le droit de me sentir attacher à cette entreprise car avec le temps, j'ai participé à certaines actions, des préventions. Je fais même partie d'une des associations luttant pour le droit à la parole des femmes violées par un proche et le silence des témoins. Et puis ce matin, ce que j'ai découvert dans les dossiers donnés par Perla.

— Bon… Je t'en veux de m'avoir caché tout ça sachant que je pouvais t'aider en tant qu'avocate mais je comprends aussi que dans ce genre de cas, il faut éviter d'impliquer des gens. Ok. Maintenant, j'ai envie de te dire que t'es vraiment conne. TM, BM, ou même RM. Qui te dit que ce n'est pas une coïncidence.

— Joshua était au courant. Au tribunal, il avait tomber une feuille et dessus, il avait prévu d'entamer une analyse ADN et le nom de Lydia et Taylor étaient dessus. J'avais ps compris à ce moment-là mais c'est plus que clair. Joshua avait des doutes et il voulait sûrement s'en servir contre elle ou alors nous protéger Hermionne, Papa et moi. Et puis XV15 voulait racheter Stevenson Construction. Taylor a fait humilié Hermionne à la Fashion Week en engageant ce satané influenceur pour s'accaparer ses créations. Sans parler que XV15 veut engager l'entreprise de mon père pour construire la clinique en France mais sur le terrain de l'ancien cabinet de Matthieu. Il y a un contrat qui stipule qu'Oliver sera responsable de tout défaut et que la clinique sera au nom de Taylor ou XV, je ne sais plus. Juste pour te dire que de base, ce terrain, Joshua l'avait racheté pour donner une leçon à Matthieu. Même en sachant ça, tu crois toujours que c'est une coïncidence ? Il cherche tous les éléments pour faire tomber seulement Oliver, Hermionne et moi. Il n'a rien contre mon grand-père ou les autres mais ça ne le dérangerait pas de les faire tomber eux aussi.

— Ils veulent se venger de quoi ? C'est Lydia le souci de l'histoire.

— Je ne sais pas. Mais, Taylor est une psychopathe et on ne va se mentir mais elle tient Joshua par les couilles. Si elle apprend que je suis enceinte, c'en est fini de HASH Corporation, de Joshua et de tous ceux qu'on aime. Je te rappelle que ces deux-là peuvent nous faire tuer.

— Joshua aussi.

— Hein ?

— Joshua. Ses contacts aussi. Et je ne suis fière de te dire qu'il en a déjà fait appel.

— Il a déjà fait tué quelqu'un ? demandai-je surprise.

— Il a failli. Dans une rencontre avec les mecs de Bob dans un quartier de Londres. C'était avant son grand retour aux États-Unis.

Il n'a pas le choix s'il veut garder un semblant de force et de résistance devant les Martins.

Qu'il soit accompagné de gardes, je le conçois mais là, on parle de mort. Comment donner naissance dans ces circonstances ?

— Je sais à quoi tu penses. Fais ce qu'il y a de mieux pour toi. Mais ne ferme pas toutes tes portes. Fais des tests et on en reparlera, d'accord. Si tu veux, je t'accompagne.

— Oui, s'il te plaît. Je vais y aller maintenant. Attends-moi dans le parking, je vais chercher mon sac et mon casque.

Elle m'enlace puis je retourne dans mon bureau en haut.

Je ne sais plus quoi penser. Mon cœur se réjouit de cette possibilité mais ma raison l'emporte sur tout et ne fait que penser aux conséquences et à la décision que je vais devoir prendre si rien ne se passe comme je l'espère. Et c'est ce qui me fait le plus peur.

Quand j'entre dans mon bureau. Ivy et Harry sont toujours là. Sauf que je suis surprise de voir Joshua présent.

Je ne fais attention à personne et récupère mon sac et mon casque de moto. J'ai obtenu mon permis le mois suivant notre retour de New York. Une façon de me défouler après avoir vu Taylor dans cette chambre d'hôpital.

— Tu vas où ? demande Harry. T'as fini ta journée ? Je voulais t'inviter à dîner à la maison. On doit fêter quelque chose.

— Désolée. Je dois y aller. J'ai juste une petite urgence avec Imogen. On se fait ça une autre fois.

J'évite tout contact visuel avec Joshua. Juste un sourire en coin pour faire passer la pilule. Mais je sais déjà que je suis suspecte.

— Tu fais de la moto ? C'est trop cool !

— Je t'emmènerai faire un tour, ne t'inquiète pas, Ivy.

Je ramasse tous les dossiers importants sur mon bureau, je dis bien tous, je les salue et sors en vitesse toujours sans un regard pour lui. À peine suis-je sortie qu'il m'appelle.

— Hazel.

Je soupire et installe un faux sourire sur mon visage puis me retourne.

— Oui ? Je suis un peu pressée.

— Ça, je le vois mais je voulais juste m'assurer que tu vas bien.

— Oui, ça va. Pourquoi ?

— Tu es sortie de ton bureau en courant et en me bousculant sans te retourner. J'ai cru que quelque chose de grave était arrivé.

Oh. C'était lui.

— Tu n'as pas besoin de t'inquiéter. Tout va bien. J'avais juste la vessie pleine et je suis partie voir Gina en chemin.

— D'accord. Maintenant, est-ce possible de me redire tout ça en me regardant dans les yeux.

On ne peut pas avoir, et le beurre et l'argent du beurre.

— Non, j'ai pas le temps. Salut.

Dès que j'entends le bruit des portes de l'ascenseur, je m'enfonce à l'intérieur. Au rez-de-chaussée, tout le monde descend sauf moi. Je prends ce moment de solitude pour respirer enfin. Le printemps est là mais ça sent déjà la transpiration. Prendre une douche de temps en temps chez les plus de 40 ans n'est pas une option.

Je retrouve Imogen devant ma moto. J'ouvre le compartiment et lui refile son casque. Je vois qu'elle a un sac de pharmacie.

— J'ai pris l'initiative de t'acheter ce dont tu as besoin. On passe faire une prise de sang et on rentre direct.

Sans un mot, j'acquiesce. Je monte sur ma bécane et Imogen derrière. Qui sait si je pourrais en faire après ces tests.

Chapitre 16

L e verdict est tombé hier.

C'est avec l'immense choc que je vous annonce que deux barres se sont affichées sur ce bâton où j'ai uriné.

Je

Suis

Enceinte.

Les résultats de la prise de sang disent la même chose.

Mon corps crie la même chose. Et dès que je me regarde dans le miroir, je vois tous les détails et les signes que je n'avais pas remarqué auparavant. Mes seins ont grossi. Mon teint brille comme si j'avais la peau grasse ou des excès de sébum. J'ai enfin remarqué que je mangeais comme un porc, je mange même lorsque je n'ai pas faim et que j'ai diminué mon temps de jogging sans m'en rendre compte. Je suis devenue un tel bourreau du travail que j'ai oublié faire attention à ces petits détails de mon quotidien. Je ne suis pas allée travailler aujourd'hui. Je suis seulement partie faire une prise de sang et quelques rendez-vous médicaux.

J'étais fatiguée. J'avais mal à la tête à force de réfléchir.

Super...

Maintenant, qu'est-ce que je vais faire ? Je le sais déjà mais le terme refuse de sortir. J'ai retourné ça dans tous les sens possibles et la conclusion reste la même. C'est trop risqué. Bob a tué des gens pour des raisons moindres. Il l'a dit lui-même, il est prêt à tout pour sa fille. Et l'obsession de sa fille, c'est Joshua. Elle me déteste déjà pour être sa sœur alors que l'enfant pas voulu de l'histoire, c'est elle. La guerre sera déclenchée quand elle apprendra que sa sœur est enceinte de son fiancée. J'ai l'impression de voir reproduire les erreurs de ma mère. Elle a volé le mari de sa sœur. Puis elle est tombé enceinte d'un autre homme. Je vis un mélange des deux situations mais avec un seul homme.

Je ne peux pas risquer la vie de mon bébé. Alors, j'ai pris cette décision. Demain, j'irai avorter si ce n'est pas trop tard. Je verrai mon échographie et puis basta. Ce n'est pas sain dans cet atmosphère.

Je n'ai jamais eu d'avis sur l'avortement. Je ne me suis jamais sentie concernée car je n'y avais jamais réfléchi et que je n'ai pas vécu une scène où la question se posait. En soit, je m'en foutais car il ne s'agissait pas de moi et que les problèmes des autres ne me touchait pas car j'étais déjà assez accablée par les miens. Les gens font ce qu'ils veulent, c'est leur conscience, leur corps, leur décision. J'ai envie de dire que chacun fait ce qu'il veut, ça ne devrait déranger personne.

Mais si je devais décidé, je pencherai vers le contre. Ce qui n'est pas logique étant donné que c'est ce que je vais faire demain.

Je garde toujours à l'esprit que je vais tuer un être vivant. On dit que c'est une graine, qu'il n'est pas développé mais j'ai appris à l'école que le cœur d'un bébé battait au bout de 5 à 6 semaines de grossesse. De ce fait, pour moi, il est vivant. Je ne pose pas la question de la circonstance de la conception de ce bébé mais je vois seulement un bébé sans arrière pensée.

Maintenant, je vois mon entourage, les possibilités d'avenir. Et je ne peux pas le garder. Du tout.

Et ça, je ne l'ai pas dit, ni à Imogen et je ne compte pas non plus le dire à Joshua. Qu'il s'occupe de ce qu'il y a de plus important car je ne le suis pas.

— Tu dors ?

— Non.

Elle entre dans ma chambre.

— T'as mangé quelque chose ?

— Pas très faim.

— Et c'est à partir de là que je vais faire ma chiante, déclara-t-elle. Hazel Stevenson, là, tu te recommences à te comporter comme une enfant. Je te rappelle qu'à partir de maintenant, tu n'es plus seule dans ce corps ni dans cet appartement. Tu dois te nourrir, sortir et éviter tout stress. Ce n'est ni bon pour toi, ni pour le bébé. Reprends ta vie. Va faire du sport, il parait que tu peux toujours en faire si t'avais déjà une routine avant la grossesse.

Elle parle comme si je comptais le garder.

— J'ai envie de rien, Gina. Vraiment. Je mangerai plus tard.

— Plus tard quand ? Il est 21 heures. Tu n'as rien foutue aujourd'hui. Je sais que tu es encore sous le choc, que tu es inquiète pour énormément de choses mais tu ne dois pas t'oublier à cause des problèmes des autres. Je sais que tu aimes aider mais fais une pause pour toi quand tu en as le temps. Fais-le pour le bébé.

— Bébé. Quel bébé ? marmonnai-je.

— Comment ça quel bébé ? Hazel, tu vas faire quoi du bébé ? Tu le gardes, n'est-ce pas ?

— Non.

— D'accord. Je peux savoir la raison même si je la connais déjà.

— J'ai bien réfléchi et je ne prendrai pas le risque de voir mon enfant disparaître dans un règlement de comptes. Je serai une charge de plus, un point de faiblesse pour Joshua.

Elle me regarde avant de rire.

— Y a rien de drôle.

— Non, c'est juste que je vois vraiment avec quel genre d'idiote je suis amie.

Je dois me vexer ?

Elle vient s'allonger à côté.

— Mais tu veux garder ce bébé ?

— Oui.

Je réalise la bourde qui est sortie de ma bouche.

— Eh bah alors ?! Hazel, ouvre les yeux. Tu fuis. Encore. Comme lorsque tu as fui la France au lieu d'affronter directement Matthieu et ta mère. Si à ce moment-là, tu avais pris la bonne décision, à present, c'est une toute autre situation et tu dois la gérer différemment. Fuir ne te rendra pas plus heureuse et ça ne te fera pas sentir moins coupable. Si tu veux garder ce bébé, je le vois dans tes yeux mais, là, tu deviens égoïste.

— En quoi c'est égoïste, Imogen ? Je sauve des vies !

— Tu donnes raison à Bob et Taylor. C'est comme si tu les laissais gagner car tu acceptes de vivre dans la peur donc tu veux avorter. Tu as toutes les capacités de protéger cet enfant mais tu ne t'en donne pas le courage et le moyen de le faire. Tu déclares forfait avant même d'avoir essayé. Il y a ça mais il y a plus grave. T'es en train de me dire que tu vas avorter sans prévenir Joshua et ça, je suis désolée de te le dire mais c'est grave.

— C'est mon corps, lui rappelai-je.

— Ton corps mais pas juste ton bébé, rétorqua-t-elle. Que tu veuilles avorter oui, mais prévenir le père reste indispensable car tu t'apprêtes tout de même à faire disparaître son gosse. Il a une part de responsabilité dedans et peut-être que je ne connais pas Joshua aussi bien que toi, mais j'en sais assez pour être sûre qu'il t'en voudra de le lui avoir caché. Il ne mérite pas ça car il y verra un manque de confiance de ta part, qu'il est incapable de te protéger ou alors de te soutenir dans cette décision.

Oui, il m'en voudra. Peut-être me détestera-t-il. Mais sur le moment, c'est la meilleure chose à faire. Je sais que si je lui dis, il se sentira aussi coupable car il pensera que se sera à cause de lui si j'ai dû avorter alors que pas du tout. Si quelqu'un devra porter cette culpabilité, ce sera moi, pas lui. C'est pourquoi je ne lui dirai pas.

— Vu ta tête, je pense que tu es campée sur ta décision. Mais je te dis que c'est une mauvaise idée et que tu dois lui dire. Et je vais t'obliger à le faire. Et si tu ne le fais pas, je le ferai, dit-elle en se relevant.

Elle sort de la chambre. Elle doit être énervée que je sois si têtue mais elle l'a dit elle-même. Il s'agit de MA décision et j'ai fait le choix de ne pas impliquer plus de personnes qu'il n'en est nécessaire.

***

Ms. Stevenson ? Le docteur Chapman va vous recevoir.

Le moment de vérité. Il est 9 heures. Mercredi 4 mai. Cette date restera à jamais gravée dans mon esprit. Vêtue d'un jogging, je me dis que la capuche rabattue sur ma tête, rien ne pourra m'atteindre. Comme une sorte de carapace et qu'après ce moment, je m'en sortirai indemne. C'est beau de rêver éveillée.

Lorsque je rejoins le docteur, je suis pleine d'appréhension. Il y a une table d'auscultation, des instruments et la machine d'échographie.

C'est pas rassurant tout ça. En plus, il y a des photos de bébés partout, ce qui n'allège pas mon sort du tout.

— Bonjour Madame Stevenson. Comment allez-vous ?

J'ai l'air d'aller bien là ?

— Ça devrait aller.

Il s'en suit d'un entretien et d'une constitution de mon dossier. Je choisis l'intervention chirurgicale. Je préfère ça qu'ingérer des pilules. Je n'aurai jamais le courage de le faire. En plus, il est libre juste pour faire l'opération, ce qui est rare car en général, il faut prendre un rendez-vous au préalable avant une IVG.

Lorsqu'il me demande d'aller m'installer sur ce large fauteuil et de baisser mon pantalon jusqu'à mes hanches, je commence à avoir les mains moites. Je triture mes main angoissée.

— Ne vous inquiétez pas, me rassura-t-il. On va juste vérifier que vous pouvez faire l'intervention. Selon votre dossier, vous êtes à treize semaines de grossesse et seize semaines d'aménorrhée. Normalement, vous pouvez largement le faire mais prenons quand même des précautions.

— Ici, dans cet état, jusqu'à combien de temps ?

— Dans le Massachusetts, vous avez jusqu'à 24 semaines, me répond-t-il.

Oh.

Il me met du gel sur le ventre et l'étale partout. J'essaie quand même de garder mon jogging monter pour cacher mes parties pas rasées du tout. Je n'ai jamais été à l'aise chez un gynécologue ou même un médecin. Homme ou femme. Les hommes sont plus doux mais ça ne m'empêche pas d'être extrêmement gênée.

Je fixe le plafond alors qu'il pose la sonde sur mon ventre. C'est froid. Il l'a fait rouler tout en fixant l'écran. Il tape des boutons puis il me dit :

— Je sais que cette question ébranle les patientes mais souhaitez-vous écouter les battements du cœur ? Ce n'est pas pour vous faire changer d'avis mais quelque chose me dit que ça peut vous aider.

J'ai peur d'écouter. Mais ce sera peut-être la dernière fois que je le vois et que je l'entends. J'hoche la tête.

Je l'entends tritouiller sa machine et le dernier clic. C'est là, que je l'entends.

Boom-boom. Boom-boom. Boom-boom.

Il bat plus vite que la norme. C'est seulement des bruits de battement mais ça sonne si beau à mes oreilles. Je tourne la tête. Je vois une tache blanche au milieu de tout ce noir. Ça ressemble à une olive mais à cinq fois sa taille. J'enregistre ce son.

— Est-ce que je peux garder une image ?

Je ne sais pas pourquoi je demande ça. Mon cœur parle tout seul.

— On ne m'avait jamais demandé ça mais bien sûr.

Je ferme les yeux. J'écoute encore le son de mon bébé avant de faire l'inévitable. J'ai certainement ce culot mais j'agis impulsivement. Je me réserve ce choix maintenant. Je m'en mordrai les doigts plus tard.

***

Je grimace en sentant la piqûre. Quand j'ai demandé une anesthésie locale du col de l'utérus, j'ai choisi de reste éveillée. Ne demandez pas pourquoi. J'ai eu l'idée de m'infliger une autre douleur de rester consciente pendant tout ça. Je commence à regretter un peu. Dix minutes d'opération. Trente minutes d'incapacité à marcher.

J'essaie de penser à autre chose. Mais le bruit des battements viennent me hanter. L'image de l'olive est ancrée à mes rétines. J'imagine des enfants courir autour de moi dans un jardin avec ma famille. Mon père heureux d'être grand-père. Mon grand-père, fier d'être encore assez jeune et vivant pour voir son arrière petit-enfant.

Pourquoi je pense à ça à ce moment précis ? Pourquoi je me torture l'esprit ?

Mon cœur s'affole pour rien. Parce que c'est ce que je dois faire. C'est ce qu'il y a mieux pour tout le monde.

Et pour toi, Hazel ? Qu'y a-t-il de mieux pour toi dans tout ça ? Seras-tu heureuse après ? Pourras-tu vivre en sachant que tu as sacrifié un de tes plus grands rêves ? Sinon pourquoi es-tu restée à Boston ? N'est-ce pas pour faire ce que tu n'as jamais pu faire avant ? N'est-ce pas toi, il y a quelques jours qui a décidé ne plus pleurer et de rester forte quoiqu'il arrive ? Ne plus vivre dans le regret ? Ni dans la peur ? Pourquoi devrais-tu vivre et agir selon tes peurs de Bob et Taylor ? Des mois auparavant, tu ne les connaissais pas. Comment se fait-il que tu agis selon les volontés d'inconnus ? Il y a quelques mois, n'est-ce pas toi qui ait pris la résolution de n'agir que dans ton bien-être ? D'être libre de faire ce que tu veux ? Si oui, qu'est-ce que tu fous là, bordel ?!

Je me prends une gifle monumentale de moi-même.

Mais qu'est-ce que tu fous là, Hazel ? Qu'est-ce ce que JE fous là ?!

Je gigote dans les sens. La sage-femme accompagnant Chapman essaie de me tenir en place.

— ARRÊTEZ !!! hurlai-je.

— Madame, s'il vous plaît. Ne bougez pas. Ça va bien se passer.

— Je ne peux pas... JE NE VEUX PAS PRATIQUER CETTE INTERVENTION !!! Je ne veux pas ! J'étais folle ! Et conne ! S'il vous plaît, ne faites rien, les suppliai-je.

Je ne sens presque vraiment plus mes jambes. Ni mon bassin. Ça me demande un effort énorme pour me redresser et enlever mes jambes des étriers.

— Madame, restez tranquille. Vous êtes encore sous anesthésie.

— Je ne peux pas tuer mon bébé.

— D'accord, acquiesce le docteur. Nous ne le ferons pas sans votre consentement mais vous devez vous calmer dans ce cas-là. Le stress n'est pas pour une grossesse.

J'entends à peine ce qu'elle me dit. Je veux juste sortir de cet endroit oppressant. Je jette mes jambes vers le sol pour m'asseoir. Je pousse sur mes bras et saute sur le fauteuil roulant. Je dois voir Joshua. Même si je dois l'écouter m'insulter, me hurler dessus, je veux juste le voir.

J'essaie de faire avancer le fauteuil mais d'un coup, la porte explose grande ouverte.

— OÙ EST-ELLE ?!! HAZEL ! Arrêtez tout !!!

Il regarde autour de lui avant de poser ses yeux sur moi.

— Joshua ?

— Qu'est-ce que t'es en train de faire ?! Hein ?! Tu viens avec moi. Désolé docteur. Il n'y a pas d'opération aujourd'hui.

— Ça m'arrange bien. Et puis, elle n'a pas l'air d'une femme qui veut vraiment se débarrasser d'une grossesse non souhaitée. Et puis, c'est beau l'amour. Elle aussi, a changé d'avis.

Joshua m'attrape.

— Tu n'as rien à faire ici.

— Attends, je ne sens plus–

Malheureusement, il ne m'écoute pas et je m'effondre sans force.

— Attention. Elle est encore sous anesthésie, dit la sage-femme.

Il s'agenouille devant moi.

— Pardon. Ça va ?

— J'ai juste les fesses à l'air mais ça va.

Il enlève sa veste de costume et me l'enfile avant de me soulever et de m'emmener. Le docteur nous emmène dans son bureau pour que je puisse me changer. Il me laisse seul avec Joshua. Ce dernier se contente de m'habiller sans me demander mon avis. Que je sois nue ne le dérange pas. Ni moi, car je n'ai pas la force de faire attention à ces détails. Sa mâchoire est tellement contractée. Il est si en colère. Je n'imagine pas ce qui a dû lui traverser l'esprit.

Il ne parle pas.

Et c'est de son silence dont j'ai le plus peur.

Chapitre 17

Joshua

•••

Elle n'est pas venue aujourd'hui aussi. Je me demande ce qu'il lui arrive. Je sais qu'il n'est que 8 h 30 mais elle arrive en général en avance lorsqu'elle commence à 9 heures.

Je passe une main sur mon visage. Je deviens vraiment parano. Quel idiot... Je peux toujours demander à Imogen.

Non. Mauvaise idée.

Elle me met des coups de pression. Elle me fait flipper quand il s'agit de Hazel. Elle a trop traîné avec cette psychopathe d'Hermionne. Les françaises sont des psychopathes et je ne suis pas tombé sur la meilleure de leurs copines.

Imogen m'a mise en garde plusieurs fois, tout comme elle a mise en garde Hazel.

Faire les choses bien ou ne rien faire.

C'est tout ce qu'elle demande. Elle m'a mise en garde contre les manigances de Taylor et comment ça pourrait affecter Hazel. Elle sait qu'un truc se trame depuis que Taylor a ciblé Hermionne à la Fashion Week. Je ne lui en ai pas parlé car même si elle est mon avocate, elle reste la meilleure amie des sœurs Stevenson et j'ai peur qu'elle y mêle ses émotions.

Imogen aime son travail ici, j'apprécie l'avoir autour de moi car elle est utile, loyale et extrêmement professionnelle mais elle connaît ses limites. Donc si Taylor fait encore un faux pas et que ça touche Hazel, elle ne va pas la lâcher.

Elle m'a dit aussi avoir mise en garde Hazel sur son implication dans tout ça. Elle veut bien comprendre que j'autorise Hazel à avoir accès à tous les logiciels d'ici, elle comprend que je ne veuille pas lui dire même si elle trouve ça ridiculement. Car elle sait que si je lui avais demandé, Hazel m'aurait aidé.

Selon elle, Hazel est trop investie et si elle se fait attrapée par Bob et ses copains, des mesures légales vont être pris contre elle et même Imogen ne pourra rien faire. Les avocats de Bob — et je dis bien « les » — sont des requins assoiffés de sang. Ils en sont attirés par la moindre goutte pour liquider leur ennemi.

Mais je me dis qu'elle est assez grande pour prendre des décisions. Je ne lui ai rien dit justement pour lui laisser le choix, qu'elle observe les risques qu'elle va prendre. Une partie de moi aussi avait peur de sa réaction. Elle me détestait. Avec quel culot aurais-je pu lui demander de l'aide ? J'aurais pu demander à n'importe qui mais elle est experte dans son domaine. Une experte-comptable. Son père l'était à son tour. Elle était la meilleure personne à qui demander. J'ai fait semblant de parler dans mon sommeil car je ne savais pas comment aborder le sujet sans passer pour un connard qui l'utilisait. J'ai juste suivi le conseil d'Oliver.

Initialement, c'est à lui que j'ai demandé de faire un audit, en libéral. D'utiliser cette ouverture pour enquêter et récolter des données mais sa querelle avec cette profession à cause de Carlson Stevenson, son passé avec Bob qui voulait lui voler son entreprise, il ne voulait pas prendre de risque. Il m'a suggéré d'essayer de reparler avec Hazel, de renouer. Après tout, elle était première de sa promo. Elle m'aiderait sûrement, si je m'expliquais. Mais il a oublié le sale tempérament de sa fille. Une fille rancunière quand elle veut, qui pardonne quand elle veut.

Au final, tout s'est arrangé — presque. Hazel est là. Elle a toujours eu des plans géniales. Et je suis prêt à assurer ses arrières quoi qu'il advienne. Et puis, je ne vais pas la lâcher d'aussi tôt. Je lui ai fait la promesse de me débarrasser de Taylor. Je le ferai. Puis je lui dirai tout la vérité. Sur Taylor, Lydia, Bob. Tout.

Je suis en train de rédiger une lettre à l'inspection du travail.

Pendant mon absence, à New York, Taylor a discrètement fait venir un inspecteur m'accusant d'avoir forcé Hitchberry, mon ancien comptable, à démissionner. Du licenciement abusif.

Je n'ai pas forcé. J'ai exigé qu'il fasse sa lettre de démission devant moi. Il a fait fuir l'état des comptes de l'entreprise aux concurrents. À cause de lui, l'audit précédant a quitté l'entreprise, nous accusant de falsifier nos comptes. On a eu la police sur le dos, on a dû essayer d'étouffer tout ça pour éviter aux médias de fourrer leur nez alors qu'on était en pleine préparation du cinquième anniversaire d'HASH.

Elle a vraiment cru que c'est en faisant ça que le conseil allait voter ma démission ? Avec tout ce que j'ai fait ? Ce n'est pas aussi facile. Elle devrait déjà le savoir.

Maintenant, je dois m'excuser auprès du ministère du travail et convenir un rendez-vous avec eux. Fournir les preuves. Du temps perdu à cause d'une pauvre idiote.

La seule chose que j'espère, c'est qu'Hitchburry a bien reçu mon avertissement de ne divulguer aucun de nos informations confidentielles au risque d'avoir un procès sur le dos qui lui coûterait bien cher.

On toque à ma porte.

— Entrez.

— Bonjour Monsieur Miller.

— Maître Barnath. Que me vaut l'honneur de votre visite ?

On se serre la main.

— Est-ce qu'à votre étage, il y a des personnes comprenant le français ?

— Pas que je sache. Peut-être mon assistante, Perla.

— Bon, écoute Joshua, me dit-elle en français de manière informelle tout asseyant sur le fauteuil en face de moi.

— Qu'est-ce qu'il t'arrive ?

— T'aimes les gosses ?

Je lève les yeux de mon écran.

— C'est quoi des « gosses » ? Tu veux dire « goose », des oies ? Nan, j'aime pas ça.

— Tu devrais reparfaire ton français. Non, je te parle d'enfants. Ceux qui font caca dans leur couche, qui dorment 24 heures sur 24, qui crient, qui courent, qui grandissent pour au final nous chier à la gueule qu'on est leurs parents ?

— Euh oui. J'aime bien les enfants.

— Tu aimes Hazel ?

— C'est quoi ces questions, Imogen.

— Je ne sais pas si je dois te le dire mais je l'avais prévenue. Ce matin, je suis sortie travailler. D'habitude, je viens à moto avec Hazel. Mais vu qu'elle ne se sentait pas bien, je l'ai laissé. En chemin, je me suis rappelée qu'elle avait le chargeur de mon Mac. En rentrant, elle avait disparue. Ses clés et son casque étaient là mais pas son carnet de santé. Et je crains qu'elle aille commettre l'inévitable.

— Elle est malade ? Où est-elle ?

— Sache qu'avant tout, elle pense que c'était ce qu'il y avait de mieux à faire car elle craint Bob et les représailles. Hazel a toujours rêvé d'avoir une famille. De fonder une famille. Même avec l'autre variole de Matthieu. C'est son souhait le plus cher.

— Tu peux me dire ce qu'elle a ?

— Elle est enceinte, chuchota-t-elle. De ton enfant.

J'assimile ce qu'elle me dit. J'essaie de garder mon calme. De rester conscient mais je bouillonne intérieurement.

— Imogen... Qu'est-ce qu'elle est partie faire ?

— Elle pense que le mieux pour t'éviter que Bob cible tes faiblesses est d'avorter. Joshua, elle essaie de se convaincre mais ça va la tuer. Elle dit ne pas être prête à devenir mère mais elle se ment. Elle veut tellement te protéger qu'elle prend des décisions folles.

Hazel est enceinte et elle n'a daigné pas une seule seconde à m'en parler. Elle pense faire quoi exactement ?

La porte s'ouvre sur Harry avec son casque de moto sur la tête.

— Dis, elle est où Izzy ? J'ai envie de faire une course de moto avec... Ah, t'es occupé.

Je fais le tour du bureau, lui arrache ses clés et son casque de la tête.

— Aïe ! Mais t'es con ou quoi ?

— Donne ton adresse à Harry, ordonnai-je à Imogen. Et toi, cherche-moi toutes les cliniques autour de chez elle qui pratiquent l'avortement. Et que personne ne sache où je vais. Appelle Bryan, dis-lui de couper les caméras sur mon passage surtout au sous-sol du parking.

Je sors en courant. Je prends les escaliers et les descend quatre à quatre, si ce n'est sauter chaque groupe de marches jusqu'au sous-sol. Oui, je n'ai pas retenu la leçon à New York avec ma blessure. Oui, je n'en ai absolument rien à foutre. Je ne compte pas la retenir surtout si quelqu'un des miens est en danger ou s'apprête à faire une connerie monumentale. Comme elle.

Je connecte mon téléphone au casque par Bluetooth. L'enfile. J'enfourche la moto d'Harry et m'en vais dans les rues de Boston.

Elle est folle. Complètement folle. C'est ça son plan génial ? Avorter ? Elle a vraiment laissé Bob empiéter sur sa vie au point de prendre une décision qu'elle ne veut pas prendre ?

Oublier ce vieux deux secondes. A-t-elle pensé à moi ? Elle ne m'a même pas fait confiance ? Elle croyait quoi ? Que j'allais me sentir mieux ? Que ça allait alléger mon fardeau ? Je peux même mourir pour elle, ça ne changerait rien car jamais je ne l'aurais abandonné. J'aurais assumé mes responsabilités comme un bonhomme. Mais non, elle a décidé tout, toute seule comme si elle était la seule concernée de l'histoire.

Je le prends mal. Hyper mal. Et en même temps, j'ai peur. Très peur. Je... je ne veux pas qu'elle avorte. Je ne pense pas le vouloir. On a fait une erreur, mais moi, je ne la regrette absolument pas. Et si c'en est le résultat, où est le souci ?

Je l'aurais soutenu quelque soit la raison mais si elle avait voulu mon avis, bien sûr que j'aurais dit non pour l'avortement. Ce qui me met hors de moi, c'est dans quelle circonstance et avec quelle pensée, elle s'apprête à le faire.

Mon téléphone sonne. La voix d'Harry résonne dans le casque.

— Le centre le plus près de South Washington se trouve sur la Harrison Avenue. C'est à cinq minutes à moto du bureau.

— OK.

Je coupe la communication.

J'arrive devant le centre. Je cours à l'intérieur. Je saute presque sur la secrétaire.

— Je cherche Hazel Stevenson. Elle est venue pour un avortement.

— Je ne peux pas divulguer les informations des patients. Quel est votre lien ?

— Je suis le père du bébé.

— Elle est en salle d'opération. Sur votre gauche, la troisièmement porte mais...

Je m'en fous de son mais. J'ouvre toutes les portes s'il faut. Je me fais jeter à chaque fois. J'arrive enfin devant la bonne porte.

— OÙ EST-ELLE ?!! HAZEL ! Arrêtez tout !!! hurlai-je.

Mes yeux sont flous. Jusqu'à ce que je la voie sur ce fauteuil roulant, me regardant choquée.

— Joshua ?

Je la hais. Je la hais mais mon cœur l'appelle si fort. Même lui en vouloir complètement est impossible. Mais elle reste la femme la plus stupide que j'ai jamais vu. Le silence s'installe en moi. Je ne veux pas exploser devant ces inconnus. Je ne veux pas de témoins quand je l'étranglerais. Je ne veux pas perdre mon sang-froid. Mieux vaut que je reste silencieux car les mots qui sortiront prochainement de ma bouche en choqueront plus que d'autres.

***

H azel
...

Assise sur un banc à l'extérieur des urgences, je le regarde tourner en rond. Je tends seulement la main vers lui. Il jette son casque au sol.

Puis il me saute dessus. Ses mains serrant mes épaules si forts qu'il en est douloureux.

— Qu'est-ce qui ne va pas chez toi ? Dis-moi !

— Joshua, tu me fais mal...

— How can you be so careless?!!

— Lâche-moi.

— Réponds-moi.

— J'ai juste fait ce qui me semblait le mieux. Je n'ai pas à me justifier auprès de toi.

Je tiens à peine debout. J'ai mal. Il ne s'en rend pas compte mais j'ai extrêmement mal. Mais je préfère fermer ma bouche. Il ne m'écoutera pas.

— Tu n'as pas à te justifier ? Hazel ! Tu allais avorter un enfant ! Mon enfant ! Pourquoi ne pas me l'avoir dit ? Je sers à quoi dans cette histoire ? Explique-moi.

— À rien. Dans cette histoire, tu n'as aucun rôle. Donc tu ne sers à rien. Et même si je te l'avais dit, qu'aurais-tu fait ? Rien. Qu'est-ce que tu croyais quand tu m'as donné les accès à tout HASH ? Qu'est-ce que tu croyais quand je suis entrée là-bas et que je me suis investie à fond dans tout ça même en sachant les conséquences que ça aurait sur moi ? J'ai pris la décision de tout faire pour sauver ta peau et ton entreprise quel qu'en soit le prix.

— Pourquoi tu t'investis autant, bordel ?

Je ris jaune.

— « Pourquoi ? » Tu ne sais pas pourquoi ? Pourtant, ce n'est pas l'une des raisons pour lesquelles tu m'as approchée ? « Y a qu'elle qui peut m'aider. J'ai besoin d'elle mais elle veut partir. Mais elle devra venir. Elle est obligée. » C'est ce que tu disais cette nuit-là à Paris, n'est-ce pas ?

Je n'ai pas oublié ce qu'il m'a dit. C'est resté graver dans ma tête car c'était son seul moment de vulnérabilité. Le seul moment où il s'est ouvert à moi honnêtement. Ses mots m'ont touché. J'étais prête à tout pour lui rendre ce qui lui appartenait de droit car il aurait fait la même chose pour moi. Alors pourquoi lui aurait le droit de faire des sacrifices énormissimes et pas moi ?

— Je t'ai dit de me faire confiance, Hazel.

— Et c'est ce que j'ai fait, Joshua. Je l'ai fait.

— Ah bon ? Tu m'évites depuis des mois. Tu ne me parles pas.

— Je t'ai dit que je devais rester éloignée de toi. Mais là n'est pas la question. Tu me reproches de ne pas t'avoir dit que j'étais enceinte. Désolée, je l'ai appris pas plus tard qu'avant-hier soir. J'aurais dû être heureuse. Je voulais l'être. Puis, je me suis rendue à l'évidence. Taylor n'épargnera jamais ce bébé. Bob non plus. Et même, qu'est-ce ce que tu aurais fait ?

— Tu me crois incapable de te protéger ?

— Es-tu capable de protéger ton entreprise, espèce d'idiot ?! m'emportai-je. Tu le peux ? Non ! Car toi, mieux que quiconque connaît les risques de provoquer Bob Martins. Alors imagine ce qu'il aurait fait à ce bébé. Tu as trompé sa fille ! Il me déteste !

— Et alors ? C'est à moi de gérer ! Et qu'est-ce qui te fait croire ça ? Qu'est-ce qu'il a contre toi ? Hein ?

— Tu ne le sais pas ? Regarde-moi dans les yeux et dis-moi que tu ne sais pas pourquoi.

— Hazel...

Il me relâche. Il comprend. Il comprend que je sais. Je pointe du doigt son torse et le fait reculer.

— Le culot que tu portes sur ton crâne à me reprocher de ne t'avoir rien dit, tu te le gardes, Miller. Tu n'as pas fait mieux en me cachant que Taylor est ma demi-sœur ! Tu l'as découvert à Paris, tu l'as su. Et à aucun moment ça t'es passé à l'esprit de prévenir les principaux concernés de toute cette merde.

Joshua ne peut pas avoir cet audace. Je ne le permets pas.

— Je suis une cible ambulante, continuai-je sur les nerfs. Il déteste ma famille alors que la cause de tous ces problèmes, c'est Lydia. Pourquoi il fait ça ? Je sais pas. Mais toi, tu risques tout. Je suis enceinte du fiancé de ma demi-sœur ! Pour toi, y a rien qui cloche ? Réveille-toi. Bon sang ! Bob va rajouter ça aux raisons de te descendre encore plus. Et je ne veux pas retrouver mon bébé mort par vengeance. Ni vivre dans une constante peur qu'il lui arrive quelque chose. Je pense plus à toi qu'à moi. Car je veux que rien ne t'arrive à cause de moi. Toutes ses années où tu n'as pas pu réaliser ton rêve, tu as trouvé quelque chose pour compenser et je ne veux pas que tu perdes ça aussi, et encore à cause de moi. C'est clair ?

Il prend mon visage en coupe. Il me regarde droit dans les yeux déterminé. Ils brillent tellement. Il caresse mes pommettes et ça me calme. Ça m'apaise et ça me rassure.

— Je n'ai pas besoin que tu fasses un quelconque sacrifice. Ce bébé n'a rien fait. Tu allais faire quelque chose que tu allais regretter toute ta vie et tu voulais porter ce fardeau toute seule. Ça, je n'accepte pas, Hazel. Du tout. Je suis désolé de n'avoir rien dit sur Taylor. Je pensais que tu n'aurais jamais supporté de savoir que j'étais en couple avec ta sœur. Mais toi. Tu voulais que je vive une vie tranquille en sans que je sache que tu voulais m'aider en t'accablant de malheur ? On a chié dans ta tête en France ?

D'accord...

— Tu ne sais pas ce que je suis capable de faire pour toi. Et je ne savais pas ce que tu étais capable d'en faire autant pour moi. On est prêts à aller jusqu'à l'extrême l'un pour l'autre. Mais arrête de croire que tu es seule. Je suis là pour toi. Je te l'ai déjà dit. Je ne compte pas te laisser. Ni t'abandonner. Faire l'erreur deux fois n'est pas dans mes projets. Je ne veux pas que tu fasses de sacrifice. Je t'ai mise dans cette merde. Je suis autant responsable que toi. Tu n'imagine pas la peur que j'ai eu quand Imogen m'a dit que tu allais avorter. J'ai pensé au pire. Je me suis dit : « elle est seule », « elle n'a personne avec elle pour l'accompagner dans ce moment difficile », « je devrais être présent pour elle, au moins, comme son meilleur ami ». Je ne suis pas inutile et demander de l'aide, ce n'est pas être faible.

Je n'avais pas vu les choses sous cet angle là.

— Tu sais, tout mon cœur, toute mon âme me hurlait de ne pas le faire. Je voulais ce bébé plus que tout. Car c'était sûrement la seule chose que tu pouvais me laisser avant de partir avec Taylor. Oui, une partie de moi croyait fort que tu n'arriverais jamais à te débarrasser d'elle. Puis, je me suis dit que Bob ne nous épargnerai jamais s'il savait. J'étais déterminée. Et le docteur m'a fait écouté les battements de bébé. C'était doux. Ça m'a hanté jusque dans le bloc. Je n'ai pas pu m'y résoudre. Je voulais juste te voir. C'est vrai. J'aurais dû te le dire. Je suis désolée, Joshua. Vraiment désolée.

Je ne sais pas ce qu'il m'arrive. Je n'avais pas prévu ça mais les larmes commencent à couler toutes seules.

— Est-ce que tu vas me laisser prendre soin de toi ?

— Non.

— Ok. T'as vraiment pas retenu la leçon.

— J'avais quelque chose à retenir, peut-être ? plaisantai-je juste pour adoucir cette atmosphère trop intimement triste.

Il rigole avant de me serrer dans ses bras.

— Et sinon... on fait quoi là ? On est quand même dans la merde.

— Laisse-moi profiter de ce câlin après on parlera embrouilles, dit-il en fourrant son nez dans mes cheveux.

Je sens sa main descendre vers mon ventre. Des papillons volent. J'espère qu'ils continueront de voler car deux chasseurs sont encore en liberté, prêts à les tuer. Et maintenant, qu'on connaît nos vérités, c'est n prend plus de risques qu'avant.

Pas sûrs de s'en sortir indemnes car rien ne sera plus comme avant. Plus rien.

Chapitre 18

Il me regarde avec de grands yeux.

— Quoi ?

— Que tu sois toujours aussi gourmande ne me surprend pas, mais c'est pas un peu trop ?

Je ne vois pas que de quoi il parle. Lundi, c'était l'Eid pour les musulmans. En général, j'allais chez Hermionne et ses colocs car Halima préparait chaque année du couscous après le Ramadan. Pas le couscous royal avec des merguez. Cette innovation de pacotille. Non. J'ai goûté au vrai couscous marocain. Celui où tu prends le plaisir de manger avec tes mains.

Aujourd'hui, j'en avais envie. Ce qui choque surtout Joshua, c'est que je mange un grand plat pour quatre personnes à moi seule. Et encore, je mange avec une cuillère. Pas une fourchette, j'ai bien dit une cuillère. Il n'y a rien de choquant. C'est la même quantité qu'Halima me servait. Presque. Je n'ai pas mangé depuis hier et je ne comptais pas manger ça pour moi toute seule.

Joshua m'a emmené dans ce restaurant aux spécialités marocaines à cause de mon insistance. Même s'il est seulement 10 h 45. Ça fait des mois que j'avais des envies obsédantes mais je n'avais jamais tilté sur toutes possibilités.

— Écoute, je vais devoir te demander de ne pas juger ce que je mange avant que je m'énerve. Tous les jours, je mange comme ça et à aucun moment, j'ai pensé que ça pouvait être la grossesse. Fais avec.

Il mime sur ses lèvres une fermeture-éclair.

— Dis. On fait quoi maintenant ?

— J'ai pensé que tu pouvais demander à ton grand-père de te muter.

Je stoppe la cuillère à mi-chemin vers ma bouche.

— Non.

— Pourquoi non ?

— Je n'ai pas fini ce que j'ai à faire.

— Mais tu n'es pas obligé de le terminer, rétorqua-t-il.

Ah non. Ça aussi, je n'accepte pas.

— Je ne vais pas arrêter de travailler, Joshua. C'est hors de question. J'ai déjà commencé à rassembler des preuves. J'ai besoin d'être sur le terrain.

— Je demanderai à Julian.

— Non plus. Il irait répéter à Carlson. C'est une grande bouche. Moins de personnes sont au courant, mieux c'est.

— Et tu veux faire quoi ? Annoncer ta grossesse ?

— Non.

— Eh bah voi—

— Pas maintenant.

— Comment ça ?

— C'est impossible à cacher. Je vais entamer mon quatrième mois. Mon ventre va commencer doucement mais sûrement à s'arrondir. Je pense qu'on devrait dire que le père est quelqu'un d'autre.

Sa mâchoire se contracte quand je dis ça.

— J'ai toujours pensé que t'avais des idées géniales mais là, tu te fous de ma gueule.

Clairement ? J'aimerais bien mais non. Mais c'est tout ce qu'on peut faire.

— Et qui serait le père ? Hein ? Qui accepterait de faire une chose pareille ?

Pas sûre qu'il aime l'idée.

— J'avais pensé à Sam.

— Tu te moques de moi ? Tu l'as vu une fois dans ta vie et il jouerait le père de mon enfant ?

C'est là qu'il ne sait pas. Je garde le silence en me remplissant la bouche.

— Vous vous êtes vus ? Vous avez couché ensemble ?!

— Quoi ?? Non ! On n'a pas couché ensemble. Il aurait bien voulu cela dit. Mais on s'est vus plusieurs fois. Et Taylor nous a vus.

— Je m'en fous. C'est non.

— Tu ne fais pas confiance à ton ami ?

— C'est aussi un associé. En général, Sammy quelqu'un de très discret qui ne parle seulement lorsque c'est nécessaire. Il est froid la plupart du temps. Et il ne se mélange pas. Puis, y a toi qui me dit qu'il flirte avec toi ?!

— Je n'ai jamais dit qu'il flirtait avec...

— T'es vraiment aveugle, ma parole. Un homme si froid qui devient aussi doux qu'un agneau devant toi. Ça ne te dit rien ?

Nan, sans blague ? Comme si j'avais pas capté...

— Alors l'autre solution serait que tu te sépares officiellement de Taylor, proposai-je comme ça en mangeant une cuillère de couscous. C'est tellement bon !

— Tu sais que je ne peux pas.

— Tu ne m'aides pas beaucoup là. On n'a pas trente-six mille solutions.

— Tout ce que je peux faire, c'est demander à Bryan d'assurer ta sécurité avec quelques hommes pour l'instant.

— C'est hors de question, Joshua. On ne me suivra pas dans tous mes faits et gestes.

Il pose sa main sur ma main gauche. Je la retire. Il ne va pas m'amadouer comme ça. Il soupire.

— On a un mois pour trouver des preuves qui incrimineront au moins Taylor. Juste pour qu'on puisse se débarrasser d'elle. Sans elle, Bob n'aura pas de moyen de pression sur toi. Elle te lâchera la grappe.

— Ce n'est pas aussi facile. Taylor et l'équipe marketing doivent préparer le lancement d'un produit médical. Un traitement pour le cancer. Ça fait des années qu'ils y travaillent dessus avec les labos d'Harry. Si on fait quoi que ce soit avant le lancement, Harry pourrait subir des pertes. Et nous aussi. Ça peut paraître choquant mais sans ses caprices, Taylor peut faire du bon boulot. Enfin, si elle évite de confondre la Corée du Nord et la Corée du Sud, dit-il en grommelant cette dernière phrase.

Oui mais non. C'est trop choquant pour moi.

— Quand a lieu le lancement ? demandai-je.

— Le mois prochain, dit-il.

C'est trop serré. Je dois cacher la grossesse jusque là. Mon ventre sera visible. Un tout petit peu. Je pourrais le dissimuler avec des vêtements un peu plus grand. Mais après ? Ça susciterai énormément de questions auxquelles je ne pourrais pas répondre. Mais si je n'y réponds pas, Taylor aura des suspicions et s'ils se révèlent vraies, elle prendra des actions contre moi. Voilà pourquoi l'avortement était ma seule solution. J'avais juste peur de me battre et au final tout perdre.

Une idée me vient mais je ne sais pas si c'est faisable.

— Est-ce que c'est possible de la remplacer ?

— Sous quel prétexte ?

— T'as pas une autre filiale sur cette terre ? Quelque part où elle serait contente d'aller pendant un court temps ?

— Peut-être, dit-il en passant une main dans sa barbe pensif. Elle m'a harcelé pour qu'on aille vivre à Santa Monica. On a une start-up. On a une équipe qui cherche à développer des ordinateurs de gaming.

— Envoie-la là-bas. Ça me laissera plus de temps pour trouver ce dont j'ai besoin. Trouve un truc pour que vous vous sépariez au plus vite afin que je puisse vivre ma grossesse sans me creuser le cerveau pour le cacher. Je ne peux pas l'avoir dans mes pattes. Elle m'a à l'œil.

— Je ne peux rien te promettre.

— Au moins, on aura essayé, Joshua. Mais c'est toujours ça ou rien.

Un silence s'installe. Je me décide quand même à lui tendre une fourchette. Il l'a prend puis le regarde souriant. Quand je le vois comme ça, je me dis que je ne pouvais pas espérer mieux. Il est la meilleure personne avec qui j'aurais pu faire cette erreur. Je pense que j'aurais moins culpabilisé si c'était une grossesse non désirée avec un One-Night Stand.

J'ai le réflexe de toucher mon ventre depuis que je sais que je vais garder ce petit bout. Je suis remplie d'un sentiment de protéger et d'être protégée. Bien sûr, j'ai toujours cette peur qui m'agrippe le ventre mais je réalise enfin que je ne serais pas seule pour lui. Je pense qu'on m'a trop souvent accompagné, donc je demandais énormément d'aide. Mais depuis que je suis seule, sans pilier depuis six mois, être assisté ou demander secours reste encore compliqué. Je me voulais indépendante mais certaines situations requièrent l'assistance d'autrui. Je me suis mise dans la tête que mieux vaut faire tout soi-même. Je le pense toujours mais désormais, je dois laisser une petite porte d'entrée à Joshua, pour notre bien, à lui, le bébé et moi.

De là, on finit notre déjeuner et il me raccompagne à pieds jusqu'à chez Imogen. Il va jusqu'à monter à mon étage. Sur le palier, on se regarde sans vraiment savoir quoi faire ni comment nous dire au revoir. Ce petit moment de gêne est brisé quand on réalise en même temps qu'on n'est pas des inconnus. On est vraiment bêtes.

— Je te laisse. Repose-toi bien et reviens en pleine forme.

— D'accord. Merci Joshua.

— Ne me remercie pas. Dans d'autres circonstances, je t'aurais sûrement étranglé.

— Je n'en doute pas, ricanai-je avant d'entrer dans l'appartement.

Je referme la porte après lui avoir lancé un petit sourire. Je m'adosse contre celle-ci puis me laisse glisser jusqu'au sol. Je me frappe le front.

Mais qu'est-ce que j'allais faire ?

J'ai été folle d'en arriver jusque là. Pour le coup, je ne peux rejeter la faute que sur moi-même. Moi et ma nouvelle manie de jouer les héroïnes non désirées ici.

***

Deux jours plus tard.

— Il est tard là ! Je veux rentrer chez moi.

— Non. Tu restes. Tu m'as promis de venir dîner mais autant le faire ici.

— Dans mon bureau ? Tu rigoles Harry ? C'est pas vraiment classe comme endroit pour dîner.

— Allez, Izzy. Ça fait longtemps qu'on ne s'est pas retrouvé. Nous trois.

Nous trois, c'est vrai que non. Mais, j'ai l'un des deux qui passe une fois par jour chez moi vérifier si je n'ai pas fait une autre bêtise. On entend toquer à la porte. Joshua entre avec deux packs de bières, du jus de pomme, d'autres boissons et de quoi grignoter. Un sourire s'installe sur mon visage quand je vois dans le sachet, un paquet rouge de Twizzlers à la fraise. Oh ! et des tubes de Push Pop. Je saignais ces sucreries quand j'étais petite. Mon regard croise celui de Joshua qui m'observe observer le sachet avec gourmandise. Il s'en est rappelé.

Harry me force à m'asseoir sur le sofa. Il s'assoit sur la moquette à mes pieds. Il retire ses chaussures, les balance à travers la pièce. Une odeur nauséabonde emplit le bureau.

— Ça fait combien de temps que t'as pas lavé tes pieds ? se moque Joshua en me rejoignant.

— J'ai pris une douche ce matin !

— Lave-toi avec de la javel désormais, Harry Potter, dis-je en lui balançant une tape derrière la tête. D'ailleurs, elles sont où tes lunettes ?

— Eh ! se plaint-il. Je mets des lentilles. Ce n'est pas sexy les lunettes.

C'est vrai que sans ses lunettes, il est très séduisant. Même avec, il avait ce petit côté intello-charmant qui le rendait appréciable.

— Bon, qu'est-ce qu'on est censés fêter ? demandai-je.

— Alors, roulement de tambour..., s'exclama-t-il en mimant des percussions. Notre traitement pour le cancer a été approuvé par la FDA.

[Food and Drug Administration équivalent en France d'AEM : Agence Européenne des Médicaments, qui délivre des autorisations de mises en marché des médicaments (AMM)]

— Vraiment ?! Je suis contente pour toi ! C'était un grand projet pour toi, il me semble, non ?

— Un grand ? Tu veux dire un « ÉNORME » projet ! C'était un projet abandonné par des chercheurs débutants à cause des manques de fonds. On jugeait qu'ils n'avaient pas assez d'expériences, qu'ils étaient trop « jeunes » pour pouvoir croire en leur capacité à trouver un traitement. J'ai voulu leur donner une chance de se prouver et de travailler dans mon labo. Ça fait six ans que je ne regrette pas d'avoir trouvé ces gamins.

— Ces gamins dont tu parles, c'est tes camarades de promo, enfoiré, le remballe Joshua.

— Sans moi, leurs recherches pendant la fac aurait fini à la poubelle même si je les aimais pas.

— Et pourtant, j'ai l'impression que tu chéris ce projet. Tu en parles avec des étoiles dans les yeux, lui fis-je remarquer.

— J'ai décidé de croire en eux quand personne ne les voulait. Je les ai aidés il y a des années. Aujourd'hui, c'est eux qui m'aident en faisant partie de mon équipe et ils me sont indispensables. Ils ne sont plus les connards qui se croyaient au-dessus de tout le monde. Donc je les supporte un peu plus.

Regardez-moi celui-là...

Mais j'aime qu'il reconnaisse avec une telle modestie que son travail résulte du travail acharné de ses employés. Peu de PDG aurait avoué qu'ils ont des employés compétents sans manquer de les descendre pour se mettre en avant avec les règles de leur entreprise.

— Bon, on trinque ? Au succès de d'Harry Brown.

Joshua se prend de la bière pour lui et Harry, les décapsule puis me serre un verre de jus de pomme.

On fait cogner nos bouteilles et verre avant de boire une gorgée de nos breuvages respectifs.

— Sinon, Izzy, ça fait quoi d'être enceinte ?

J'avale de travers, m'étouffe. Mon réflexe ? Recracher le contenu de ma bouche, malheureusement, Joshua reçoit tout sur le visage.

— Pardon, pardon, pardon.

Alors que j'essaie d'essuyer son visage, je regarde Harry ahurie.

— De quoi tu parles ?

— Allez quoi, tu comptais me le cacher ? À moi, le parrain de ton futur bébé ?

— On n'est pas désespérés au point de te choisir TOI comme parrain de notre bébé, ricane Joshua mauvais.

Personne m'explique comment il sait que...

— Ça faisait un moment que je n'avais pas Josh ébranlé, si déstabilisé. Le mur de pierre a accouru en apprenant que tu voulais avorter. Il m'a volé ma moto, mon casque et m'a donné des ordres comme si j'étais son larbin. Rechercher tous les centres d'avortement possibles où tu aurais pu aller. Pfff... Il a dû me confondre avec Bryan.

Oh.

— Alors ?

— Je vais le garder. Le protéger comme je pourrais le temps qu'on se débarrasse de Taylor et de Bob.

— Tu sais, en vrai, ces deux-là devraient être le cadet de tes soucis.

Je l'observe sans comprendre où la bouclette veut en venir.

— Pourquoi ?

— Si on apprend que Josh est le père, ce ne sera pas un problème. Tout le monde s'en fout. Je pense surtout qu'ils seront plus rassurés s'il était avec n'importe qui sauf Taylor. Non. Le véritable souci, c'est ton grand-père, ton cousin le casse-gueule Elijah ou bien ton ex toxic.

Ma mâchoire en tombe.

Papi. Seigneur, comment j'ai pu l'oublier ? Elijah et Matthieu n'ont pas leur mot à dire mais mon grand-père. Pour lui, les enfants après le mariage, pas avant. Pas de progéniture hors mariage. C'est le seul inconvénient avec lui. C'est son côté vieux traditionnel qui ressort.

Je me laisse glisser sur le canapé et me prends la tête entre les mains.

— Il va me tuer. Tuer celui qui m'a mise enceinte. Me ressusciter et me tuer. Me ressusciter et me sermonner jusqu'à fatigué.

— Ce n'est pas si grave.

— En fait si. Pour lui, le mariage et la famille sont vraiment importants, expliquai-je. Carlson laisse des libertés à chacun d'entre nous. Coucher avec qui vous voulez mais ses petits-enfants et arrière-petits-enfants ne doivent jamais avoir l'étiquette du, entre guillemets, « bâtards », « illégitimes », mimai-je. C'est mal vu et ça ne respecte pas les règles de notre famille Stevenson.

Je soupire. Essayer de le convaincre d'accepter ce bébé va être une bataille épuisante. Psychologiquement, je ne sais pas mais émotionnellement, je sais que je finirai éreintée, car on a à faire un quelqu'un de têtu.

— Tu n'es plus seule désormais. Tu nous as, nous. Tes meilleurs amis. Tu as Hermionne et Imogen. Ton père sera plus que content de savoir que tu es avec son favori, se moque Harry en pointant Joshua du doigt. André, pareil.

— Et puis, il est temps que Carlson évolue. Des erreurs arrivent dans la vie. C'est pas comme si ton père était né légitimement, dit Joshua en haussant les épaules.

— Hein ?

— Oliver ne t'a pas dit ? Il a assisté au mariage de ses parents. En tout cas, il est sur les photos de mariage. Il avait deux ans quand Carlson et Phœbe se sont unis. Ta grand-mère avait caché sa grossesse car les parents de Carlson étaient contre leur relation.

En plus !

— Ça fait déjà un argument pour le convaincre, soufflai-je. Eh ! D'ailleurs, t'en sais plus sur les antécédents de ma famille que le nombre de grains de beauté dans ton dos.

— Une vraie calculatrice.

On éclate de rire.

On profite de notre repas, assis par terre, parlons de nos beaux souvenirs d'enfance et de ce qu'on a fait depuis notre séparation de 10 ans. Ainsi, mes deux camarades finissent par se bourrer comme des alcooliques.

Au final, chacun s'endort. Harry s'endort à même le sol. Joshua est assis au sol, la nuque posée sur le canapé en arrière et moi, je cède au sommeil, allongée sur le sofa, la tête du même côté que celle de Joshua.

Pendant la but, je sens une matière douce sur mes épaules et un baiser sur mon front mais je n'en suis pas sûre.

En tout cas, je sais que je suis bien entourée. Que peut-il m'arriver de pire ?

•••

Hello, je suis de retour. Je n'ai pas publié depuuuuuis... un moment, en fait.

Je pensais que j'allais écrire des chapitres à l'avance pendant les vacances mais j'ai tout simplement zappé. J'ai vécu un One Life total cet été.

MAIS je vais essayer de me remettre dans la sauce. Pour l'instant, je reprends doucement mais il n'y aura pas la routine du chapitre tous les lundis et jeudis. Je publierai quand j'en aurais le temps et que j'aurais assez d'écrits. J'espère reprendre un cours normal avant novembre. Donc on se limite à un chapitre par semaine.

Allez bisous et bonne rentrée

Naouiya

Chapitre 19

——

(chuchotements)

——

    — (chuchotements)

— (chuchotements)

— Vous croyez qu'on devrait les réveiller ?

— C'est ce qu'il faut faire mais j'ai peur du boss.

— Par contre, cette femme est bien à l'aise quand même. Regarde dans quelles positions ils sont. Elle profite de ces hommes.

— Qu'est-ce que tu racontes ? Tu vas nous faire virer ! C'est leur meilleure amie, Hazel Stevenson. La petite fille de Carlson Stevenson, l'un de nos actionnaires, le fondateur de la société d'audit actuel.

— Et si Mlle Martins voyait ça ? On devrait fuir, non ?

— Tout le monde sait que Mr Miller n'a rien à voir avec elle. Nous acquiesçons seulement pour aller dans son sens. Histoire de ne pas la froisser.

— Mais tout de même. Regardez ces bouteilles. Ils ont dû être ivres morts...

J'ai vraiment pas l'habitude des commérages sur moi. Je n'ai jamais été une cible. Enfin, pas depuis le lycée, par certaines filles qui n'aimaient pas mon amitié avec ces deux beaux hommes.

J'ai été réveillée par leurs chuchotements. Tout à commencer avec la gestionnaire, apparemment venue déposer des dossiers pour moi. Puis le bouche à oreille, presque tout le trente-troisième étage est là, dans mon bureau. J'ai juste peur d'ouvrir les yeux et affronter les regards. Non, pas parce que on m'a surprise avec Joshua et Harry mais à cause de la tête que je vais afficher. Le matin, j'ai le visage gonflé. Mais vraiment. Les lèvres et le nez surtout. Les yeux, n'en parlons pas. J'ai l'air d'avoir été sortir d'un combat de boxe. Les traces de salive sèche sur les joues, je les sens comme de la cire à épiler mal collée.

Toute personne qui est moche le matin. Mais moi, j'ai l'impression d'être Shrek, surtout en ce moment. Mon humeur est exécrable. Encore avec ce réveil où il y a des yeux rivés sur moi, commérant sur cette situation où nous sommes trois à dormir dans des positions physiquement impossibles.

Mais bon... Si je ne me lève pas, qui va les réveiller ? Ils ont la gueule de bois. Je sais comment ils étaient à l'époque après avoir bu. À mon avis, ils n'ont pas changé.

Je fais semblant de m'agiter, de bâiller puis j'essaie de me redresser mais il y a un poids sur mes jambes.

Mais qu'est-ce que...

J'ouvre les yeux péniblement. Je vois Harry allongé sur mes jambes. Ses cheveux éparpillés sur mes hanches. Il est lourd ! Les jambes écartées avec l'une sur le dossier du sofa et l'autre par terre. Je me disais bien que le sol n'était pas si confortable.

Je croise les regards des collègues. Je devrais sourire gênée mais actuellement, ma vessie exerce une telle pression qu'elle va éclater si je ne bouge pas de là.

— Bonjour Mlle Stevenson. Vous avez dormi ici ?

— Oui.

J'ai pas envie de passer un interrogatoire alors que je suis dans une position pas pro et ridicule. Joshua et Harry sont des patrons de grandes boîtes. Est-ce normal que des employés les voient dans cet état ?!

Je tapote les joues de Harry qui lui se contente de repousser ma main en marmonnant des mots incompréhensibles.

Alors que j'essaie de m'asseoir, mes bras n'ont plus ne peuvent bouger tout simplement car j'ai la tête posée sur des genoux bien musclés et qu'un bras entouré mes épaules. Monsieur Miller dort la bouche ouverte. Un bruit de ronflement en sort discrètement.

Seigneur... y a vraiment rien qui va. Et moi, qui ai envie d'uriner.

— Joshua. Joshua ? Harry, debout.

Ils me marmonnent un « la ferme » à l'unisson. Mon envie est trop pressante. J'ai pas le temps pour ça.

— Comme si ma vessie pouvait la fermer, bande de... Aaargh ! Bougez !

Je bats des jambes. Harry tombe au sol dans un bruit sourd. Joshua se redresse la tête et regarde autour de lui.

— Qu'est-ce qu'il y a ? J'ai mal au... Oh. Bonjour à tous.

La blague !

Je me lève et je suis prise de nausées assez violentes. J'ai tout juste le temps de lancer un regard paniqué mais discret à Joshua, qui a l'air de comprendre ma détresse. Je souris en baissant la tête. Une fois à l'extérieur de mon bureau, je me précipite vers les sanitaires et m'enferme dedans dans une des cabines. La nausée prend le dessus sur la vessie. Je vide mon estomac. Cinq bonnes minutes. Je sens qu'on écarte mes cheveux collés par la sueur sur mon front. Tout mon corps se contracte quand le liquide acide sort puis se détend, lentement mais sûrement. C'est mon dos qui en prend un énorme coup. Je m'effondre épuisée par terre. Je tends juste la main pour tirer la chasse.

Puis je me rappelle que j'ai des besoins primaires à satisfaire. Je ferme les yeux fatiguée. Tel un robot, je me lève.

— Purée... Ça n'en finit pas.

Je baisse mon pantalon et m'assoit sur la cuvette. Et là... soulagement.

Et encore, je me rappelle que quelqu'un me tenait les cheveux. Je lève immédiatement ma tête vers cette personne. Je vois le dos d'un homme en chemise noire. J'aurais dû deviner.

— Qu'est-ce que tu fais là ?

— J'ai cru comprendre que tu avais besoin d'aide.

— Ça ne te gêne pas de m'entendre uriner ? C'est pas un peu... déplacé ? Enfin surtout pour toi, t'es dans les toilettes des femmes, non ?

— Tu n'as pas l'air non plus gênée par ma présence, donc j'en déduis que tu ne l'es pas pour autant.

Vrai. J'aurais besoin de lui assez souvent car je ne sais pas gérer ces situations. Je vais devoir oublier toute gêne et même pudeur pendant ma grossesse. À mon avis, mon apparence et ma pudeur seront les cadets de mes soucis à cause de ce petit être. Et sur notre lieu de travail, il me faut bien un alibi. Si je n'ai plus d'inspi, il sera là.

— Par contre, pas sûr que je m'habitue aux odeurs de vomis.

Le culot !

— À croire que...! Hmmm ?!!

D'un coup, il met sa main sur ma bouche et pose un doigt sur la sienne pour me signifier de me taire.

On entend des voix féminines. Des robinets et de l'eau qui coule. Une porte de cabine qu'on verrouille.

— Si tu veux mon avis, il y a un truc entre eux, dit l'une. J'y crois pas cette histoire de meilleurs amis du lycée. Ça date d'une décennie. Lors de l'anniversaire d'Hazel, elle était super froide avec Monsieur S.A., ils se sont évités comme la peste et là, d'un coup, ils sont redevenus meilleurs amis. Je n'y crois pas.

S.A, comme Sex Appeal ?!

— J'ai entendu dire qu'elle sortait d'un divorce et qu'elle était amoureuse du patron avant de le laisser pour son ex mari, continue cette première. Elle est sûrement revenue en apprenant qu'il était riche.

Elles insinuent que je suis une croqueuse de diamants ? Sérieusement ? C'est bien la pire des insultes qu'on ait pu me dire.

— Sarah, l'interpelle la deuxième. Tu crois qu'on devrait le dire à Taylor ?

— Non, Missy. On lui fait la lèche juste pour qu'elle nous laisse tranquille. J'en ai marre de lui rapporter ce que fait cette Stevenson, râle Sarah. Sa relation avec le boss est existante seulement dans sa tête. Si on arrive à se débarrasser d'elle, on est tranquille. Donc si, le boss la lâche pour Hazel Stevenson, elle perdra son statut et son importance. Puis on se débarrassera de cette Hazel et on pourra tenter notre chance ou alors essayer d'avoir une promotion pour le poste de Taylor.

— Et puis, franchement, qu'est-ce qu'Hazel a, qu'on n'a pas ? Une petite frenchie pistonnée par son grand-père. Elle aurait dû continuer à être assistante. Ça lui va bien d'obéir. Comme une bonne petite chienne. Toujours là à nous regarder avec son hypocrite sourire bien-veillant. Ça fait seulement quatre mois et je ne peux même plus me la voir. Juste le fait de savoir qu'elle ait passé la nuit avec eux m'énerve.

Je ne sais pas ce que je leur ai fait pour mériter d'être insultée de la sorte. J'ai toujours fait mon travail sans jamais laisser ma vie privée empiéter sur ma vie professionnelle. Je suis enfermée toutes mes journées dans mon bureau. Les seules fois où elles peuvent me voir c'est lorsque je sors déjeuner, pendant une pause ou lorsque je vais aux toilettes. Elles ne me connaissent pas. Et juste le fait de savoir que Taylor les aies missionnées pour m'espionner me rend dingue.

Hypocrite ? Croqueuse de diamants ? Non. J'accepte pas. Je commence à vriller.

— C'est pas un peu cliché ? me chuchote Joshua. Des filles qui médisent et qui en espionnent d'autres ?

Cliché ? Je ne sais pas mais j'ai envie de leur refaire le portrait.

J'amorce un mouvement vers la porte mais Joshua me tient fermement contre lui. Il se secoue la tête.

— Arrête ça. Ça n'en vaut pas le coup. Tu mérites mieux que ça. On s'en fout.

Et donc je dois tolérer ça ? Je n'ai plus de patience.

— En plus, t'as vu comment elle a grossi ? Hahaha ! Elle est encore plus grosse et ronde qu'avant !

Elles pouffent comme des bécasses. Je me revois au lycée recevant les moqueries d'Eva Porter, capitaine des Cheerlearders et actuelle mère, d'Ivy, Maevis, sa copine et toutes la clique. Je les revois se moquer de moi, de mon apparence, de mon poids et au fait, je ne méritais même pas d'être la meilleure amie de Joshua et Harry. Devant elles, je n'ai jamais montré que ça m'affectait. Je ne me le suis jamais avoué. Mais en réalité, je me suis remise en question maintes fois. En réalité, je me demandais : « Quelle est la réelle signification d'être une fille ? » Être mince ? Maquillée ? Avoir des vêtements ras-le-cul en masse ? Avoir des copines plus belles les unes que les autres pour pouvoir s'en vanter dans la rue ? Glousser comme une dinde dès qu'un bel homme passe les portes ?

J'ai complexé tant de fois. Je m'étais même mise à des régimes. J'ai essayé d'être une fille. J'en avais vraiment envie mais je ne savais pas à qui plaire, ni assez confiance en moi. Je n'ai pas réussi. J'aimais les salopettes. Je pensais que ça me protégeait. Pas besoin d'être belle. J'ai mes deux amis et ça me suffit.

Faux. Bien habillée ou pas. J'ai fini par me faire violer par un pervers. C'est plus tard que j'ai décidé d'être une femme. Que me cacher attire encore les sadiques. J'en ai mis du temps. À modeler ma personne, intérieurement qu'extérieurement jusqu'à en être satisfaite. J'ai mis du temps à accepter mes petits bourrelets et mes petites rondeurs. Je me suis dit que l'habit de fait pas le moine, c'est soit on ne fait rien, soit on met la dose.

J'ai bataillé pour en revenir au résultat actuel. Tout ça, pour je me fasse insultée par deux ignorantes.

J'ai assez toléré ce genre de commentaires. On ne va pas recommencer ici.

Pire, on m'insulte d'avoir grossi alors c'est l'effet grossesse. C'est comme si on avait insulté mon bébé.

Je mords la main de Joshua qui étouffe un cri en grimaçant. Je tire la chasse et j'ouvre en veillant à bien fermer derrière moi.

Je me dirige vers le lavabo et me lave les mains. Je m'asperge le visage et fait attention à enlever toute trace de sommeil. Crottes des yeux, traces de baves. Je me regarde dans le miroir. Mon teint est assez blafard à cause des nausées mais ça se remarque à peine. Je continue de briller sans artifice. J'attrape des mouchoirs.

— Vous nous écoutiez ?

— Tais-toi, l'intime Missy. On ne savait pas qu'il y avait quelqu'un, s'excusa-t-elle.

— Et alors ? On n'a fait que dire la vérité, la coupe Sarah.

— Vous savez, il y a ce que l'on appelle le retour de bâton. Ce que vous faites, on vous le fera. Ou alors, c'est déjà le cas. Si ça vous amuse tant que ça de médire sur les gens, sur leur apparence, leur caractère et leur moralité, pensez à ce que les autres doivent médire de vous alors. Vous n'êtes mais clairement pas mieux, les filles. Posez-vous des questions et regardez-vous dans un miroir. Dans des toilettes à parler au lieu de bosser. J'espère que vous travaillez aussi bien et efficacement que lorsque vous propagez des potins... ou faites vos rapports à Taylor Martins.

— Nous sommes deso-, recommence Missy plus sûre d'elle d'un coup.

— Ne le soyez pas. Vraiment. J'insiste. Je tiens juste à vous faire un rappel, histoire que vous ne répétiez pas la même erreur. Après tout, vous êtes en CDD. Et il me semble que votre contrat n'a pas été encore renouvelé. Je pourrais glisser un mot à mon meilleur ami en votre faveur... ou pas. Il serait agréable ravi d'apprendre qu'on insulte les membres d'un audit qui a le pouvoir de le jeter en prison pour diverses raisons. On ne va pas se mentir, il peut être mauvais et rancunier. Ça le rend moins sexy, croyez-moi. Bonne journée à vous, mesdames.

— Bon, écoute Hazel-, m'appelle Sarah.

— Mademoiselle Stevenson, la corrigeai-je. Nous ne sommes ni collègues ni amies. Encore moins camarades.

Je sors la tête haute. Puis je m'arrête en me rappelant que je dois défendre mon fameux statut de « grosse ».

— Pour info, Monsieur Miller aime les grosses. Son péché mignon. Il aime être étouffé dans de la graisse. Il se pourrait que je sois son fantasme, vous ne croyez pas ?

J'explose de rire quand je l'entends tousser grassement. Les filles tournent vivement la tête vers les toilettes en cherchant d'où venait les bruits.

— Je confirme ! Fallait voir ses conquêtes de l'époque ! crie Harry hilare en débarquant dans les toilettes. Un conseil, les pipelettes ? Retournez à vos postes avant que votre patron découvre que vous harcelez des employés. C'est un enfoiré cruel qui vire des employés comme il jette des caleçons.

— Elle mérite que je leur arrache leurs faux cils ces deux-là ? Un meurtre, c'est pas bien, grave ? marmonnai-je en français en sentant mon humeur changer rapidement du calme à un truc bien psychopathe.

— Ok, sale folle, tu viens avec moi. Tu commences à me faire peur quand tu regardes comme ça.

Harry m'attrape par le bras en voyant que je regarde ces filles de façon insistante.

Il me traîne dehors. Jusqu'à la salle de pause. On s'installe à une table.

— T'as su garder ton calme. Comment ça t'es devenue Dark Vador en une seconde.

— Je sais pas. Elles me rendent folle. J'avais envie de les tuer.

— Je sais. D'où l'appel à l'aide de Joshua.

Je me demandais aussi d'où il sortait celui-là.

— Bref, prends-moi une salade de fruits. Un gros bol de yaourt avec des flocons d'avoine.

— Tu détestes l'avoine.

Je lui jette un regard noir.

— Je VEUX de l'avoine.

— Ok. Ça va. Du calme, ma belle. Tu as tes envies, j'ai compris. Putain... Je vais trouver ça où, moi, dans ce bâtiment ?

Il s'en va. Missy et Sarah passent. La première n'ose pas me regarder et la deuxième me dévisage avec haine.

Je souris en coin, menaçante. Elle s'arrête un milliseconde décontenancée par ma face. Elle regarde derrière moi et se remet en marche en poussant sa copine pour qu'elle se dépêche.

Quoi encore ?

— Tu leur as fait peur ou quoi ? dis-je en posant ma tête sur la table.

— C'est plutôt toi qui a traumatisé l'une d'elle.

Sûrement.

— C'est mérité. Encore plus avec ce que je viens d'apprendre. Taylor m'espionne. Je ne m'en étais même pas rendue compte.

— J'aurais dû m'en douter.

— On n'aurait jamais deviné que ce serait elles. On est beaucoup trop occupés à travailler pour remarquer ce genre de détails, Joshua. On doit être vigilants. Donc plus de soirées au bureau, surtout nous deux.

— Tu as peur de quoi ? Qu'on découvre que je prenne du plaisir dans ta graisse ?

— Seigneur ! Mais ça va pas ! riai-je nerveusement.

— Et puis qui t'as dit que j'aimais les grosses ?

Ah. C'est vrai.

— Je sais que t'aimes les minces aux grandes jambes.

Il se lève et s'apprête à partir. Il vient derrière moi, passe une mèche derrière mon oreille.

— Non. J'aime les Hazel.

Mon cœur rate un battement.

Il se redresse comme si de rien n'était. Comme s'il n'avait rien dit qui pourrait me faire imaginer des choses ou interpréter ses paroles.

— Tu devrais rentrer. Tu sens le mort.

Comment me faire descendre de mon nuage...

Oui, c'est un enfoiré cruel.

Clairement.

Chapitre 20

Après m'être douchée, je prends ma moto et vais chez mon père. En effet, j'ai fait mes recherches, mon petit bijou ne comporte pas de risque pour mon bébé jusqu'à quatre ou cinq mois. Et encore, des femmes enceintes continuent d'en faire pendant leur grossesse et même du sport si elles en avaient la routine. Je compte faire des tests et demander conseil à un médecin plus tard pour être sûre. J'espère ne pas devoir la laisser.

J'ai appelé mon père après avoir vu qu'il avait essayé de me joindre hier soir. Lorsque je l'ai rappelé, avant qu'il ne puisse me dire quoi que ce soit, je l'ai prévenu que j'allais passer.

Oui, j'ai décidé de lui dire la vérité. Il s'agit de mon père. J'aurais aimé avoir une mère pour partager une nouvelle telle qu'une grossesse mais celui qui représente mes deux parents est mon père. Je sais que je peux compter sur lui dans n'importe quelle situation. Il ne me jugera pas. Il m'écoutera, donnera son avis, son conseil, positif ou négatif et il acceptera la décision que j'aurais prise.

Après, ouvert d'esprit, oui mais n'oublions pas qu'il reste un père, un homme aussi, et un foutu Stevenson. Même s'il aime Joshua comme un fils, je ne sais pas s'il aimera le fait qu'on lui offre un petit-enfant comme ça.

Je me gare en bas de chez lui. Je dépoussière ma combinaison deux pièces jaune et ma veste en cuir noir. Je retire mon casque et entre dans le bâtiment. Quand je mets les pieds ici, j'ai toujours cette sensation de bien-être et de familiarité. Comme un sentiment de retourner dans sa maison d'enfance.

Mes talons claquent contre le bois des escaliers en même temps qu'il grince. Malheureusement, c'est exténuée que j'arrive en haut. Ce n'est pas une nouvelle.

Je sors mes clés pour les introduire dans la porte mais des voix éclatent. Je fronce les sourcils. Je colle mon oreille à la porte.

— Pourquoi tu es aussi têtu ?

Papi ? Papi est ici ?!

— De qui suis-je le fils à ton avis ? Si t'es venu jusqu'ici pour me dire ça, il ne fallait même pas te donner cette peine.

— Sale petit con ! J'ai fait l'effort de mettre ma colère et ma rancune de côté pour venir et tu ne peux même pas faire l'effort d'y réfléchir ? Quel ingratitude envers moi ! Après tout ce que j'ai fait pour toi, regarde comment tu me remercies !

— J'ai mon entreprise. Je l'ai construite moi-même. Je suis déjà un homme occupé. Je n'ai besoin de rien d'autre.

— On s'en fiche de ton entreprise ! Je te demande de revenir ! Toi qui voulais refaire partie de la famille, je t'offre l'occasion de te racheter et de te faire pardonner sur un plateau d'argent et tu refuses !

— Mais je ne t'ai rien demandé ! J'ai pas envie de redevenir ton larbin. C'est clair ? Tu as tes autres parfaits fils, non ? Alexander et Juniper. Ceux qui ne t'ont jamais déçus. Qui ne sont jamais allés à l'encontre de ce que le grand Carlson veut, y compris dans le choix de leur avenir. Désolé ne pas être le chien bien dressé que tu aurais souhaité que je sois.

— Oliver Stevenson !!!

J'entends un vacarme et une gifle résonner.

Ok, faut intervenir.

J'ouvre la porte et débarque en courant.

— Mais ça va pas ! Wo !

Je les trouve en train de se tenir le col. Ils s'arrêtent comme des statues et me regardent avec des yeux ronds, pris en flagrant délit.

— Izzy ?

— Princesse ?

— Papa ! Tu n'as pas honte de te battre avec ton père ?!

— Exactement !

— Est-ce que tu vaux mieux, Papi ? Tu te bats avec ton fils. Ton fils ! Vous ne pouvez pas avoir une discussion comme des adultes ? Lâchez-vous.

Mon grand-père lâche prise mais pas mon père.

— Papa... Lâche.

Oliver jette un regard noir à son père tandis que l'autre jubile. Au final, il le lâche en prenant soin de bien le bousculer.

— Asseyez-vous.

— Je croyais que tu voulais me—, commence mon père.

— ASSIS !

Ils se regardent en chiens de faïence, attendant de voir qui s'assiéra en premier.

ET ILS CONTINUENT ?!!

J'ai vraiment aucune patience actuellement.

— J'ai dit : ASSIS !!!

Ils ne me le font pas dire une quatrième et s'assoient en silence. Quand je les vois se chamailler, je les trouve juste... pathétiques.

Je m'assois sur le fauteuil en face d'eux, alors qu'ils sont côte à côte en laissant une distance de sécurité assez suffisant pour mettre deux personnes au milieu.

— Votre querelle compte durer jusqu'à quand ?

— C'est lui qui a commencé ! se plaint mon père.

— Ce n'est pas ma question, Papsi. Ça fait plus de trente ans là. Quand est-ce que vous allez grandir ? Ce qui est passé est passé. Point. Pourquoi vous êtes autant têtus ? Vous ne pouvez pas avancer au lieu de rester rancunier et bloquer dans le passé ?

— Il s'est marié avec une femme égoïste, trompeuse. Je l'avais prévenu et mais il n'en a fait qu'à sa tête. Voilà le résultat.

— Et donc, tu n'es pas content de nous avoir, Hermionne et moi ?

Il est pris au dépourvu par ma question. À mon avis, il n'y a jamais pensé tout simplement parce qu'il était concentré sur ce simple détail. Il n'a pas vu la situation sous un autre angle. Il était focalisé sur lui-même qu'il ne se rend pas compte des côtés positifs. Oui, ma mère a été la pire des garces avec eux mais on résulte de sa relation avec mon père. C'est la seule chose qu'elle a réussi à faire parfaitement dans sa vie.

— Sans elle, on ne serait pas. Ta princesse et ton Hermite non plus. Lydia a été une erreur. On en fait tous. On doit faire des erreurs pour apprendre. Regarde-moi, je vais bien. Je suis tombée. J'ai appris et j'ai évolué.

— Hmph...

— Et d'après ce que j'ai entendu, tu ne peux pas débarquer chez les gens après leur avoir fait la gueule et couper les ponts avec eux pendant plus de trois décennies pour clamer des droits inexistants. Papa a évolué seul, il a des responsabilités, des centaines de familles dépendent de lui. S'il quitte son poste, qu'adviendra-t-il de ses employés ? Et combien même il pourrait trouver un responsable pour le remplacer, et si c'était ce dans quoi il s'épanouit depuis des années ? Il a trouvé sa vocation grâce à toute cette situation où tu lui as coupé les vivres. Tu quitterais S.A.F.E. sur un coup de tête, toi ?

— Non. Je ne quitterai pas S.A.F.E. si on m'offrait tout l'argent du monde.

— Si tu ne peux pas le faire, comment toi, espèce d'enfoiré de vieux croûton, peut me demander un truc pareil ?

— RÉPÈTE UN PEU ?!!

Tuez-moi-même. Non, sincèrement, achevez-moi.

— Papa ! Sérieux ? Quand même ! Tu comportes comme un ado en crise ! le grondai-je. C'est ton père ! Au lieu d'essayer de te réconcilier avec lui, tu aggraves les choses.

— Je n'ai jamais dit que je voulais arranger les choses avec... lui.

— Ah bon ? N'est-ce pas la raison pour laquelle tu as ouvert ton établissement secondaire ici, à Boston ? Il y a des milliers de villes aux États-Unis. T'aurais pu transférer ton siège social à New York, non ? Et ne me mens pas, j'ai discuté il n'y a pas longtemps avec Andy. Ça lui a échappé, plus ou moins. Ah et aussi parce que tu avais rencontré Alice qui vivait ici

— André, ce traître... Tu devrais arrêter de parler avec lui.

— Non. C'est intéressant de savoir toutes les conneries que tu fais dans mon dos, Papsi.

J'observe Carlson qui a l'air surpris par ce que je viens de dire mais qui fait tout pour ne pas le montrer.

— Vous ne savez pas à quel point ça nous fait mal de vous voir comme ça. J'ai envie d'aller voir mon grand-père sans blesser mon père. Chris, Julian, Elijah veulent revoir leur oncle qui les emmenait faire du bowling avant d'aller manger de la glace dans les gradins d'un stade. Phoebs veut revoir son fils sans craindre que son mari le prenne pour de la trahison. Je veux revoir ma famille depuis que je suis ici mais personne n'est unis. Tout le monde est fâché. On nous tiraille. On est tous mêlés à votre querelle sans le vouloir et on est obligés de choisir des camps pour ne pas froisser l'autre. Vous êtes responsable de la séparation de cette famille. C'est énervant et blessant à la fin ! Tout ça pour vous dire, et je parle au nom de toute la famille Stevenson : VOUS NOUS FAITES CHIER !!!

Mon cœur bat vite. Les nerfs sont tendus. J'ai tellement de colère que je pourrais détruire la lune juste en la regardant.

—Izzy, pourquoi t'es aussi tendue ? Tout va bien, tu sais. On s'aime beaucoup. Hein, papa ? dit Papsi en donnant un coup de coude au doyen de la famille.

— Euh oui, oui, ma chérie. On s'est juste laissé emporté. On avait juste besoin d'évacuer notre frustration l'un sur l'autre ?

Ils se moquent de moi ?

— Vous vous foutez de moi ? J'ai l'air d'une idiote ?

— Non. Du tout ! Pourquoi tu t'énerves ?

— Vous étiez sur le point d'en venir au main !

— On... on rigolait, improvise mon père.

Je dois sûrement leur faire flipper vu la tête paniquée qu'ils affichent.

— Alors vous ne verrez pas d'inconvénient à ce qu'on aille camper demain et que vous fassiez toutes les activités ensemble et je dis bien TOUTES les activités. Y compris aller vider son estomac. Je vous attacherai avec des menottes s'il le faut.

— J'ai une réunion demain, disent-ils en même temps.

— J'appelle Phoebs ? Et lui raconte que vous étiez littéralement en train de vous battre ? Vous disputer, ok mais se battre ? Pas sûre qu'elle aime cette image.

— OK !!!

— Bien. Maintenant. Papi, dehors.

— Tu me mets dehors ?

— Tu comptes dormir ici ? Ou alors t'aime le voyeurisme parce qu'ici, tu peux découvrir plein de trucs. Par exemple, comment ton fils décédera d'une fracture du coccyx pour avoir fait ses activités sportives sur le plan de travail avec sa dulcinée.

— HAZEL !!! s'indigne mon père.

— Jolie façon de me dire que tu ne veux pas me voir ici. Je le prends mal.

— Je t'aime aussi. Tu me pardonneras d'ici demain. Allez, ouste.

Mon grand-père se lève. J'attends que la porte claque avant de souffler.

— Tu n'aurais pas dû lui parler de cette façon. Encore moins le mettre dehors de cette manière

Un fil vient de se déconnecter de mon cerveau. Un mot s'affiche sur son crâne.

« Culot ».

Je le regarde par en-dessous, narquoise. Je ris jaune.

— T'es mal placé pour oser dire un truc pareil pour quelqu'un qui voulait frapper son vieux qui est déjà assez vieux. Ne te mets pas plus dans l'embarras que tu ne l'es déjà.

Il se racle la gorge.

Ouais, c'est ça. Sois gêné de ta bêtise.

— Et c'était la seule façon d'être sûre que Papi s'en irait.

Il lève un sourcil sceptique.

— Qu'est-ce qu'il t'arrive ? T'as l'air agitée. Des sauts d'humeur. T'as tes règles ?

Monsieur est à l'aise quand même. S'il savait que ça fait quatre mois que je ne les ai plus et que je ne m'en suis même pas rendue compte.

— Non, Papsi.

— Alors de quoi voulais-tu me parler ?

— Non, toi d'abord. Tu avais l'air de vouloir me dire quelque chose aussi.

Il respire un bon coup pour se préparer. Je ne sais pas du tout à quoi m'attendre.

— Je compte demander Alice en mariage.

— Hein ?

Un schéma se dessine devant mes yeux. Je regarde mon père qui m'observe attentivement, appréhendant ma réaction.

Une soudaine émotion m'envahît.

Je fais le tour de la table basse et le serre dans mes bras.

— Je suis heureuse pour toi. Tu mérites le bonheur. Alice est parfaite pour toi.

— Tu n'es pas déçue ?

— Déçue ? Et pourquoi ?

— Malgré ce qu'elle t'a fait, Alice va prendre sa place. Elle sera ta belle-mère. Et Lydia reste ta mère.

— Je suis plus qu'heureuse d'avoir ta femme comme maman. Le peu de ce que j'ai vu me laisse penser qu'elle a parfaitement sa place dans ta vie. Papi l'aimera énormément. Ne t'inquiète pas.

Il se détend.

— Hermionne est au courant ?

— J'attends qu'elle emménage ici la semaine prochaine.

— Déjà ? Elle a trouvé un job ? demandai-je.

— Non mais elle a déjà déposé des CV un peu partout. Elle vivra ici quelques jours avant d'emménager avec vous. Je lui dirai quand elle sera là. C'est mieux que par téléphone.

Bon... À mon tour maintenant.

— Papa. J'ai quelque chose à te dire et je veux que tu sois objectif. Pas de colère. Pas de jugement. Juste que tu m'écoutes. D'accord ?

— Je ne te jugerai jamais, ma chérie. Rien de ce que tu me diras ne me...

Je me lance.

— Je suis enceinte.

— ... choquera. Wait... You're what ?

Chapitre 21

Peut-on faire un arrêt cardiaque juste avec l'expression du visage ?

— Papa ? Papa ?

— Même après m'avoir expliqué, il y a une chose que tu as omis de me dire. Juste après, je déciderai si je te juge ou pas.

— Oui ?

— Hazel, qui est le père ? Je sais juste que tu le connais très bien. Il y a trop de similitudes et je veux que tu me dises un nom avant que j'en sorte un.

Perspicace. Tout mon récit, j'ai dit « il ».

— Joshua.

— Quoi ? Joshua est au courant ?

— Oui mais non. C'est Joshua... le père.

Un silence s'en suit. Il n'ose pas parler. Il ne dit rien. Son silence est pesant. Stressant.

— Est-ce que je dois être content que ce soit quelqu'un que je connais ? Ou bien me demander si vous êtes encore des gamins à qui on doit expliquer comment les contraceptions s'utilisent ?

— Papa...

— Non, laisse-moi finir.

Je regarde mes mains. Passe mes doigts sur cette cicatrice à mon poignet me rappelant ma tentative de suicide. Je l'avais presque oublié.

— Comment vous allez faire, dis-moi ?

Je soupire.

— Il y a tant de choses que tu ne sais pas. J'ai voulu éviter de t'impliquer dans mes soucis. Si je t'explique, garde la tête froide. Il y a certaines choses que tu sais, d'autres que tu ne sais pas. Comme par exemple, que la « fiancée » de Joshua est ma demi-sœur, Lydia et Bob Martins. Le hasard a fait qu'ils sont tombés sur Joshua en Angleterre et ont vu un moyen de faire marcher leurs affaires illégales en passant par lui.

— Donc c'était avec lui que Lydia m'avait trompé à Bristol.

— Tu le savais ?

— Oui. Je comprends aussi pourquoi cet homme a essayé plusieurs fois de me racheter Stevenson Construction.

Je lui raconte tout depuis le début sans laisser de détails. Depuis Paris, où j'ai mis les choses au clair avec Joshua, tout ce que j'ai découvert depuis que je travaille chez H.A.S.H., le fait que mon bébé n'est pas en sécurité et que j'ai essayé d'avorter pour éviter d'être des fardeaux pour Joshua.

Il savait certaines choses sur l'entreprise de Josh car ce dernier lui demandait des conseils et c'est justement pour ça qu'il m'avait conseillé comme expert-comptable. Il en savait plus que je ne le pensais.

— Tu es passé par tellement de choses. J'aurais dû être là. Je suis ton père !

— C'est justement parce que tu es mon père que je voulais t'éviter des inquiétudes futiles, lui avouai-je.

— Hazel, tu n'es pas futile. Tu es ma fille. Ce qui te concerne devrait me concerner aussi. À un certain point, tu risques ta vie en provoquant un homme comme Bob Martins qui, apparemment, ne voit que par sa fille. J'ai aussi le droit de savoir que tous les problèmes que nous avons viennent d'une seule et même personne. Ces gens-là menacent ma fille au point de la pousser à avorter.

Pour ça, je suis la seule à blâmer.

— On a décidé de garder le bébé et de le protéger de cette guerre. Je ne peux pas le résoudre à le perdre. C'est mon rêve d'être maman. Joshua sera là pour m'épauler si besoin.

— Donc, vous êtes en couple ?

— Quoi ? Non, du tout. Sans le dire à voix haute, on a décidé d'être des bons parents.

— Je voulais que lui et toi soyez ensemble mais au final, rigola-t-il, c'est aujourd'hui que je comprends que vous aimiez déjà à l'époque mais que vous étiez trop bêtes pour le voir. Et maintenant, vous allez avoir un enfant sans être en couple, ou relation à définir. Cet enfant aura besoin de stabilité avec ce qu'il rôde autour, Hazel.

— Pour l'instant, on se laisse du temps pour régler cette histoire avec les Martins.

— Et Carlson ? Un enfant hors mariage ? Il n'acceptera pas.

— Ah ouais ? Et t'es né comment toi ?

Il me regarde de travers.

— Tu crois que j'ai aimé assister au mariage de mes parents ?

— Ça devait être la meilleure journée de ta vie ?

— Non, c'est à partir de ce moment-là que j'ai compris que mon père était raide dingue de ma mère mais que c'était un enfoiré parce qu'après ça, il a fait le vœu de ne plus autoriser dans cette famille des enfants hors mariage.

J'explose de rire.

— Mais plus important : stabilité, responsabilité. Deux mots. Pour nous, le mariage et l'engagement est important afin de s'assurer d'un avenir sans encoche. Moi, je reste ouvert d'esprit avec de la réticence. Tu as le droit à ton bonheur surtout vu le fiasco de ton mariage.

Cool hein...

— Mais n'oublions pas que même si ce ne sont que des papiers, c'est toujours une assurance d'être marié.

Je comprends ce qu'il veut dire mais n'oublions pas non plus comment ce bébé a été conçu. Deux personnes bourrés, du désir caché pendant des années, on a explosé et ça s'est fini par un gosse. Ce ne sont pas les meilleurs circonstances pour penser relation, engagement ou mariage.

— Sinon, au boulot ? Vous faites comment ?

— Je cache ma grossesse au moins jusqu'au mois prochain et on verra. Ce n'est pas bon mais rien n'est sûr. On ne sait pas de quoi est fait demain avec eux. Et s'il te plaît, Papsi, si on te propose un contrat avec H.A.S.H. pour la construction d'une clinique en France, relis bien ce contrat et négocie les termes.

— Oui, j'ai reçu ce contrat mais les conditions m'ont semblé correct. Je signe la semaine prochaine. Mais comment tu sais ?

— Non, relis-le et négocie les termes. C'est un piège de Bob. J'essaie de t'en dire le moins possible parce que je ne devrais pas. Tu le verras de tes yeux si tu refais ressortir le pro en toi. C'est vraiment flagrant. Ce contrat n'a pas été rédigé par Gina donc sois prudent.

On discute des moyens qu'on pourrait mettre en place pour piéger le père et la fille. Puis il réalise qu'il va être grand-père pour la première fois. Il est réticent mais il est heureux.

Tout à coup, je repense à une chose. J'y toujours pensé mais je n'ai jamais posé la question.

— J'ai une question. Pourquoi vous n'avez jamais aimé Matthieu ? demandai-je. Je n'ai jamais compris pourquoi. J'ai toujours cru que c'était parce que je me mariais avec un français ou parce qu'il ne correspond pas aux standards que vous vouliez.

— Ça, c'est sûrement la raison pour ton grand-père et aussi, parce que tu es la dernière de la famille, le bébé dont le fait que tu puisses te marier nous laissait un goût amer, rigola-t-il. Pour nous, les autres, c'est juste que nous ne le connaissions pas, tu nous avais juste prévenu que tu avais trouvé l'homme de ta vie. Ce qui nous dérangeait, c'était le comportement et de l'impression qu'il nous laissait qui nous avait fait pensé que c'était un connard. La façon dont il te parlait. Des piques invisibles pour toi ou n'importe qui mais pas pour nous, des hommes de ta famille. Et puis, j'ai vu les regards que jetais Lydia. Lui n'en faisait rien mais je pensais que c'était seulement le fait qu'il avait volé le cœur de ma petite princesse. On s'est dit que c'était juste un français, que les choses marchent différemment là-bas. Tu étais heureuse. On ne voulait pas interférer directement avec toi mais on essayait de le dissuader de s'engager avec toi.

— Vous auriez dû insister alors.

— C'est passé. Pourquoi y repenser maintenant ? Prépare la venue de mon petit-enfant. Sois tranquille et ne te prends pas la tête. D'accord ?

Je reste déjeuner avec lui avant de passer au bureau récupérer quelques affaires. Vu comment j'ai disparu ce matin, j'ai dû oublier une partie de ma tête.

Je rassemble mon manteau et mon sac. J'embrasse mon père sur le front avant de poser un pied sur le palier. Au dernier moment, il m'interpelle.

— Attends deux secondes, tu vas faire du camping ? Avec nous ? Dans cet état ?

— Quel état ? Je suis enceinte, pas handicapé.

— Non, tu ne comprends pas. Tu as oublié où on va camper et ce qu'on y fait.

J'essaie de me rappeler...

Oh non...

N'est-ce pas la raison pourquoi je voulais gagner le pari contre Julian ? Pour éviter d'y retourner ?

***

Quoi ?

— Tu rigoles, Izzy ? dit Julian en me regardant comme si j'étais une alien.

— Comment t'as fait ? demande Elijah.

— Pourquoi tu nous appelle ? demande Chris suspicieux.

Je suis en appel vidéo avec Chris et Elijah avec Julian à mes côtés. Et leur ai dit que Papa et Papi allaient camper ensemble. Il n'y a que Chris qui a compris que j'avais un truc en tête.

— Ils allaient se battre ! J'ai fait ce que j'avais à faire.

— Pourquoi tu nous as appelé, Izzy ? insiste Chris.

— Quoi ? Elle n'a pas le droit de nous appeler maintenant ? lui fait remarquer Elijah.

— Je te conseille de surveiller ta bouche, Eli. Si vous êtes aveugles, moi non. Depuis quand elle nous appelle en groupe ? Ce n'est sûrement pas pour discuter du beau temps, n'est-ce pas ?

Je rigole nerveusement.

— Je vais camper avec eux.

Julian jette sa tête en arrière en me donnant un coup dans l'épaule. J'ai l'air de rire là ?

— Tu te fous de moi ?! Toi ? Camper ? Je n'ai même pas encore gagner le pari. T'aurais pu attendre ou bien avouer que tu voulais retourner faire du camping.

— Tais-toi. Orrh. Le pari qui devait durer une semaine qui a finit par durer des mois, là ? Et puis au final, t'as campé avec Papi pendant les vacances au début de l'année, non ? C'était la seule manière que j'ai trouvé pour essayer de les faire se réconcilier.

— Tu as réussi là où nous avons tous échoué. Je dis bravo ! m'applaudit Eli.

— Ça ne répond pas à ma question.

— T'es lourd hein !

— Mets-la en veilleuse.

Sont-ils frères ? C'est le jour et la nuit !

— Ok. Vous devez venir.

Un blanc.

Un énorme blanc.

— Moi, j'ai les entraînements pour la saison à venir.

— J'ai d'autres choses à faire que de jouer la police entre eux.

Non mais sérieux.

— Moi, je veux bien...

— SUPER ! m'exclamai-je

— ... uniquement si tu acceptes ta défaite, termina-t-il.

Je lui balance une tape derrière la tête.

— Dans tes rêves. Mais plus sérieusement. Vous ne voulez pas qu'ils se réconcilient. Toi là, t'étais le premier à vouloir qu'ils se rabibochent d'où le fait que tu voulais que je convaincs Papa. Et les deux frères là, vous ne vouliez pas revoir votre tonton préféré rejoindre la famille ?

— Si mais c'était avant que tu nous dises qu'ils en sont venus aux mains. L'atmosphère est électrique. Qu'est-ce qu'on va faire là-bas à part jouer les sacs de punching-ball ? nous fait remarquer Elijah.

— On joue les entremetteurs, expliquai-je. Ils ne feront jamais les premiers pas. Le camping était leur passion à eux. On doit les aider, tu vois ? Et puis, je ne veux pas être toute seule avec eux, ils vont se servir de moi pour s'éviter. En plus, j'avais envie de passer du temps avec... vous, dis-je d'une voix douce et enivrante.

Chris et Elijah veulent bien se laisser tenter mais ce dernier ne peut vraiment pas à cause de ses entraînements. Chris a du mal à se séparer de son travail.

— T'as besoin d'une pause, Chris. Ça te fera du bien.

— Je vais y réfléchir.

Un sur trois. C'est déjà ça.

— Ces deux-là sont cons mais pas moi, me casse Julian. T'es belle comme un cœur mais c'est bien essayé de m'amadouer avec tes charmes.

J'aurais tenté quoi !

— Je ne te laisse pas le choix. Tu dois venir !

— Non.

— Allez ! le supplai-je.

— Non.

— Si !

— J'ai dit non, Izzy. Et c'est mon dernier mot.

***

Mais qu'est-ce que je fous là, moi ? râle Julian.

Chapitre 22

On marche un peu plus de vingt minutes. Je ne sais pas du tout où nous sommes. Et ce n'est pas la forêt où nous avions l'habitude de camper. Je commence à avoir un peu mal au pied. Je me trimballe une tente 2 SECONDS de Quechua emprunté à Imogen. Histoire de ne pas me casser le dos pour monter une tente basique. Le souci, c'est que que je dois me trimballer ce gros truc sans rechigner.

Mon père est resté un peu en retrait pour pouvoir s'assurer que je vais bien. Il a voulu porter ma tente mais j'ai refusé catégoriquement. Je dois le rassurer toutes les cinq minutes. Je ne sais pas si ça a été une bonne idée de partir avec eux. Pire, si mon père n'arrête pas son inquiétude, tout le monde va finir par comprendre. Et c'est vraiment la dernière chose dont j'ai besoin actuellement.

C'est sans compter mon empoté de cousin qui ne manque pas une seule occasion de me blâmer de l'avoir entraîné ici.

Il n'a pas compris le « souffrons ensemble » ?

C'était son idée au départ, je l'ai juste reprise à contrecœur.

— Si j'avais su..., marmonna-t-il.

Je perds patience. Je m'arrête de marcher.

— Arrête de râler ! Fais un effort ! On est là pour trois jours. J'ai pas envie de supporter tes papotages pendant ce séjour. Maintenant, qu'on y est, ferme-la.

— C'est de ta faute !

— Tu as commencé !

— Qui campe au mois de mai ?! Hein ? Pour maintenant et pas quand je l'avais proposé ?

— A-t-on déjà fait les choses normalement ici ?

— Qu'est-ce que t'en sais ? Tu fuis tout ce qu'on te propose.

— Mais toi t'es vraiment un imbécile !

— Et toi une garce !

— Ça suffit vous deux, s'interpose Chris. C'est Oliver et Carlson qu'on doit rabibocher. Je ne veux pas avoir à le faire avec vous ni servir de bouc émissaire pour vous quatre.

On se fusille du regard. Il m'insupporte quand il se comporte comme une princesse en détresse.

— Vous ne pouvez pas juste profiter du moment ? On est là certes pour une mission mais voyez les choses autrement. On est enfin ensemble. C'est ce qu'on a toujours rêvé de faire depuis des années. Vous ne pouvez pas juste en profiter ?

— C'est elle qui est exécrable.

— Te demander de faire un effort ne fait pas de moi une personne exécrable. Si c'est si compliqué pour toi de faire ça pour moi, mon père et Papi, tu peux toujours faire demi-tour. Mais ne viens pas demain dire que je peux compter sur toi quand ce n'est pas du tout le cas.

Je continue le chemin en marchant devant lui. Clairement irritée. J'essaie de souder notre famille, de réparer les liens brisés. Faut pas s'attendre à ce que je le fasse toute seule. D'où le fait qu'on s'appelle « une famille ».

J'aimerais que mon grand-père ne meurt pas avant d'avoir pu refait la paix avec son fils aîné, d'avoir partagé des repas et des conversations ennuyantes. Je ne veux pas qu'il ait de regrets ni de rancunes dans la vie. C'est bien d'avoir des business, de l'argent, de la notoriété et tout ça. Mais tout ça est amer quand on n'a pas toute sa famille à ses côtés avec qui le partager.

Mes oncles passent après. Le lien le plus important est entre un parent et son enfant. Un père et un fils.

Je ne l'avouerais probablement jamais à voix haute mais quand je regarde autour de moi actuellement et ce que je suis en train de faire pour les aider, je le dis qu'au fond de moi, j'aurais aimé que quelqu'un fasse la même chose pour Lydia et moi. Ma haine contre elle est toujours la même et ne s'est toujours pas apaisé. Mais quelque part, je veux une mère et j'espère qu'elle n'a pas envie de vivre le reste de sa vie en étant loin et à l'écart de ses filles.

Même si elle en faisait la démarche, je ne lui pardonnerai jamais mais je n'oublierai pas non plus qu'elle a essayé de se faire pardonner de manière sincère, sans manipulation. C'est le geste qui compte.

Mais pour l'instant, le mieux est qu'elle reste loin de moi, de mon père et d'Hermionne. Je pourrais la tuer si je la voyais à cet instant.

On arrive au milieu de nulle part avec seulement une cabane en vieux bois non loin.

— On va s'installer ici. Le terrain est assez plat, annonce Carlson.

Il pose ses bâtons de randonnée et commence à sortir sa tente. Chacun le fait.

Bon...

Je m'assois sur un tronc d'arbre tombé histoire de reprendre des forces. Est-ce normal que je me fatigue aussi vite ? Je suis sur le point d'entamer mon deuxième trimestre et je n'ai aucune idée de quoi faire. J'aurais dû prendre rendez-vous. Je suis complètement perdue. Je dois faire les choses bien cette fois.

Chris termine en deux temps trois mouvements de monter sa tente. Mon père suit le rythme et termine. Voyant notre grand-père galérer, Chris se dirige vers lui. Papsi voit bien que Carlson a besoin d'aide mais fait mine ne pas y prêter attention. Je vois aussi ce dernier se diriger vers moi en voyant que je n'ai rien monter.

— Chris, l'appelai-je. Tu peux m'aider ?

Il regarde à nouveau Carlson.

— S'il te plaît.

Il soupire et vient à mes côtés.

— Où est ta tente ? Je dois aider grand-père.

— Ne l'aide pas. Va voir plutôt Papsi et dis-lui de l'aider pendant que tu m'aides.

— Je ne pense pas qu'il fera cet effort, Izzy.

— Pose pas de question et va.

Chris s'éloigne vers Papsi. Le visage de mon père se décomposer. Il essaie de dire quelque chose mais Chris ne lui en laisse pas le temps. Il revient vers moi.

En attendant, l'autre empoté lui-même galère et a l'audace de me dire :

— Alors ? On n'arrive pas à se débrouille sans aide ? se moqua-t-il ouvertement.

J'attends juste que mon père arrête de fixer mon père comme un diable et qu'il se décide à y aller à contrecœur pour répondre à cet idiot. Mon père prend le marteau des mains de mon grand-père sans crier gare. Bon. Au moins, il le fait.

Je me tourne vers mon cousin qui essaie de faire de tenir le bâton dans la tente. C'est pas un peu vieux ces trucs ?

— Eh ! Julian ?

— Quoi !

J'ouvre la fermeture de ma tente, où elle sort de sa pochette et se monte toute seule comme un bitmoji dans une conversation Snap. 2 secondes, c'est bien le nom du modèle. Il le porte bien ce nom.

— Bienvenue en 2022. Avec ta tente de scout là.

Je passe devant lui en grimaçant. J'entends Chris se retenir d'exploser de rire.

— C'est de la triche, Hazel.

— C'est être pragmatique, très cher. Camping n'est pas synonyme de galère où on perd une demi-journée à monter des vieilles tentes.

— Gnagnagna. C'est facile quand on veut avoir réponse à tout, n'est-ce pas ?

Je le dévisage.

— Bah oui. Tu t'attendais à quoi ?

— Pourquoi t'es insolente comme ça ?!

Je souris mauvaise.

— En tout cas, vu que tu es si pragmatique, choucroute...

Je grimace. Je la sens venir la pique.

— ... j'espère que tu as prévu ton pot, Madame Beuh-pipi.

Ok. C'est bon.

J'en ai vu des connards aigris dans ma vie mais alors lui ? Le top du top !

— Ouais, de toute façon, t'es là pour nettoyer derrière moi. Comme la dernière fois.

Au moins, ça a le don de fermer son clapet.

Disons que la dernière fois qu'on a campé, — ce qui remonte à bien longtemps, à une époque oubliée, — j'ai fait une bêtise qui m'a valu ce surnom ridicule. J'avais peur la nuit et pour aller faire ses besoins, il fallait dans la forêt près d'un ruisseau. Forcément, je ne voulais pas y aller seule et tout le monde dormait. Je ne voulais pas réveiller Hermionne dans la tente à côté. Le souci, c'est que j'ai eu une diarrhée après avoir ingérer une viande d'un animal que Carlson, Papsi, mes oncles et les garçons ont chassé. J'ai essayé de me retenir comme je pouvais. J'en ai même pleuré. Jusqu'à ce que je m'endors en espérant que la douleur passerait. Le lendemain, je me réveille. Je n'avais plus mal mais il y avait cet odeur.

J'ai su. J'ai compris.

J'avais 12 ans à ce moment. Julian, mauvais comme qu'il est, n'a fait que des moqueries alors que j'étais au bout de ma vie, honteuse pour qu'au final, son père le punisse en le faisant nettoyer ma tente. On ne se moque pas de sa propre famille. Au mieux garder la moquerie pour destabiliser l'adversaire : appelons ça de l'insolence.

Oui. Nous aimons les punitions humiliantes. Mais à mon avis, il n'a pas bien appris sa leçon à l'époque.

Non, parce que je n'ai pas juste évacuer une diarrhée, j'ai aussi uriné dans mon sommeil.

Dur. Traumatisant. Je me suis jurée de ne plus faire du camping même après avoir grandi. Et puis me voilà ici. Tout ça pour aider deux vieillards rancuniers. Des vieillards certes, mais qui comptent énormément pour moi. J'ai vécu loin de ma famille pendant des années. La vie familiale que j'ai vécu avec ma mère était plus que bancale. Je ne pourrais pas supporter de voir ces deux hommes en froid aussi, surtout pour quelqu'un qui ne le mérite pas. C'est la meilleure vengeance que mon père aurait pu imaginer : renouer avec son père.

D'ailleurs, Carlson et Oliver se chamaillent et se lancent des piques. La tente n'est même pas encore debout. Je préfère pour l'instant les laisser communiquer de cette manière. C'est mieux qu'un silence de mort. Subitement, dans la poche arrière de mon jean, mon téléphone vibre sans arrêt.

Et là, je découvre l'avalanche de notifications. Une personne derrière tout ça.

Joshua.

Il ne répondait pas au téléphone. Je lui ai juste laissé un message disant que je serai hors de la ville pour trois jours avec ma famille étant donné que Yannis et Maxim font des heures supp' par « plaisir » et qu'on a travaillé plusieurs week-ends d'affilée pour eux. Je ne pensais pas qu'il verrait mon message 16 heures plus tard.

Je vois plein de messages. Plusieurs même dont le message revient : « t'es où » « Où es-tu ? » « T'es partie où ? » « Réponds-moi ! » « Hazel Stevenson, reviens sur le champ ! » « Izzy, comment t'as pu me quitter ? » « Pourquoi tu ne m'as pas appelé ? » et d'autres menaces pour me faire revenir.

Je tique sur les dernières phrases.

« Le quitter »? Mais a-t-on déjà été ensemble ? Et je ne l'aurais pas appelé ?! Ce n'est pas un peu l'hôpital qui se fout de la charité ?

J'essaie de lui envoyer un message mais je ne capte pas du tout.

Je reviens vers mon grand-père qui a presque terminer de monter son abris et je lui demande :

— Papi, il y aurait un endroit où on capte un peu plus du réseau ? Je dois passer un appel important avant de couper mon téléphone.

— C'est si urgent que ça ?

— Oui.

Il soupire.

— Les jeunes et la technologie de nos jours...

Je dois prendre ça comment ? Sceptique, je ne dis rien.

— Il y a trois grands chênes marqués d'un trait à la peinture jaune. Derrière le troisième arbre, il y aura un grand ruisseau descendant sur une chute d'eau et un rocher. Mets-toi à côté, tu devrais pouvoir avoir du réseau.

Et puis la petite voix dans ma tête qui se demande comment il sait ça.

Question bête.

Je suis le chemin qu'il m'a indiqué. J'écoute les feuilles craquer sous mes pas, le vent souffler et le soleil réchauffer ma peau. Camper en printemps n'est pas commun. Mais j'aime ce temps. J'ai seulement un bomber sur le dos et un petit t-shirt à manche longues. De quoi avoir ni trop chaud la journée ni trop froid la nuit.

J'arrive au bord du ruisseau. Je repère rapidement le rocher dont parlait mon grand-père. Il est assez imposant mais pas trop non plus. Le ruisseau coule vers la gauche avec, au bout, une chute d'eau. Je monte dessus et m'assoit sur la surface la plus plate. Je lève mon téléphone au ciel et je capte enfin deux barres de réseaux.

Je lance l'appel.

— Hazel, t'es où ?

— D'accord... bonjour quand même.

— Ça ne me fait pas rire.

— J'ai l'air de rire ?

Il soupire clairement pas d'humeur.

— Écoute. Je ne sais pas à quoi te sert ton téléphone si tu ne réponds pas aux appels. Encore moins si tu ne lis pas les messages qu'on te laisse mais je t'ai dit que je suis hors de la ville avec mon père et mon grand-père.

— C'est censé me rassurer ?

— Ce n'était pas mon intention mais j'ai pensé au moins à te prévenir.

— T'es où ?

— Mais pourquoi tu veux savoir ? Je suis avec ma famille ! Tu crois qu'ils vont me tuer ?

— Je m'en fous d'eux, c'est le bébé qui m'intéresse !

— Y'a que ça qui t'inté- Que... quoi ??

— Le bébé m'intéresse. Tu... m'intéresses, souffla-t-il.

Oh.

Hum...

Il m'a pris un peu au dépourvu. C'est assez inattendu.

— Je... Tu n'as pas à t'inquiéter. Je prends soin de moi et de... lui. Je ne ferai rien qui puisse lui porter préjudice. Je suis juste partie faire du camping.

Un silence blanc passe.

— Du camping ? Avec ton grand-père ? Je croyais que tu n'aimais pas ça.

— Si mais j'essaie de réconcilier Oliver et Carlson, lui expliquai-je. C'est la seule idée qui m'est venue à l'esprit. Loin de tout. Pas de distraction. Juste eux et la communication.

— D'accord. Bref. Passons. T'as ramené tout ce dont tu pourrais avoir besoin ?

Il en a clairement rien à battre de ce que je lui raconte.

— Un matelas ? Des coussins ? Une couverture ? Un anti-moustique ? De la nourriture saine ?

— C'est du camping. Je ne pars pas pour toujours, tu sais, ricanai-je.

— C'est où ?

— Je ne sais pas du tout. Je n'ai pas fait attention. Mais connaissant mon grand-père, on doit être dans une forêt privée.

— Envoie-moi ta localisation.

— Quoi ? Non. C'est hors de question. Occupe-toi plutôt de gérer les soucis chez HASH. Ne me dorlote pas. Fais-moi confiance.

— Je te fais confiance mais tu ne comprends pas...

— Je ne comprends pas quoi ? Élabore, s'il te plaît Joshua.

Je comprends tout à fait ce qu'il ressent et j'aime savoir qu'il s'inquiète pour moi mais il n'a aucune raison de s'embêter. Je ne veux pas qu'il soit trop derrière moi et qu'il perd de vue notre objectif.

— Mon père prend soin de moi pour toi. Ça te rassure ?

— Pas tant que ça. Pourquoi tu ne veux pas je sache ?

Parce que je suis gênée... certainement... c'est encore bizarre pour moi de dire qu'il y a quelqu'un qui se préoccupe parce que je porte la vie. Depuis quatre mois, je me suis habituée à rendre de compte à personne d'autre qu'à ma coloc. À vivre comme une solitaire.

— Mr. Miller, un investisseur au téléphone pour vous.

Je l'entends grogner.

— Garde ton téléphone près de toi. S'il te plaît.

— Je n'ai pas de réseau mais j'essaierai de t'envoyer des messages. Ça te va ?

— Hmm...

Je raccroche. Je me tourne. Je sursaute quand je trouve Chris derrière moi.

— Tu m'as fait peur.

— Désolé. Ça va ?

— Oui. Tu es là depuis combien de temps ?

Il ne répond pas et balaie carrément la question.

— Je trouvais que tu mettais longtemps. Tu ne m'en voudras pas, je t'ai emprunté ta batterie externe. Je n'ai plus de batterie. Tu me prêtes ton téléphone ? Je dois passer un appel au bureau.

— Oui, bien sûr.

Je rejoins le campement sans savoir les surprises qui vont m'attendre.

Chapitre 23

On va quoi ? m'exclamai-je en même temps que mon père.

C'est une satanée blague.

— On va chasser. Il n'y a rien de choquant, dit Carlson comme si c'était logique.

Et apparemment, ça ne choque que nous. Ni Chris ni Julian ont l'air de se poser des questions. Ça fait des années. Les temps sont révolus mais eux n'ont toujours pas évolués. Je ne veux pas voir une bête mourir devant mes yeux. Pire, juste de savoir qu'il y a des animaux sauvages ne me rassurent pas. J'aime l'aventure mais pas dans ce genre-là.

On observe mon père et moi, Carlson fouiller dans la cabane en bois dont il a retiré les chaînes. Il en sort 5 fusils. Il les charge chacune et vérifie qu'ils fonctionnent. Il en refourgue à tout le monde. Même à moi ! Je ressens tout le poids de l'arme sur mes bras. C'est pas si lourd mais ça pèse quand même.

— Tu veux que je la prenne ? C'est pas trop lourd pour toi ? me demande Papsi inquiet.

— Je vais bien. Je comprends juste pas pourquoi on doit chasser. Je veux pas tuer un animal.

— Chez les Stevenson, tout le monde chasse, se moque Julian. Dans cette famille, tu es bien la seule qui n'a jamais tué. Même Phoebs en est championne.

— Tu crois que c'est un trophée que j'ai envie d'avoir sur mon étagère ? Comment ça « la seule » ? Hermionne ne l'a jamais fait.

Il lève un sourcil et me regarde comme si j'étais la dernière des idiotes. Puis il jette un coup d'œil à mon père. Il détourne la tête et se met à complimenter comment le ciel est aussi bleu.

Est-ce que c'est à cause de ça que je suis encore la seule saine d'esprit dans cette famille ?

— On te fera honneur, nénètte.

— Non, merci Papi. Vraiment.

— Est-ce que je t'ai demandé ton avis ?

Bouche cousue. Si je m'y attendais.

— Tu m'as entraîné ici de force. Tu peux au moins faire ça en plus.

— Et si elle ne veut pas ? Tu ne vas pas la forcer aussi à faire quelque chose qu'elle ne veut pas, intervient mon père prêt à en découdre avec son paternel.

— Je parle avec ma petite-fille. Je n'ai pas besoin d'un interprète. Tu l'as fait quand tu étais jeune, sa sœur l'a fait. C'est une tradition. Elle ne déroge pas à la règle même si je l'adore.

— Tradition, mon œil. Tu nous as jamais demandé notre avis pour faire ça.

— C'était il y a 40 ans, c'est seulement aujourd'hui que tu vas me le reprocher ?

— Ça suffit ! criai-je. C'est bon. On y va. Vous n'allez pas recommencer quand même.

Je râle franchement et m'éloignant loin d'eux. Je les entends me suivre. Si à chaque fois que j'ouvre la bouche, ça finit par une dispute, autant que je ne dise rien quoi.

***Une heure. Deux heures passent. On n'a rien trouvé à chasser. Autant pour moi. On a croisé une biche mais je l'ai fait fuir en criant de surprise. J'ai senti tous les regards accusateurs car oui, eux aussi en ont marre de chasser mais mon Carlson ne veut pas abandonner.

On a une glacière pleine de sandwichs quand même. Pourquoi chasser du gibier ?

À force de marcher, tourner en rond, j'ai les pieds gonflés dans mes chaussures de marche. On dit marcher lentement, des pas légers à s'endolorir les genoux. Mon ventre crie famine. Je ne peux pas continuer comme ça. Je dois nourrir mon bébé. Et puis, j'en ai marre de grignoter des carottes et des gâteaux.

— Shhh, nous intime Carlson. J'entends des bruits. Hazel, viens ici.

Quoi ? Non non non non et non.

— Tiens ton arme comme je t'ai montré, chuchota-t-il. Mets-toi devant. Il est derrière l'arbre. Tu vois son derrière ?

Je distingue une forme maronné en train de manger. Je hoche la tête.

Je veux pas faire ça.

— On va se rapprocher un peu et tu vas tirer dans ces côtes. D'accord ?

— Fais ça bien, ok ? J'ai envie de me barrer là, se plaint Ju'.

Qu'il continue, c'est lui qui servira de gibier.

On s'avance tout doucement. Le silence est pesant. On entend juste nos cœurs battre. Le mien s'emballe sur le point de s'arrêter.

— Stop. Hazel, tire.

Je le prends en joug. Je vise et je mets ma main sur la gâchette. J'hésite.

— Allez ! Izzy ! Me presse Julian.

— Tais-toi ! Me stresse pas.

Je m'apprête à tirer quand je me ravise en voyant la biche avec son petit. La culpabilité l'emporte. Je ne peux pas faire ça. Sauf que j'entends une branche craquer à côté de moi, je sursaute violemment et fais tomber mon arme au sol. La détonation retentit me faisant hurler. Je ferme les yeux.

Quand je les ouvre, je vois en face avec surprise Joshua, les grands ouverts me fixant sous le choc. Je suis des yeux la traînée de poussière laissée par la balle et je remarque que ça a frôlé son bras au point de déchirer sa veste. J'ai failli le tuer au lieu d'une biche. Je le fixe encore plus choquée par ce que j'ai fait que par sa présence inattendu.

— Monsieur Miller ? Ici ? s'étonne Julian.

— EH ! HAZEL ! QUEL TIRE ! EN PLEIN DANS LE MILLE ! crie mon grand-père victorieux. DEUX POUR LE PRIX D'UN !!!

Je tourne la tête mécaniquement vers lui.

J'ai... quoi ?

Je penche la tête pour regarder derrière Joshua. Deux cadavres.

J'ai tué la mère et l'enfant.

— Izzy ? Ça va ? me demande Chris.

Je secoue la tête. Nan, ça va pas. C'est comme si je m'étais tuée avec mon bébé. Comment j'en suis arrivée à une comparaison pareille ? Je ne sais pas. Mais je sais encore moins ce qu'il se passe mais tout devient noir autour de moi. Je m'effondre au sol alors qu'une bile d'acide remonte dans mon estomac.

— HAZEL !

***

Comment vous avez pu lui demander de faire un truc pareil ?! Elle aurait pu se blesser ! C'était dangereux ! Elle a failli me tuer !

— Mais tu es vivant, mon garçon, dit mon grand-père. C'est le principal.

— Du calme, Josh.

— Comment me calmer, Oliver ?! Vous... comment ?!

— Oh, ça va ! Tu savais dans quoi tu t'engageais quand tu as connu notre famille. C'est pas la fin du monde.

— Julian, le reprend mon père.

Ces voix me donnent une migraine atroce. Mais l'odeur d'une viande grillée fait grogner mon pauvre ventre. J'ouvre les yeux. Je tombe sur le plafond d'une tente. Comment j'ai atterri ici ? Qu'est-ce qu'il s'est passé ?

Je me redresse et me frotte les yeux.

C'est moi ou j'ai entendu le nom ET la voix de Joshua ?

Je sors de la tente. Je remarque qu'on m'a retiré mes boots. Je les ramasse. Mon ventre crie famine.

— C'est pas « la fin du monde » ?! Hazel ne doit pas faire des trucs comme ça ! s'écrit Joshua alors dos à moi.

— Et pourquoi ça ?! Hein ?

— Parce qu'elle—

Seigneur... Non ! Mon cœur bat à la chamade. Je lui lance ma chaussure dans le dos.

— Joshua ?! l'appelai-je.

De justesse... Il se retourne et il se précipite vers moi.

— Ça va ?

— Qu'est-ce que tu fais ici ? Comment tu as su ?

— Quoi ? Tu m'as envoyé un message.

— Quand est-ce que je t'ai...

Je regarde Chris qui me regarde lui-même droit dans les yeux. Comment peut-on faire un truc pareil et rester aussi impassible et sérieux ?

— Mais pourquoi... ?

Mon cousin sourit et retourne auprès du feu où un petit gibier cuit au feu de bois. Un animal. C'est là que je me rappelle. Joshua suit des yeux ce que je fixe. C'est trop pour moi. La nausée. Le dégoût. Je cours derrière un arbre et vomis mes tripes. Je sens qu'on me tient les cheveux.

— Ça va ?

Je m'essuie la bouche. Je lui fais tourner la tête pour ne pas qu'il ait à voir mon vomi. J'aimerais ne pas vomir toutes les secondes quoi. Est-ce que c'est normale ou c'est moi le souci ?

— Ça pourrait aller.

J'attrape une bouteille dans mon sac et me rince la bouche. Mon ventre gargouille. Là, ça fait mal.

— Tu n'as pas mangé depuis quand ?

— Elle n'a fait que grignoter tout le chemin !

— La ferme ! lui crie-t-on en même temps.

— T'es vraiment insupportable en ce moment ! reprenais-je. Si tu ne veux pas rester, casse-toi ! J'ai compris qu'en fait, on ne peut pas compter sur toi ! Sale pourri gâté !

Joshua me frotte le dos mais pour le coup, ça a l'effet de m'irriter encore plus. Je repousse sa main. Il grogne de douleur.

— Qu'est-ce que... La balle t'a touché ?

— Effleurer. Ce n'est rien.

— Ce n'est pas « rien » comme tu dis. Mais tu as raison sur un point, j'aurais pu te tuer.

— J'ai dit ça sur le ton de la colère, Hazel.

— Mais ce n'est pas faux.

Je le pousse à s'asseoir sur l'un des troncs près de ma tente et celle d'à côté dont Chris est en train de monter. Je fronce les sourcils. Je pars demander la trousse de premiers secours et reviens auprès de Joshua.

— Tu fais quoi ? demandai-je à Chris.

— Ton ami ici présent n'a pas pensé à ramener de quoi dormir.

— Je n'avais pas prévu de rester. J'étais juste venu chercher Hazel.

Je grimace. Il mérite des claques.

— Qu'est-ce que tu ne comprends pas dans « ne t'inquiète pas » et « fais-moi confiance » ?

— Rien. Justement.

Je souffle fort par les narines.

— Bref, enlève tout.

— Tu veux admirer mon corps ? me dit-il suggestif en haussant un sourcil.

— Autant me jeter de l'alcool dans les yeux.

— Dans l'excès.

Je lève les yeux aussi.

Il retire sa veste trouée. Il est en t-shirt. Son muscle est contracté douloureusement. Du sang coule de son bras gauche. Je sors de quoi désinfecter. C'est pas les meilleurs produits pour ce type de blessures mais on doit faire avec. J'enfile des gants stérilisés. Je prends une compresse et nettoie le sang. Puis j'en prends un autre et le badigeonne d'antiseptique.

— Ça va piquer.

— Je suis déjà piqué... par ta beauté.

J'entends déjà Imogen crier une ode à l'amour.

Je lève les yeux vers lui. Il me regarde intensément. Je détourne le regard et pince des lèvres pour éviter de sourire. C'est tellement cliché et si bien placé que je ne peux qu'en sourire. Je me concentre à nouveau sur ma tâche.

Je le sens s'agiter et fouiller dans son sac puis il passe quelque chose sous mon nez. Un sandwich. Des triangles faits maison.

— Mange quelque chose.

— Après.

— Maintenant. Ouvre la bouche.

Je lâche un croc. C'est délicieux. Je mets en suspens le pansement juste pour savourer. Mon ventre a vraiment reçu une douceur.

— Wow ! Je ne m'attendais pas à... WoW !

Il sourit fier de lui. Même trop fier. Je le vois de loin prendre la grosse tête. Faut la lui crever.

Je finis son pansement alors qu'il continue de me nourrir comme un enfant. La bouche pleine, je lui fais cette remarque qu'il ignore :

— Tu devrais aller à l'hôpital. Je ne suis pas une experte et je ne sais pas si j'ai bien fait mais à mon avis, tu as besoin de points de suture et d'un VRAIE médecin.

— Je devrais survivre Hazel.

— Et s'il y a des corps étrangers, hein ? Des morceaux de balles ? Une infection ?

— Ma veste a amorti le choc. Une plaie aggravée se verrait à l'œil nu. Ne t'inquiète pas.

Il a trop réponses à tout. Ça m'énerve.

Je lui prends les sandwichs des mains et mange toute seule dans mon coin. Je me sens déjà coupable de l'avoir blessé. Il ne faudrait pas qu'il lui arrive un truc au milieu de nulle part.

Mon ventre se remplit mais il n'est pas assez plein. Je ne veux pas user de sa générosité alors je garde ma plainte et je le remercie tout simplement pour avoir pris la peine de me faire cette nourriture. Il reste un dernier sandwich et je le lui donne. Culpabilité d'avoir pensé qu'à mon bidon.

Je regarde simplement le feu et les hommes de la famille profiter de leur viande fraîche.

On poste une boîte de fruits découpés.

— Si tu as faim, je préfère que tu me le dise.

— Tu devrais manger aussi.

— Tu manges pour deux, me rappella-t-il à voix basse. Si tu veux te goinfrer, tu es autorisée à en redemander autant que tu veux. Préoccupe-toi de vous deux. Je me débrouillerai. Je le fais toujours. Alors mange.

— J'ai juste perdu l'habitude qu'on s'occupe autant de moi.

J'ai l'impression de profiter, de passer pour égoïste qui mange tout, qui ne voit rien d'autre qu'elle et qui a besoin d'assistance tout le temps sinon qui d'autre qu'il pourrait se passer. Avoir l'impression de recevoir un traitement de princesse que je ne mérite pas. Et d'en faire trop au point de passer pour une petite chose fragile et vulnérable.

Argh ! C'est tellement frustrant !

— J'ai enfin l'occasion de prendre soin de toi. Je n'ai plus besoin de chercher des excuses pour t'avoir sous les yeux. J'en prends un plaisir malin, tu n'imagines même pas.

Je prends la boîte.

Peut-être que je devrais me laisser faire. Juste pour cette fois.

— Désolé de vous déranger, dit Chris en s'approchant de nous. On va jouer à un jeu. Vous venez ?

On acquiesce. On se rejoint autour de la table de pique-nique ronde. Bancale mais utilisable. Joshua à ma gauche, Chris à ma droite suivi de Julian, Carlson, mon père et encore Joshua.

— C'est simple. C'est un jeu du téléphone arabe. Une personne transmet un message à l'oreille de son voisin puis lui-même transmettra à côté. Et le dernier devra dire le message à voix haute.

Je remarque que Chris sourit à pleines dents. Il retire ses lunettes. Bizarre. Il a les yeux qui brillent.

C'est un peu louche ça ?

— Pour ajouter du piment, le message devra être une possible vérité sur quelqu'un de cette table.

Ok. C'est définitivement louche.

Chapitre 24

J'ai envie d'une saucisse, dit Chris en soufflant exaspéré.

Il n'y a juste Julian qui s'esclaffe, l'air de s'amuser comme un idiot avec ses phrases ridicules.

— Je désigne Monsieur le PDG pour commencer.

Joshua n'en a rien a faire des blagues ni des piques lancés par Julien. Loin de là, c'est pire même. Il rentre dans son jeu. Sauf à cet instant, où il a decide de prendre les choses aux sérieux.

— Je suis désolé d'avoir laissé mes émotions te blesser. Je ne pensais qu'à ton bien, me chuchota-t-il.

Je le regarde sans comprendre. Pourquoi il s'excuse ? Il me fait les gros yeux puis me fait signe discrètement en direction des aînés. Si on observe l'ordre du téléphone arabe, Carlson devra « s'excuser » auprès de mon père.

Pas bête.

Je chuchote la phrase à Chris. Un sourire malicieux s'installe sur son visage. Il a compris. Il ne reste plus qu'à espérer que Ju' ne fasse pas foirer notre essai.

Ce dernier ne laisse rien paraître sur son visage quand je le regarde menaçante. Il se tourne vers notre grand-père. Je le vois se décomposer. Il regarde Oliver, puis nous tour à tour. Je ne dirais pas une chose pareille.

— Allez grand-père. Ce n'est pas compliqué. C'est juste un jeu, dit Chris.

— T'as qu'à le dire toi.

— Pour moi, ce n'est pas un problème mais ce n'est pas comme ça que ça marche, se moqua-t-il.

— Papi, tu peux faire un effort ? S'il te plaît quoi.

— Non.

— J'arrête de jouer. Joshua, ramène-moi chez moi., dis-je en faisant mine de me lever.

— Cool. Moi aussi, s'exclame Julian en se levant.

Je me lève et me poste derrière lui pour me forcer à se rasseoir. Je lui donne une tape derrière la tête et murmure à son oreille agressivement.

— Reste assis, sale rat des mers. Je te conseille de garder tes fesses fixées à ce banc. J'espère pour toi que t'as un gilet par balle sur toi parce qu'à la première occasion, je te tire dessus et tu finiras sur un piquet. Et sois sûr que, comparé à cette biche et son petit, toi je te boufferai sans hésiter. Ne provoque pas la cannibale en moi, Julian. C'est une mauvaise idée. J'ai des envies, tu peux avoir peur.

Il ravale sa salive et se racle la gorge.

— C'est bon, nénètte. Pas la peine d'aller jusque là tout de même.

— C'est toi qui me forces à aller dans l'extrême. C'est un simple jeu. Je veux juste que tu fasses un effort et que tu oublies toute rancune pour ce moment spécial. Tu peux le faire, non ?

Il fait la moue mécontent. J'en conclus qu'il continue de jouer. Il me confirme sa volonté en chuchotant à l'oreille de mon père.

Il regarde la table. Il m'a l'air... ému mais de l'autre, il comprend sûrement que ce n'est pas vraiment des paroles venant du cœur de son paternel.

— « Je suis désolé d'avoir laissé mes émotions te blesser. Je ne pensais qu'à ton bien», répète Oliver.

Carlson détourne le regarde et a l'air de s'intéresser au coucher du soleil. Il faut presque nuit noire et nous avons pour seule lumière, le feu de bois et les petites lampes aux portes de nos tentes respectives.

— Je désigne Julian et on change de sens, dit Joshua.

— Sois pas con, Ju', le prévenai-je.

— Oh, ça y est. J'ai retenu la leçon, la cannibale.

Il prend quelques secondes pour réfléchir. Pendant ce temps, Joshua me donne encore de quoi grignoter. Il profite aussi pour caresser mon ventre sous la table. Mes yeux s'arrondissent de surprise. Je regarde autour si personne ne remarque.

— Tu fais quoi ? lui chuchotai-je.

— Rien. J'en avais envie. C'est tout.

— Pas ici. Et si on nous voyait ?

— Si tu fais cette tête, on nous remarquera.

Je grimace. C'est n'importe quoi. J'essaie de retirer sa main mais il entrelace nos doigts et me force à les garder en dessous de la table. Il essaie clairement de me provoquer là vu sa tête. Il me pince la cuisse tout en gardant un visage de marbre puis il garde de force ma main dans la sienne. Je griffe mais même à sang, il ne me lâche pas.

— Izzy.

Je sursaute, ayant l'impression d'avoir été prise en flagrant délit.

— Oui ?

Il ne dit rien et attends.

— Quoi ?

Pourquoi il ne dit rien ?! C'est tellement frustrant. D'un côté, j'ai l'autre Viking qui joue avec mes nerfs et de l'autre, j'ai le mec le plus muet qu'une tombe, aussi asociale je n'ai jamais vu.

— Je crois qu'il attend que tu penches ton oreille pour te dire la phrase, me dit Joshua.

J'ai envie de le tuer. J'attrape sa main sur ma cuisse et le griffe à sang pendant que je me penche légèrement vers Chris. Je l'entends s'agiter. Pleure.

— « Tu me manques énormément. Je veux retrouver notre lien d'avant. Qu'on oublie le passé, qu'on se pardonne et qu'on recommence. Pour nous. Et pour nos familles. »

Cette phrase est tellement trompeuse. Surtout le début.

Après lui avoir dit la phrase, il me regarde le sourcil levé.

— Me regarde pas comme ça. C'est pas pour toi.

— J'aurais aimé qu'on le fasse pour nous deux. Ça nous aurait aidé sur plein de terrains.

Je détourne sa tête vers mon père d'un geste de la main. Je souris intérieurement. Je croise le regard de mes cousins. J'arrête de sourire. Julian me darde avec des dagues dans les yeux. L'air de dire : « Tu nous fais quoi là ? »

« Mêle-toi de tes fesses. »

« Arrête ça, Hazel. Il se passe quoi entre vous deux ? »

Je souris froidement et silencieusement, je lui dit : « la ferme ».

— Vous avez fini votre discussion visuelle tous les deux ? nous interrompt Chris.

— Je te conseille d'arrêter.

— Et moi, que tu t'occupes de tes affaires comme un bon toutou.

— Garce.

— Enflure.

— Ça suffit là, nous intime Chris à voix basse. Vous n'êtes plus des enfants. Et Julian, t'es franchement désagréable et ce n'est pas dans ton habitude de parler comme ça, même à Hazel. Reprends-toi. On fait ça pour notre famille. Prends sur toi et si tu as un quelconque souci, dis-le-nous mais ne fais pas de scandale.

Julian ne dit rien.

Je me détourne de lui et observe mon père. Il fixe Julian d'un air meurtrier. Ce dernier a l'air dans ses pensées. Ce qu'a dit Chris est sûrement en train de le travailler et je pense qu'il y a quelque chose qui le tourmente, d'où son attitude. Et si c'est vraiment le cas, je me sens coupable de l'avoir forcé à venir ici et surtout je me sens inutile de ne pas avoir pressenti un problème. J'aurais dû demander. Mais tu ne pouvais pas deviner.

Vrai.

Mais n'empêche. J'aurais dû me renseigner. C'est juste que même si je n'ai jamais aimé spécialement le camping. Quelque part, je voulais retrouver le temps perdu. Avoir un moment en famille, même si ce n'est seulement avec quelques membres mais c'est mieux que rien. Si j'avais su que ça allait poser problème, je n'aurais pas proposé.

Je sors de ma bulle quand j'entends Carlson répète la phrase. Il se renferme sur lui-même et jette un coup d'œil furtif à mon père.

Mon père ouvre la bouche puis se ravise.

S'ils veulent se dire quelque chose, qu'ils se le disent.

J'ai fait commencé ce jeu dans l'espoir de les encourager à se parler. Le seul truc de positif que j'ai vu pendant cette heure et c'est ces deux-là se sentir coupables sans pour autant ouvrir leur bouche. On veut de la communication !!!

— Je désigne Chris, marmonne Julian.

Je commence à désespérer, à avoir froid et surtout à fatiguer. J'en bâille carrément la bouche ouverte.

— Tu veux aller te coucher ? demande mon père. Tu as froid ?

— Je vais bien. La seule chose que je veux, c'est que toi et Papi communiquiez. Non, parce que, il se peut qu'à l'avenir Hermionne et moi ayons des enfants, une famille, et on ne veut pas construire une vie de famille en voyant notre père et grand-père en froid indéfiniment. Je ne veux pas que nos futurs enfants aient pour exemple ce genre de vie de famille où tout le monde est déchiré. Je veux qu'ils n'aient jamais à faire un choix entre l'un de vous comme les garçons ont dû faire en étant obligé d'être du côté de Papi que de toi, Papa.

— Je n'ai jamais forcé qui que ce soit à être de mon côté, s'indigne mon grand-père. Ils ont juste su quel parti valait mieux être. Je n'y peux rien si je suis aimé.

Mon père rit jaune. Quant à moi, je le regarde de travers.

— Tu t'es pris un coup de marteau sur la tête ou quoi, Papi ?

— Izzy, non. Laisse-moi faire, me chuchote Chris en posant sa main sur la mienne. Comment aurais-tu réagis si Elijah, — car il est celui qui aurait plus de courage à le faire — t'avais dit que tu avais eu tord d'en vouloir Oliver ? demande Chris. On n'a jamais eu d'autre choix que de se ranger de ton côté car on avait peur de te froisser. Ton égo en aurait pris un coup. La vérité, c'est qu'on a tous compris le choix d'Oncle Oliver, un peu tard, oui mais on est tous passés par là. Aujourd'hui, Julian, Eli et moi sommes là où nous sommes car nous avons commis des erreurs et appris d'elles. Mais tu refuses que l'on fasse une seule erreur alors nous n'avons rien dit.

— Néanmoins, il y a tellement de choses que nous rêvons de faire mais que l'on s'interdit, continue Julian en fixant mon grand-père. Ta vision de dîner de famille se résume à tout le monde sauf un membre de la famille en y incluant Hazel et Hermionne. Punies pour rien. Ça vaut aussi pour toi, Oliver. Votre querelle nous a tellement pénalisé que vous nous avez privés de centaines de moments heureux avec nos cousines. Même à ce jour, j'ai demandé ma meuf en mariage, mais à chaque fois, on repousse l'annonce car elle sait à quel point je veux ma famille au complet le plus beau jour de ma vie. Mais cette famille, on est tous tellement remplis d'égo que juste parler avec vous est épuisant tellement vous êtes têtus. Surtout vous, les deux vieux schnocks !!

— Les vieux quoi ?!! s'exclament les vieux.

— Mais on s'en fout qu'il vous ait traités de vieux schnocks ! les coupai-je.

Ils sont choqués par quoi ! Chris et moi on se regarde sous le choc.

— Tu as demandé Shayna en mariage ? demande Chris.

Qui ??

Je ne connaissais même pas son nom, seulement son existence.

— Oui. Quelque part, c'était Izzy qui m'avait inspiré. Quand je l'ai vu se battre pour l'autre couillon aussi hargneusement, je me suis dit « et pourquoi pas moi ? ». J'ai mit du temps étant donné que je n'ai jamais été fan d'engagement. Mais vu que dans cette famille, une certaine personne a toujours un problème avec nos partenaires, qu'il ait raison ou non, j'ai gardé cette nouvelle pour moi. Mais là, j'en peux plus. Hazel a raison. Vous êtes bornés, tellement que vous ne voyez pas le monde qu'il y a autour de vous. Vous êtes censés être des pères de famille mais c'est nous qui vous chaperonnons. Voilà pourquoi je ne voulais pas venir.

Il se passe une main dans les cheveux et se lève pour aller vers sa tente.

On le regarde tous s'éloigner. J'ai le cœur en miettes. Quelque part, j'ai cru que le fait que les garçons aient vécu avec Papi était un avantage, d'autant plus qu'ils sont des hommes, ils n'auraient pas de problèmes comme j'en ai eu. Carlson qui se mêle de nos vies amoureuses comme avec Matthieu parce que je suis fille et qu'il voulait protéger la prunelle de ses yeux. Mais en fait, c'est tout le monde qui est affecté mais d'une façon propre à leur situation. Et d'après le regard de ce dernier, ce n'est pas l'impression qu'il voulait donner. Son intention n'est pas mauvaise mais c'est sa manière de faire qui est mal entreprise.

Je pense que ce sera la goutte de trop si Chris déclare qu'il a quelqu'un dans sa vie. Il est l'aîné de tous mais c'est le dernier à se mettre en couple. Son travail est toute sa vie donc une relation est le cadet de ses soucis. Mais j'aimerais lui aussi qu'il trouve sa moitié. Quelqu'un qui le fera se dérider et qui méritera de son amour car il a tant d'amour à donner. Il ne sait juste pas comment s'en servir.

Je sors de mes pensées quand je sens une matière douce dans mon cou. Je tourne la tête et vois que Joshua a posé un plaid sur mes épaules.

— Merci.

Je regarde à nouveau Julian, assis dos à nous sur une chaise de camping à l'entrée de sa tente.

— Je reviens.

C'est rare de voir Julian dans cet état.

— Ça va ?

— Non. Mais j'ai pas d'autre choix de faire semblant d'aller bien.

— Je ne voulais pas avoir l'air de te forcer. J'aurais compris si tu ne voulais pas. Désolée Ju'.

— T'avais l'air déterminée. Et c'était pour la bonne cause alors je ne pouvais pas refuser. J'avoue te mener un peu la vie dure en ce moment, j'aurais voulu le faire quand on était jeunes mais je n'ai trouvé que ce moment pour le faire. J'admets aussi que j'ai été vraiment désagréable. Excuse-moi.

Je m'assois sur son sac de voyage.

— Cette Shayna, vous vous êtes connus comment ?

— Depuis la fac. Comme toi et Matthieu, me taquina-t-il.

— On peut ne pas parler de lui ? râlai-je en levant les yeux au ciel.

Il se moque de moi.

— Elle était dans la même filière que moi mais dans un groupe différent. On avait des cours magistraux en commun. Je la trouvais brillante mais elle me détestait. Je m'étais fait une sale réputation de playboy alors que je vivais seulement ma sexualité.

Voilà pourquoi Hermionne et lui s'entendent si bien.

— Puis on s'est recroisés en soirée, continua-t-il. Elle a décidé de donner une chance à ce playboy pour essayer de le percer à jour. Je ne pensais pas qu'elle y arriverait. Personne n'avait réussi mais elle, si. Au début, c'était juste des piques, des blagues. Puis j'ai commencé à bien me sentir avec elle. Je ne voulais pas de relation. Du tout. Je voulais juste me concentrer sur mes études et profiter. Avec Shay, j'ai compris que tout ne se passait pas toujours dans un lit. Je suis allé dans un musée. Tu te rends compte ? Un MUSÉE ! Je peux passer des heures à parler avec elle et à l'écouter. À l'époque seule Hermionne me racontait des péripéties mais des fois, ses histoires de mecs me donnait la gerbe.

Je comprends tout à fait. Ses conquêtes sont toutes louches les unes que les autres. Surtout celui du bisexuel qui l'a quitté pour un autre mec.

— Elle est juste incroyable. Des années ont passé, on s'est mis en couple. Je voulais la présenter à mes parents mais tu connais, ma mère joue les épouses dévouées et mon père est toujours aussi inutile.

Si Tante Amelia, la mère d'Eli et Chris, fait la charité et botte des fesses en même temps, et bien Tante Rachel est la typique épouse américaine, femme au foyer qu'on voit dans les films de riche. Le genre tiré à quatre épingles, chignon plaqué, tailleur jupe longue sans plis, toujours parfaite, derrière son mari et un fourneau. Elle est bien gentille hein mais elle est tellement frustrante. Elle ne voit que par oncle Alexander, ça me fume. Julian n'a pris aucun trait de caractère de ses parents. Elle est bien mignonne mais faut qu'elle se réveille parce qu'elle vit dans un monde de bisounours où tout le monde est heureux, sa famille est parfaite, son fils est parfait, son mari aussi.

Quant à Alexander, c'est un enfoiré qui cherche des noises à mon père à longueur de journée, comme à l'anniversaire de HASH. C'est de lui que Julian a hérité son esprit compétitif. Sauf que Julian dose, alors qu'Alexander s'en fout de perdre son grand frère. Je ne sais pas quel genre d'insécurité il a, mais ça se voit qu'il a été jaloux de mon père et du lien qu'ils partageaient.

Il ne m'a jamais laissé penser qu'il me traitait différemment parce que j'étais la fille d'Oliver et pour ça, j'en suis déjà heureuse.

— Elle parle souvent de vous rencontrer mais la seule personne à qui j'ai eu le courage de la présenter, c'est Chris. Elle est proche de sa famille alors rencontrer la mienne était normale pour elle. Mais vu comment notre famille est bancale et que tout va mal, j'ai évité. Je ne voulais surtout pas t'accabler avec mon bonheur alors que tu sortais d'un divorce.

— Et tu penses que je n'aurais pas été heureuse pour toi, idiot ? Tu sais comment c'est gênant d'être la plus jeune mais la première à se marier ? Je pensais qu'au moins, toi et Chris alliez vous marier avant moi car vous êtes les grands, même Hermionne tiens, histoire que je puisse prendre exemple mais non. Cette Shayna te rend heureuse et si tu es heureux, je le suis automatiquement, Julian.

— Tu vois ? Tu t'inquiétais pour rien, dit Chris en arrivant derrière moi.

Je souris.

— Et puis, tu n'es pas le seul qui souhaite se marier.

— Quoi ?? Tu veux te remarier ? Avec qui ? Lui là ?!

— Qu'est-ce que tu me racontes toi ? Je parle de Papsi.

— Hein ?? font-ils.

Je ricane. Je vois Julian sortir une cigarette.

— T'avais pas arrêté cette merde ?

— Avec ce que je viens d'apprendre, j'ai besoin d'évacuer le stress là.

Il s'apprête à l'allumer mais la cigarette lui est arraché par Joshua.

— Pas devant elle.

— Tu veux quoi, le prépubère ? Elle est habituée à ce que je fume. Ah non, il va pas s'y mettre lui aussi.

— Plus maintenant.

Ils commencent à s'embrouiller. Je n'en prête pas vraiment attention. Ils ne sont pas amis ni ne se supportent tant que ça mais ils se connaissent aussi depuis l'enfance quand Julian venait à Chicago et ils ne s'apprécient pas ni ne se détestent. C'est juste une connaissance que Julian a dû supporter à cause de moi.

— Bref, tu disais sur Oliver ?

— Il a rencontré une femme. Ça fait presque quatre ans. Elle est vraiment gentille et elle est vraiment tout le contraire de ma mère. Papsi est vraiment heureux avec elle. Je pense qu'il veut se réconcilier avec Papi et lui dire qu'il a enfin retrouvé l'amour mais au lieu de se réconcilier, il se bat avec. Tu comprends pourquoi on est là, maintenant ?

— En attendant, ce n'est pas gagné. Regarde-les, me dit Joshua.

Je regarde vers la table. Ils sont encore en train de se chamailler.

— Bon... on va employer la manière forte.

— Laquelle ?

— Attendez.

Je vais dans ma tente et fouille dans mes affaires. J'attrape ce dont j'ai besoin, le cache sous le plaid et je ressors. Je me dirige vers eux.

— Vous deux. Stop !

Ils d'argent en m'entendant crier.

— J'ai quelque chose pour vous. J'espère que ça vous aidera.

— Quoi ?

— Mettez vos mains sur la table. Les paumes ouvertes.

Ils s'exécutent. Je me place derrière eux.

— Vous êtes prêts ?

— A-t-on le choix ?

— Exactement ! Allez. Cadeau !

Je sors la paire de menottes sous mon plaid et les attache au poignet tous les deux ensemble en vitesse.

— QU'EST-CE QUE TU FAIS ?! s'écrie Carlson.

— Cadeau ! Vous remercierez. Ça vous apprendra une leçon.

J'agite les clés sous leur nez. Mon père essaie de l'attraper mais il est attiré au banc car Carlson a fait la même chose mais en voulant partir de l'autre côté.

Je jette les clés dans le feu.

— NOOOOOON !!!! hurlent-ils.

On a assez souffert là.

•••

Salut tout le monde

Je suis vraiment désolée pour cet énorme retard. Ça fait un petit moment que je n'ai pas oublier.

J'ai du mal à tenir la cadence avec les cours et les exams mais ne vous inquiétez pas. Je ne compte pas abandonner aussi facilement. Comme tout le monde, moi non plus, je n'aime pas les histoires non terminées.

J'essaie de faire de mon mieux. Encore une fois, désolée.

J'espère que vous avez aimé ce chapitre, qui est un peu plus long et que vous saurez faire preuve de patience en espérant que ma situation s'améliore de mon côté.

Xoxo

Chapitre 25

Je m'agite énormément dans mon sommeil. Je ne suis pas à l'aise allongée comme je le suis. Je regarde l'heure sur mon téléphone. 2 h 13. Et surtout, je n'ai pas envie de dormir seule. J'ai essayé de lire un livre. Puis me suis mise dans le noir pour essayer de m'endormir. Mais rien. Alors, je caresse mon ventre en fixant dans le vide noir. Ça me détend et me rassure. Il ou elle me donne le courage de faire ce que je suis en train de faire. Réunir la famille. Après tout, je le fais pour lui. Pour qu'il ou elle vienne au monde dans une famille accueillante, unie et aimante.

Il m'arrive des fois, où je ne réalise pas qu'il y a vraiment une vie qui grandit en moi. Il y a les mauvais côtés certes. Vomissements, nausées, sauts d'humeur, flemmardise mais ce n'est rien comparé à ce sentiment qui m'envahit tout le jour. Celui d'être incroyablement forte.

Désormais, je dois prendre soin de moi et de ce bébé. Et je dois planifier tous mes rendez-vous. Je ne sais pas encore à quelle fréquence mais je pense que le médecin me dira tout. J'aimerais aussi savoir quand j'accoucherai. J'ai une petite idée mais je préfère en être sûre. Il y a du shopping, de la préparation et surtout, je vais devoir déménager. Je ne peux pas élever mon bébé chez Imogen. Je ne veux pas la déranger ni entraver sa vie.

Je dois être indépendante.

Je vais créer un environnement favorable au développement du bébé. Être la meilleure maman qui existe. Je fais sûrement commettre des erreurs mais je ne serais pas seule. Joshua sera présent en tant que père et ça me va.

J'entends le bruit d'une fermeture éclair. Quelqu'un ouvre ma tente. Je panique. Je tâtonne pour trouver ma lampe mais je ne la trouve pas.

— C'est qui ? chuchotai-je.

Aucune réponse. J'entends juste le zip comme si on refermait. Je sens une présence. On me touche le genou. Et arrive difficilement à discerner une forme. On

— Je vais cri- hmmm ??!!!

On me met une main derrière la tête et sur ma bouche.

— Shh...

— Hmm ?

Une lumière s'allume me brûlant les rétines au passage.

Je m'habitue à la lumière. Un sourire s'affiche sur son visage. Il retire sa main et caresse la joue.

Je frappe sa main baladeuse.

— Tu fais quoi ici ?

— Tu penses beaucoup trop fort.

Je lui donne un coup de coude dans le torse. Il se tortille pour trouver une bonne position mais sa grande taille lui donne du fil à retordre. Et mon coup de coude ne l'a pas du tout aider puisqu'il perd l'équilibre et tombe à côté de moi. Je rigole silencieusement.

— Aïe !

Je ne contrôle plus mon rire.

— C'est drôle ?

— T'as la rage ?

— Non.

— T'as la rage, me moquai-je. C'est tout.

Il s'allonge carrément à côté de moi. Il pose son téléphone avec la lumière allumée au-dessus de nos têtes. Son parfum envahit le petit espace fermé.

— Tu sens bon.

Je le regarde. Il sourit en fixant le plafond, une main derrière son crâne.

Les hommes aiment qu'on leur dise qu'ils sentent bons. Mais lui, c'est un cas particulier parce que justement, il sent bon. VRRRRAI-MENT bon.

— Pourquoi tu ne dors pas ? me demande-t-il.

— Mon cerveau travaille beaucoup trop. C'est pour que tu m'en-tendais penser. Et toi ?

— Tu viens de le dire. Tu pensais trop fort que ça m'empêchait de dormir. Ce qui te tracasse, me tracasse aussi. Tu veux en parler ?

— C'est que... sur le moment, je me sentais un peu... seule dans cette tente.

— Ah ouais ? dit-il en se redressant posant sa tête sur sa main avec un air suggestif.

— Pas dans ce sens-là, obsédé.

Comment lui dire qu'à présent, vu qu'il est là, je ne me sens plus aussi seule ?

— J'ai l'habitude de dormir seule, ne te méprends pas. C'est juste que j'ai eu un sentiment de solitude qui commençait à m'envahir.

— Et maintenant que je suis là ?

— Je ne te donnerai pas le plaisir à répondre à cette question.

— C'est si compliqué de dire ce que tu penses vraiment ?

— T'as une tendance de vaniteux.

— Non par contre vous mentez Mademoiselle Stevenson.

— C'est ce que disent tous les vaniteux. Pfff...

On reste là silencieux. Lui me fixant. Et moi les yeux fermés sentant son regard.

— Joshua ?

— Hmm ?

— Tu penses que... on réussira à être de bons parents malgré tout ce qui nous arrive ? Cette histoire avec les Martins ?

Il ne répond pas de suite. Cette question suscite énormément de réflexions. Il n'y a pas de bonnes ou de mauvaises réponses. Il y a seulement des réponses adéquates qui ont elles-mêmes des des bons et des mauvais côtés.

— Je sais juste que ce ne sera pas facile du tout. J'essaie de tout faire pour ne pas t'inquiéter mais c'est impossible. La seule chose à faire, c'est être patient. Je peux juste te promettre d'être toujours là quand tu as besoin, de te soutenir dans toutes les situations, de faire des compromis pour toi et le bébé. On peut être de bons parents. Pas les plus parfaits, mais être ce dont cet enfant aura besoin. Même si je venais à mourir à cause d'eux, j'aurais veillé à ce que vous ne manquiez jamais de rien jusqu'au bout.

J'ouvre les yeux d'un coup à cette dernière phrase.

— Ne parle pas de mourir. À quel moment tu as pu penser un truc pareil ? 'fin je sais pas moi, t'es pas bien ? T'as déjà prévu de mourir ? m'énervai-je.

— C'est une façon de parler. Au cas où—

— Abstiens-toi alors !

Je me tourne dos à lui. Je ne veux pas qu'on parle de mourir. Ni qu'on pense à l'extrême. On doit pouvoir faire les choses sans arriver là. Qu'est-ce que je dirais à notre enfant quand il grandira ? Que son père est mort à cause de sa pseudo-tante ? Il n'est pas gâté du côté de la famille de sa mère. S'il peut avoir un environnement entre guillemets « normal », André est la meilleure solution à mes yeux. Il est à Chicago, géré l'entreprise de mon père, je ne connais pas très bien ses frères et sœurs mais je sais qu'il a de la famille dans le Montana. Donc si, en cas d'urgence, Joshua et moi ne sommes plus en mesure de le protéger, il serait plus sûr de cacher notre bébé là-bas. Loin de l'Illinois et du Massachusetts

Et dire que je ne voulais pas qu'il pense à l'extrême. Que suis-je en train de faire ?

D'ailleurs, en parlant d'Andy, je me demande si Joshua lui a parlé du fait qu'il allait devenir grand-père du jour au lendemain.

Disons que pendant une décennie, il a évité le sujet de son fils en ma présence, et que maintenant, je porte son gosse.

Dis comme ça, c'est assez perturbant.

Le bras de Joshua s'enroule autour de ma taille. Il m'oblige à me retourner et à me blottir contre lui. Il passe un bras sous ma tête. Il me couvre avec ma couverture. Ça me réchauffe instantanément.

— Je ne voulais pas te blesser en disant ça. Je veux juste être préparé à toute éventualité.

— Mourir n'est pas une option. Je ne veux pas que notre bébé grandisse sans père alors tu dois tout faire pour me revenir en un seul morceau.

— « Te revenir »?

— Ma langue a glissé.

Il secoue la tête hilare alors que je baisse la mienne gênée. Il place ses doigts sous mon menton pour que je le regarde droit dans les yeux.

— Ça ne te plaît pas qu'on en parle clairement mais c'est une scène à ne pas écarter. En revanche, sois sûre que je ferais absolument tout pour te revenir seulement si toi aussi, tu ne fais rien qui te mettrai en danger non plus.

— Ça peut se travailler.

Je souris de toutes mes dents fièrement en voyant sa tête exaspérée. J'explose de rire en essayant de limiter un maximum de bruit.

Non mais vraiment. En ce moment, j'ai trop d'adrénaline. Et je ne sais pas pourquoi mais le fait qu'il se mette en danger me fasse peur mais si JE joue les guerrières, ça va m'exciter. Je veux provoquer Taylor. Voir sa face se décomposer petit à petit quand elle comprendra qu'elle est en train de tout perdre, que je suis en train de récupérer mon dû, — ou du moins le sauver de ses griffes manucurés — l'empêcher de piéger mon père avec son satané contrat frauduleux et qu'elle devra déclarer forfait devant la grandeur et l'ingéniosité de sa propre petite sœur. La voir au plus bas est l'un de mes plus grands objectifs.

Je ricane toute seule à cette pensée. Je lève les yeux et suis attirée par ce regard. Ce regard plein d'adoration, de protection et... que vois-je ? Serait-ce de... l'amour ? Certainement. Je ne suis pas prête à l'accepter ce genre de regard mais je ne le refuse pas non plus.

Il dépose ses lèvres douces sur chacune de mes paupières, de mes joues. À chaque toucher, j'ai de délicieux frissons qui me parcourent. Mon cœur bat super vite.

— Tu es absolument magnifique quand tu souris. Mais tu es la plus belle femme de l'univers lorsque tu ris, même avec cet air de psychopathe. Tu es juste... parfaite, dit-il en posant à nouveau ses lèvres sur mon nez.

Puis mon menton...

Ma mâchoire...

Mon cou...

Mord mon oreille que j'en mords ma lèvre.

Nos nez se touchent comme nos fronts sont collés.

Pourquoi il fait chaud d'un coup ?

C'est alors qu'il plonge contre les lèvres. Rien de passionnant comme on l'avait expérimenté cette nuit inoubliable à l'hôtel. Non. Il s'agit d'un baiser comme jamais je n'en ai reçu.

Des promesses muettes.

Des sentiments non-dits.

Des affirmations qui n'ont pas besoin d'être formulées.

C'est doux comme s'il m'assurait qu'il sera patient et qu'il prendra soin de moi.

Audacieux. Surprenant. C'est aussi très Joshua. C'est aussi sa manière de dire qu'il fait des promesses, qu'il va tout faire pour les tenir mais tout peut basculer. C'est honnête.

C'est ce que je comprends et je l'accepte pleinement.

Tout n'est pas parfait mais je prends ce qu'on me donne. J'en suis déjà reconnaissante.

C'est dans les bras l'un de l'autre qu'on s'endort. Juste comme ça. Je l'entends juste murmurer :

— Bonne nuit mes vies.

Le sommeil m'emporte. Le sourire aux lèvres et une larme de bonheur à l'œil.

***

6 heures du mat'
J'ai froid et chaud en même temps. Ça veut dire, si je traduis bien, j'ai froid partout de tous les côtés sauf à un endroit.

Surtout que y a un tracteur qui m'empêche de me rendormir et de récupérer la couverture.

J'entends se chamailler à l'extérieur.

Quand j'ouvre les yeux, j'arrive à desceller un peu de lumière. Il doit commencer à faire jour. Je n'ai pas eu énormément d'heures de sommeil. Ce n'était pas l'une de mes meilleures nuits mais j'ai réussi tout de même à dormir. J'essaie de voir où est ma couverture, histoire de me rendormir et ne pas avoir à affronter les deux qui se chamaillent à ce moment matinal.

Sauf QUE ! Mon drap a disparu. Je redresse la tête. Il y a une grosse chevelure brune qui repose sur mon ventre dont le pull est relevé. C'est cet endroit qui reçoit le plus de chaleur apparemment.

Sinon, j'ai dormi comme du n'importe quoi. J'ai une jambe repliée et l'autre dans le dos de Joshua.

Quant à lui, il dort sur le ventre, sa tête est posée du coup sur MON ventre, une de ses mains aussi comme s'il s'était endormi en le caressant. Ses longues jambes sont croisées loin près de la sortie, c'est limite si elles veulent pas percer un trou pour s'étendre encore plus. Le fameux tracteur qui manque d'huile, c'est lui avec ses ronflements de zombie. ET, le comble du comble, il s'est accaparé toute la couverture ! Les gens sont vraiment sans gêne !

Des positions pour dormir qui font peur quand même.

Je laisse ma tête retomber. Même si je crève de froid, j'ai aucune envie de bouger. Je suis bien comme ça. Je passe une main dans ses cheveux. Il s'agite mais ne se réveille pas. Au contraire, il se met à l'aise, clairement aimant les papouilles que je lui procure. Je sens qu'on fait des bisous à mon ventre. Je souris. Sa barbe gratte contre mon petit ventre légèrement arrondi alors qu'il le caresse encore et encore.

Il ne s'en lassera donc jamais ?

— Bonjour, dit-il.

— Hey...

Soudain, j'entends la fermeture de la tente s'ouvrir brusquement et une tête apparaît.

— ALLEZ ON SE LÈVE LÀ-DEDANS !!! Izzy, faut tu viennes voir les vieux... Oh putain !

— Julian ! m'écriai-je.

— Ah le bâtard ! C'est là que t'as disparu, enculé ?!!

Jusque là encore sur le ventre, l'« enculé » en question se retourne lentement et se pose confortablement entre les cuisses. Je ne me suis jamais sentie aussi honteuse qu'à cet instant. Et pourtant, on n'a rien de mal !

— Un souci, Stevenson ? le provoque Joshua narquois.

— Tu faisais quoi avec ma cousine ?

— Est-ce que c'est ton problème ?

— Vous les hommes vous êtes tous les mêmes ! s'exclama-t-il dramatique.

— « Les hommes ? » Ça fait quoi de toi alors ? Un trans ? Identifie-toi vite parce qu'à l'heure actuelle, tu fais partie de ce « vous les hommes ».

Vraiment ?

Ils se défient du regard.

Enfin, jusqu'à ce que Julian lui saute dessus et lance ce cri de guerre :

— T'AS PAS INTÉRÊT À COUCHER AVEC ELLE !

Dites-moi qu'il n'a pas osé ?

Je suis obligée de reculer au fond de la tente pour ne pas recevoir de coups. Sauf, erreur de ma part, je me prends le pied nu sale de Joshua dans la tête.

Personne ne s'arrête pour savoir si je vais bien ou même n'a remarqué que j'ai commencé à verser des larmes ET de douleur ET de nerfs.

— MON VENTRE !!! hurlai-je.

C'est le seul moyen trouvé pour que l'un d'eux s'arrête.

Joshua se met en pause et ne parvient pas à esquiver le coup de poing dans la mâchoire. Je ferme les yeux sentant littéralement la douleur qu'il a dû ressentir. Il est un peu sonné mais il rampe vers moi. Il pose sa main sur mon ventre et me demande inquiet :

— Ça va ? Je ne vous ai pas fait mal ? demanda-t-il en me regardant puis mon ventre.

— Non, ça va pas ! Vous faites quoi exactement ?! m'emportai-je.

— C'est qui « vous » ? Pourquoi ta main est sur son... Oh. Oh.

Nos yeux s'arrondissent de stupeur. En un regard, on se comprend et on réalise notre gaffe. On tourne la tête en même temps vers Julian qui est limite sans souffle.

— Ne me dis pas que...

— Ju'... Attends... Ce n'est pas ce que tu crois...

— La phrase de coupable, Izzy. T'es enceinte !

— SHHHH !!!

— Grand-père est au courant ?

— Non mais—

— GRAND-PÈRE ! OLIVER !!!

J'attrape Joshua par le col.

— Tout ça, c'est ta faute !

— Tu rigoles ou quoi ? Qui est-ce qui vient de crier « MON VENTRE !!! » comme une poissonnière ?

— C'est qui la poissonnière ?! T'es qu'un enfoiré ! Il a raison ! Les hommes, vous êtes tous les mêmes !

Je sors de la tente paniquée mais aussi hallucinée ! Maintenant c'est MA faute !

Je dois rattraper Julian. Je le vois au loin en train de marcher rapidement vers la forêt. À mon avis, Carlson et Oliver sont à la rivière. Je dois l'arrêter mais comment ? Mon œil droit est attiré par le sac de matériels de mon grand-père. Je vois une poêle à frire que tous les randonneurs se trimballent pour leur randonnée. Je l'attrape en courant.

— Julian !!!

Je le poursuis avec dans la main. Je vois pas très loin les aînés ramasser du bois en se poussant.

— GRAND-P...

Mon cousin n'a pas le temps de dépasser la table de pique-nique ni de finir son mot que je frappe fort derrière sa tête avec la poêle. Il tombe d'un coup.

Un énorme silence se fait. Vu qu'il disparaît de ma vue en tombant, j'apparais dans le collimateur de mon père et de son père. Je jette la poêle direct sur le côté et souris.

— Bonjour !

— Qu'est-ce qu'il fait au sol celui-là ? crie mon grand-père.

— Il fait connaissance avec la terre et la nature. Il s'en imprègne, lui répondis-je. Et c'est là qu'il va finir enterré, grognai-je pour moi.

Il n'a pas l'air très convaincu mais ce n'est pas comme si les tendances bancales de Julian l'intéressait vraiment.

Je le regarde inerte. S'il ne se réveille pas, je vais devoir réfléchir à comment cacher son corps. Et il va me falloir de l'aide. Je regarde Joshua derrière moi, accusatrice. Je remarque Chris debout les bras croisés un sourire mystérieux aux lèvres.

Lui, il est louche en ce moment.

Je vais devoir aussi éliminer le seul témoin.

Chapitre 26

Je sens les balles que me tire Julian avec ses yeux. Même avec la table qui nous sépare, je n'arrive pas à me concentrer pour manger. Je jette un regard noir à Chris et Joshua qui rigolent en regardant Julian et sa poche de glaces derrière la tête.

— Pourquoi est-ce que tu regardes ma nénètte comme ça ? C'est pas sa faute si tu tombes comme dans les films Bollywood à te cogner la tête contre un tronc.

Je me pince les lèvres pour me retenir de rire.

Comment il en est venu à cette conclusion ? Tout simplement parce que lorsqu'ils sont revenus et qu'ils ont vu Julian inconscient, j'ai dû profité de la situation et la retourner à mon avantage.

C'est peut-être humiliant pour lui mais il n'avait qu'à pas jouer les commères en allant balancer des trucs qui ne le regarde même pas. Il n'est pas concerné par le problème, alors comment peut-il faire une chose pareille ?

En attendant, je remarque que les aînés ne se supportent toujours pas mais qu'ils font un effort pour s'adapter à la situation que je leur ai imposé. Chris m'a dit qu'ils avaient passé la matinée a essayé de casser les menottes, que mon père voulait aller faire pipi et qu'ils se sont presque pissé dessus tellement ils ne voulaient faire preuve de solidarité.

Ils sont vraiment incroyables...

Carlson est droitier et mon père gaucher. Malheureusement, ce sont ces deux mains que j'ai attaché. Du coup, pour manger, c'est compliqué. Ils doivent apprendre à s'entre aider. C'est ça l'esprit du camping, non ?

Pas avec apparemment, parce que aucun ne veut faire l'effort de laisser l'autre manger. Chacun voulant utiliser sa main habituelle, tirant sur la main de l'autre. C'est fatiguant à voir.

— Et si vous vous donniez à manger plutôt ?

— NON !!!

Je sursaute. Je grimace.

— Quelle bande d'aigris vous faites.

Il commence à faire un peu chaud. Un total contraste avec la température de cette nuit. Je mange du pain. Une bonne baguette, une salade de fruit et du thé aux fruits rouges. La baguette n'a vraiment pas le goût succulent et croustillant de la française mais elle est mangeable. C'est bien d'avoir essayé mais la baguette française est insurpassable.

Joshua mange ce qu'il trouve dans la glacière, ça veut dire des sandwichs au poulet. Il en profite pour me piquer des fruits et moi de taper un croc dans ses sandwichs. On rigole comme des ados.

— Qu'est-ce qu'il y a entre vous deux ? demande mon grand-père.

— Hein ?

— Tu m'as très bien entendu.

J'espère qu'il n'a pas deviné.

— Peux-tu élaborer ta question ?

— Vous êtes ensemble ?

Aucun mot ne sort de ma bouche. Elle s'ouvre mais pas de son.

— Qu'est-ce qui te fait penser ça ?

— Ce jeune homme a fait toute la route jusqu'ici alors qu'il doit être bien occupé avec son business. Ce n'est pas pro, petit, dit-il en regardant Joshua sévèrement. De deux, il te ramène tout un cagibi de nourriture juste pour toi. Il ne te quitte pas des yeux ni d'une semelle. Vous avez dormi ensemble.

Quoi ????

— Ah, j'oubliais. Il m'a demandé d'investir et de garder des parts dans son entreprise pour toi.

Il a investi pour moi ? Ils se parlent ?

— J'ai plein de questions. Mais pour te répondre, on n'est pas ensemble.

— Je jurerai le contraire.

— Alors, ne jure pas, Papi.

— Je ne pense pas qu'un homme lambda mettrai des énormes parts à ton nom, qu'il m'utiliserai pour que tu aies un pourcentage plus important. Comme s'il était décidé à tout te léguer. Encore plus si ton prénom figure limite dans le nom de l'entreprise. Si ce n'est pas un homme amoureux, dis-moi ce que c'est ?

J'essaie de vivre une vie de célibataire endurcie. Pourquoi ?

— Un homme amoureux ? Pfff, riai-je nerveusement. Joshua, dis-lui que c'est pas vrai. Hein ?

Je le regarde. Il dit rien. Ah non. Il ne va pas me la faire maintenant celui-là.

Je plante mes ongles dans son genou. Il grince des dents mais ne dis toujours rien. Il est vraiment décidé à me mettre dans l'embarras.

— Le silence résume tout, ma chère petite-fille. À vrai dire, je le préfère mille fois à cet idiot de Matheux.

— Matthieu.

— Pourquoi s'embêter à dire son nom correctement quand il ne mérite pas cette considération ?

— Parce que je ne suis pas comme lui. J'en n'oublie pas nos années, nos souvenirs. Je respecte tout de même la relation qu'on a eu et je ne peux cracher dans l'eau dans laquelle j'ai bu quand j'avais soif. Ce serait descendre à son niveau et je m'y refuse. C'est ce que Papsi m'a toujours appris.

— En tout cas, tu as à côté de toi, un AMÉRICAIN, commença-t-il à énumérer en insistant sur ce dernier mot, un business-man qui ne te volera pas ton argent, qui te connaît déjà par cœur, ton passé et toi. Très charmant, brillant, utile, très séduisant, perspicace. Qui connaît les valeurs et l'importance de prendre soin d'une femme et d'une famille. Et il est américain.

— Tu l'as déjà dit. Tu as un problème avec les français ?

— Pas spécialement, mais c'est mieux un bon patriote.

Et c'est reparti. Son côté nationaliste qui ressort en trombe.

Il commence son discours sur l'Amérique, comment être un bon citoyen. Comment notre pays est une des premières puissances mondiales. La plus juste et tout son tralala. J'ai l'impression qu'il me recrache mes cours de collège.

— Si je te sortais tous les mauvais côtés de ce pays, tu nierais tout en bloc ou alors tu simulerais un malaise, Papi.

Mon père pouffe de rire. Papi lui jette un regard mauvais mais il continue de rire.

— Va faire du feu plutôt. Tu déplaceras les bûches devant les tentes.

— Il n'y a que la vérité qui blesse, cher Carlson.

— Je vais t'aider ! s'exclame Chris et Joshua en même temps.

— Je vais le faire, dit Chris.

Je souris. Puis lance un regard noir vers Joshua.

Sale traître.

On s'en va avec Chris déplacer les bûches de bois.

Il fait la majorité du travail, ne me laissant que les plus légers.

— Comment tu as su ?

Pas besoin de lui faire un dessin. Il m'a très bien comprise.

— Quand tu nous as fait une crise de nerfs et nous as forcé à venir, j'ai senti quelque chose de bizarre. Et puis, je t'ai entendu au téléphone avec Miller. Pas besoin d'un plan détaillé pour comprendre qu'un homme était inquiet pour toi et de manière très forte. Tu parlais avec "on". C'était trop facile.

— Ah...

— Izzy, on ne va pas se mentir mais t'as grossi.

Je bug littéralement.

— Pardon ?

— Tu voulais que je mente ? se moqua-t-il.

— T'es vraiment mauvais ! dis-je dans un rire désabusé. Tu pouvais le dire subtilement. Où est passé le Chris timide et gentleman là ?

— Il est quelque part mais je pense que t'avais besoin que je te dise les choses directement. Je suis heureux pour toi mais fais attention. L'entourage de Joshua et sa situation actuelle ne te laisseront pas indemne. J'espère que tu sais dans quoi tu te lances.

Je le regarde. J'arrête ce que je suis en train de faire. Il lui et tout ou

— Qu'est-ce tu sais, Chris ?

Dos à moi. Il s'arrête. On doit parler. J'ai l'impression qu'il sait des choses. Et je veux savoir COMMENT il les sait.

— On marche ?

Je hoche la tête. On se promène dans la forêt. C'est calme. Apaisant. J'aime beaucoup.

— J'ai fait des recherches sur Joshua, Izzy. Je t'avoue que je n'ai pas vraiment aimé sa façon de revenir dans nos vies, surtout dans la tienne. Tout le monde y a vu que du feu. Elijah et moi sommes différents mais on se comprend. Il m'a fait part de ses doutes, encore plus avec la façon dont vous vous êtes séparés il y a des années. Alors j'ai fouillé un peu et ce que j'ai trouvé n'est pas jolie à voir. Et avant que tu ne dises quoi que ce soit, il y a des trucs vraiment moches et je ne pense pas que tu sois au courant.

— Je sais qu'il y a des choses que je ne sais pas et je ne vais pas lui demander ni le forcer. Il a droit à son jardin secret et s'il sent que je dois être au courant, il me le dira sûrement.

— Certainement, Izzy mais quand ça concerne notre famille, je ne trouve pas ça normal, qu'il soit en connaissance de cause et pas nous.

— Qu'est-ce que tu veux dire ?

— Investir pour toi est une chose mais si ça lie S.A.F.E. à des affaires illégales avec un homme qui a des soucis judiciaires, il faut bien poser les bonnes questions, tu ne crois pas ?

Je suis au courant du fait qu'il y une enquête sur Bob Martins et qu'on guette ses faits et gestes. Mais je ne savais rien d'un lien entre S.A.F.E.. Et si c'est vrai, toutes ses années, Joshua n'était pas seulement en contact avec mon père mais avec Carlson aussi.

Ce n'est pas juste.

Il fait des choses à mon nom en impliquant mon père et mon grand-père mais je suis la principale concernée et on s'attend à ce que j'accueille tout, les bras ouverts.

Foutaises !

Mais encore une fois, je vais faire comme si je ne savais rien. Et j'enquêterais de mon côté, car on n'est jamais mieux servi que par soi-même.

Néanmoins, si Chris peut me fournir plus de détails sur ce qu'il vient de me révéler, je suis toute ouïe.

— C'est quoi ce « lien » dont tu parles ?

On s'arrête de marcher quand on voit quelqu'un passer et marcher d'un pas rapide les mains dans les poches de son survêtement. C'est sûrement quelqu'un qui travaille sur la propriété.

— Ouais, du coup ? reprenai-je.

— C'est assez compliqué, Izzy. Disons qu'on assure ta place au sein de l'entreprise de Joshua et que s'il venait à perdre ses fonctions, tu reprendrais les rênes. Sauf que, s'il est destitué de ses fonctions pour des fautes illégales, les investisseurs vont être dans la sauce. Des dettes pour nous mais aussi, on aura le droit de réclamer notre dû au nouveau PDG — toi. Tu finirais en faillite avec plus de dettes que tous les autres. Et comme nous sommes ta famille, on ne va pas te laisser dans ta merde quoi. Quoi qu'il nous en coûte. Je ne vais pas te dire les détails mais en gros, c'est ça.

— Comment faire pour tourner la situation à mon avantage ? Tu sais, « au cas où ».

— T'es experte-comptable, tu ne sais pas ?

— Les experts-comptables ne traitent pas de ça, Chris.

Il pouffe de rire.

Une autre personne arrive en courant devant nous. Un homme noir aux cheveux gris et un léger strabisme.

— Monsieur Wells ? s'étonne Chris.

— Chris, il faut arrêter cet homme ! Il va s'en prendre à votre grand-père ! C'est Tomas Chen !

Le visage de Chris se décompose et moi dans la foulée, je commence à comprendre que mon grand-père et en danger. On fait direct demi-tour et on court vers le camp.

On arrive sur place. Chris s'arrête d'un coup. Je me prends son dos de plein fouet. Je me décale sur le côté.

L'effroi me prend. Un homme. Dans la quarantaine. Il prend en joug mon Papi.

— Wells, qu'est-ce que vous faites ? Posez cette arme. On peut régler les choses en parlant, dit Julian les mains en l'air pour lui montrer qu'il ne lui veut pas de mal.

Joshua est sur le côté, me zieutant de dégager de là. Je ne vais pas laisser ma famille dans cette situation.

— Vous m'avez viré sans me donner d'indemnité ! J'ai une famille à nourrir ! Je dois payer l'amende que vous m'avez imposé !

— Vous avez volé notre entreprise pendant votre service. Estimez-vous heureux qu'on ne vous ait pas poursuivi en justice et que vous ne deviez seulement rembourser ce que vous avez volé !

— 13 000 dollars !!!

— Qui vous a dit de voler ?!! De ce que je sais, je vous verse un salaire plus que décent pour un DRH, espèce d'ingrat !

Il ne voit pas qu'il n'est pas en situation de provoquer ce soit ?!

Et pourquoi mon père reste là... C'est que je me rappelle des menottes. Si ce mec tire mal, mon père aussi peut être touché. Mais quelle idée j'ai eu !

Chris me garde derrière lui.

— Reste derrière moi, me chuchote-t-il.

— Mais...

— Fais ce que je te dis, me dit-il sévèrement.

Je reste spectatrice. Personne n'ose bouger.

— À cause de vous, je suis endetté. Mon salaire n'était pas assez suffisant pour tout j'ai dû subir avec votre sale caractère ! Vous n'êtes qu'un égoïste, hypocrite et rancunier ! Vous avez carrément stopper de payer les études de ma fille ! Qu'est-ce qu'elle avait fait là-dedans ? Elle est innocente ! Elle a raté sa dernière année de médecine ! Vous avez brisé votre promesse !

L'homme fait un pas vers les deux parents.

Joshua est prêt à intervenir. J'ai peur.

— Et pour ça, vous allez le payer.

Je hurle et veut m'élancer vers eux mais Chris me maintient contre lui. Joshua s'apprête à intervenir mais tout se joue rapidement. Je me débats jusqu'à ce que j'entends la détonation. Mon cœur bat si fort. Je ne bouge plus. Je vois l'homme être plaqué au sol par Joshua. Julian éloigne l'arme du pied. Mon regard va plus loin. Mon cœur, qui battait si fort jusque-là, rate un battement.

Un dos avec un trou ensanglanté. Mon père n'est plus au côté de mon grand-père mais EN FACE de lui. Le visage de grand-père le fixant avec frayeur.

C'est là que je réalise la situation.

...

...

...

— PAPA !!!!!

Chapitre 27

Tu devrais aller te reposer, ma chérie, me dit Alice. Ce n'est pas bon pour toi et le bébé.

— Et s'il a besoin de moi ? Je dois être là.

— Je suis là. Et si vraiment, il a besoin de toi, je t'appelle sans hésiter. D'accord ? Allez, vas-y.

Je ne veux pas laisser mon père comme ça dans cette chambre d'hôpital.

Comment sait-elle pour mon bébé ? Après avoir vu mon père s'effondrer, j'ai couru vers lui, je l'ai pris dans mes bras le suppliant de se réveiller et je ne l'ai plus lâché jusqu'à ce que les secours arrivent grâce aux gardes-forestiers. J'ai vraiment bataillé pour qu'on me laisse y aller avec eux. Évidemment, trop de stress, de nervosité et de peur, j'ai fait un black-out. Au final, ce bébé m'a obtenu ce que je voulais.

À mon réveil, je n'ai pas quitté mon père d'une semelle.

Il a perdu beaucoup de sang. La balle s'est logé entre les poumons, et par miracle, sans toucher le cœur. Toutefois, le choc et la perte de sang l'empêchent de se réveiller. Il est quand même placé dans un coma artificiel.

On ne sait pas quand il va ouvrir les yeux mais il doit repasser au bloc opératoire. On ne m'en a pas dit plus. Ils disent ne pas avoir d'infos supplémentaires mais ils veulent juste me préserver de toute source de stress inutile.

Je pose ma tête sur le lit, près des côtes de mon père.

Je n'ai pas le cœur à le laisser. Vraiment. J'ai l'impression qu'il pourrait me quitter à tout moment.

Je ne sais pas à quel moment mais je me suis endormie.

Je sens une main sur mon épaule. Je lève la tête et vois Joshua. Je remarque mon grand-père assis sur le fauteuil au bout de la pièce, profondément endormi. Il fait déjà nuit.

— On y va ?

Il faut que je bouge. ET que j'aille aux toilettes. Me nourrir paraît être le cadet de mes soucis mais je dois le faire. Je ne suis pas seule dans ce corps.

Je hoche seulement la tête. Il m'aide à me lever. Je m'arrête à l'embrasure de la porte. Je regarde mon père une dernière fois. Ça me tue de le laisser ici.

— Il n'est pas seul, Izzy. Ton grand-père est là et sa petite amie aussi. Tu dois te reposer. Il ne serait pas content de te voir dans cet état.

— C'est vraiment la dernière chose que j'avais envie de vivre. J'ai l'impression que tout est de ma faute. Si je ne les avais pas forcé à aller faire du camping...

— Ça suffit Hazel. Ce n'est pas ta faute. Cet homme aurait trouvé un autre moyen de s'en prendre à ton grand-père. Et malgré cette situation désastreuse, quelque part, ta mission a été menée à bien. Regarde.

Il me désigne du menton la scène derrière moi. Je me tourne. Voir mon grand-père au chevet du fils qu'il lui manquait tant me prouve que Joshua a raison. C'est une image triste mais positive. C'est assez extrême comme technique. Mais il a quand même fallu que mon père frôle la mort pour que Carlson se préoccupe de lui.

Il pose une main en bas de mon dos et me fait avancer hors de la chambre et avant de fermer la porte.

J'ai un trop plein d'émotions. J'ai besoin d'extérioriser...

— Je t'emmène chez toi. Tu as besoin de manger, de te doucher et de dormir dans un lit.

... mais je ne sais pas comment lui dire que j'ai besoin d'un simple câlin.

Je pensais pouvoir tout gérer par moi-même. Ne dépendre de personne. Essayer de compter sur lui mais pas trop. Je n'arrive pas à sortir de mes barrières. Je suis toujours sur mes gardes par peur d'être blessée à nouveau inutilement. Et quand j'ai besoin d'aide et d'assistance, je n'arrive pas à demander.

Dans cette situation aussi, j'ai besoin de ma sœur. Hermionne me manque. Elle et papa sont tout ce qui me permet de garder les pieds sur terre. Perdre Lydia est une chose. Mais perdre mon père me rendrait folle.

***

Dans la voiture, je regarde les rues avec les quelques travailleurs de nuit. Les taxis, les ouvriers. Boston peut être magnifique de nuit mais c'est un tout autre délire le jour. Un corps, deux visages.

En y réfléchissant, quelque chose me gêne. Comment cet homme a su que nous étions dans cette forêt ? Et qu'est-ce que ça lui apporterait de tuer mon grand-père ? C'est débile. Ça n'aurait en rien arrangé sa situation. Je me souviens de sa tête quand il a été arrêté. Il avait l'air... traumatisé. Si je creuse plus profondément dans ma mémoire, il n'arrêtait pas de regarder la forêt comme si... comme s'il y avait quelqu'un.

Et si...

On l'y avait forcé ?!

C'est ridicule qu'on veuille tuer quelqu'un sur un oui de tête. En plus, cette histoire de vol remonte à six mois. Pourquoi maintenant ?

J'aimerais partager mon doute avec Joshua mais il s'agit d'un problème concernant ma famille. Je ne veux pas l'impliquer surtout avec les problèmes qu'il a déjà.

Je connais quelqu'un qui saura m'aider.

On arrive en bas de chez Gina. Joshua m'accompagne jusque devant la porte de l'appartement, portant mes affaires. Il toque pour moi. On entend des pas précipités sur le parquet. Imogen ouvre la porte et me saute dessus. Elle me serre contre elle.

— Ça va ? Comment va Oliver ?

— Son état est critique. Il va se faire encore opérer, répond Joshua à ma place.

Elle souffle. Elle m'emmène dans ma chambre. Je ne sais pas ce qu'il en est de Joshua.

— Et toi, ma belle ? Tu gères la situation ?

— Non.

Je craque.

— Et s'il ne s'en sortait pas ?

— Pourquoi penser au pire ? Ton père est un battant. Il a vaincu vents et marées. Même une grippe sévère paraissait comme un simple rhume.

Elle dépose un baiser sur mon front.

— Tout ira bien. Tu as besoin d'être en forme pour affronter tout ça. D'accord ? Allez repose-toi. Je vis te ramener de quoi manger. Tu es toute pâle.

Sur ce, elle me laisse là. Cette pièce me paraît si grande et vide tout d'un coup. Je me déshabille lentement, j'attrape le tabouret en plastique sous le lavabo et je rentre dans ma douche. Je m'assois. J'allume l'eau. Tiède. Puis un peu plus chaude. J'ai vraiment la force à rien. Mes jambes ne me tiennent plus debout. Mes bras sont ramollis. Ce n'est pas de la flemme, c'est autre chose. Du découragement.

L'eau coule sur ma tête. Je reste là. À rien faire. À fixer les carreaux.

Au loin, j'entends la porte s'ouvrir. J'imagine qu'Imogen est venue vérifier si j'allais bien.

— Hazel— oh. Pardon.

Je ne réagis pas quand je comprends qu'il s'agit de Joshua. Il ressort.

— Ça va ? me demande-t-il depuis derrière la porte.

Je ne réponds pas.

Comment lui dire que je ressens trop de détresse ? Que j'ai envie de chialer ? De courir rejoindre mon père ? D'aller étrangler celui qui a mit mon père dans cet état ? Ou même la personne qui a prémédité cette attaque ?

Pour l'instant, ma seule envie, c'est de chialer. Satanées hormones.

Je commence à devenir trop émotionnelle et même en sachant ça, je ne peux pas m'empêcher... bah de ne rien faire pour y remédier.

La porte s'ouvre à nouveau. C'est une douche à l'italienne ouverte sur toute la salle de bain. Pas très pratique. Je ne l'ai jamais aimé cette douche. J'aime les baignoires mais Imogen refuse de me la céder.

Cette peste.

Du coin de l'œil, je vois un pull tomber sur le sol puis un corps aux jambes musclées moulées dans un jean noir se poste devant moi. J'entends qu'il touche à mes produits sur les étagères de la douche.

Je pousse un soupir à s'en fendre le cœur. Je sursaute un peu quand je sens le jet d'eau dérivé légèrement vers mon dos. Je ferme les yeux quand je sens qu'il passe ses mains dans mes cheveux. Il les frotte doucement, de la racine jusqu'aux pointes. Il les démêle puis les lave mèche par mèche. Je me permets juste de me relaxer. De me calmer. Apprécier ce massage.

Il s'éloigne vers l'étage puis reviens avec un gel douche et un gant de toilette.

— Je peux ?

Je hoche distraitement la tête sans vraiment savoir à quoi il fait référence.

Il frotte tout mon corps. J'essaie de profiter de ce moment de légèreté, sans esprit mal placé. Profiter de lui, qu'il prenne soin de moi sans que je ne lui demande. Qu'il sache être présent pour moi même en silence. Pouvoir me reposer sur lui sans craindre de trop en faire ou ni d'être prise en pitié. Mais à chaque fois, tout me revient comme une gifle. Ce mauvais pressentiment qui continue de persister, qui ne me laisse pas en paix. Cette peur qui grignote mon esprit, mon âme. Cette envie de courir à l'hôpital et de voir mon père me crier que c'est une blague.

Mon cœur essaie d'être fort. De résister mais comment faire quand tout peut basculer ? Comme à ce moment-là... où cette balle destinée à mon grand-père a été prise avec plaisir par mon père.

J'aimerais l'appeler idiot mais comment ne pas admirer son geste sachant que moi-même j'aurais fait la même chose pour lui mille fois encore et encore et encore sans me soucier d'embrasser la mort et lui de même ?

Joshua me force à me lever face à lui et me rince. Mais c'en est trop. Je m'effondre contre lui. Je sanglote. Je ne me soucie pas d'avoir l'air pathétique. Je pense que j'en avais besoin. De pleurer à cœur ouvert. De ressentir un peu de chaleur. Il resserre ses bras autour de moi. Il me serre contre lui. Même si je n'arrive pas à respirer, je veux qu'il me serre encore, encore plus fort. J'en ai extrêmement besoin. Je ne veux pas sentir cette solitude. J'aime cette sensation d'être protégée. Je pleure haut et fort. Je préfère faire ma crise maintenant que de la faire dans un moment inapproprié et au mauvais endroit. Je me permets d'être vulnérable maintenant pour ne pas l'être plus tard. Je préfère qu'il me voit de cette manière qu'une autre personne car lui sait comment gérer une Hazel dans un état pitoyable. Il ne me jugera pas, il ne parlera pas. Il me prendra que telle que je suis. Des paroles ne sont pas nécessaires. C'est vrai, on se sait. Très bien même. Et s'il est fort, je le suis aussi. Et si je suis forte, il l'est aussi. N'est-ce pas pour ce trait de caractère que j'étais tombée amoureuse de lui ?

Je m'agrippe à lui comme à une bouée. Le griffant dans le dos. Il m'embrasse les cheveux. Il s'en fout d'être mouillé. Je pense qu'au final, je lui ai donné ce qu'il voulait. Une occasion d'être là pour moi. N'est-ce pas ce qu'il m'avait demandé tout au début ? Il m'avait dit qu'il cherchait juste une occasion d'être présent pour moi comme un pilier, comme LE pilier qu'il était pour moi, comme il aurait dû l'être ce jour-là. Ce sont ses paroles, et je pense que je les ai utilisé à bon escient.

Sa chaleur me donne cette impression d'être encore vivante, d'être consciente de la réalité. Ça me permet de garder les pieds sur terre. Tout n'est pas fini.

La vie est bien trop courte pour qu'on la passe à pleurnicher le malheur qu'on nous cause.

— Shhh... Tout va bien se passer.

Il m'enroule dans mon peignoir et m'emmène dans la chambre puis il me dépose sur le lit. Il fouille dans mon armoire et en sort une robe de nuit et un sweat noirs. J'essaie tout de même de m'habiller seule. Quand même, il ne faut pas abuser de sa patience et de sa générosité.

Mais il a dû en décider autrement puisqu'il me prend les vêtements des mains.

Je renifle puis tends la main vers les vêtements. Il tape ma main. Par contre, il est un peu trop culotté, et il prend un peu trop la confiance.

Il m'aide à tout enfiler. Il fouille dans ses affaires et se change à son tour puis il m'emmène me nourrir. Il a préparé de quoi nourrir tout un régiment militaire. Il me force à presque tout manger. Comment il a pu préparer tout ça en si peu de temps ? Omelette, viande sautée, du riz cantonais, des légumes à la vapeur, de la soupe au potiron, des fruits et un flan. L'odeur était alléchante. C'était aussi délicieux. Dommage que je n'ai pas pu en profiter pleinement.

Il m'accompagne me coucher. Il me couvre puis s'apprête à partir quand je le retiens.

— Tu peux rester ? S'il te plaît.

Il ne dit rien et s'assoit près de ma tête. Mais ce n'est pas ce que je veux. J'ouvre les draps pour qu'il s'y glisse à l'intérieur.

— Tu peux me chanter la berceuse que Hermionne me chantait ?

— Le berceuse de Russie ?

Je hoche doucement. Il m'enlace et pose son menton sur mon crâne.

Sa voix est profonde. Douce.

Every night you'll hear her croonA Russian lullabyJust a little plaintive tuneWhen baby starts to cryRock-a-bye my babySomewhere there may beA land that's free for you and meAnd a Russian lullaby

[Toutes les nuits elle fredonneUne berceuse russeUn air triste qu'elle chantonneQuand pleure mon bébéDors, oh mon petitQuelque part peut-être Il existe un terre rêvé,Libre pour toi et moi,Et une berceuse de Russie.]

Je ne sais pas comment ni à quel moment mais il s'endort. Nos jambes entremêlés. L'avoir à côté m'a fait énormément de bien et ça m'a apporté de la paix. Mais je n'ai pas réussi à trouver le sommeil alors je suis restée là à veiller sur lui. Je caresse ses cheveux. Une heure puis deux. Je me demande qui devait bercer qui à la base. Je m'assure qu'il soit profondément endormi puis je m'extirpe hors du lit. Je dépose un baiser sur son front. J'attrape mon téléphone et vais sur le balcon du salon.

Je compose un numéro. Je regarde l'heure. 3 heures.

Il doit être 21 heures là-bas.

— Désolée de te déranger. J'ai besoin que tu me rendes un service.

— Dis-moi.

— J'ai besoin que tu cherches quelqu'un, ses actions, ses appels, ses historiques, ses contacts. Tout. Tomas Chen.

Chapitre 28

À quel jeu joues-tu, Stevenson ?

— À un jeu dont vous devriez être assez familière, vous ne croyez pas ? Pour vous prouver qu'une débutante a plus d'œil sur le game qu'une pro.

J'aime voir la peur dans ses yeux, son visage devenir blême, aussi pâle que la mort. Elle ne sait pas l'ampleur de la folie qui m'anime. Elle n'en a aucune idée.

— Lisez bien cette feuille. Imprégnez-vous-en s'il le faut. Sachez que je sais aussi jouer de mes contacts et en un claquement tout peut basculer pour vous. N'est-ce pas, « sœurette » ?

La folie en moi prend le dessus. Et d'ici quelques semaines, leurs menaces dans nos vies ne seront qu'un vilain souvenir.

***

Deux semaines plus tôt

Je sens une caresse sur ma joue. Je me réveille en sursaut.

— Hein ?

— Doucement, ce n'est que moi, dit Joshua.

Je soupire.

— Tu as disparu cette nuit.

— Je n'arrivais pas à trouver le sommeil et tu dormais tranquillement donc je n'ai pas voulu te déranger. J'ai dû m'endormir sur le canapé sans m'en apercevoir.

Je remarque qu'il est vêtu d'un de ses fameux costumes luxueux.

— Tu vas au travail ?

— Oui. Bryan et Tom m'attendent en bas. J'essaie de clôturer cette histoire avec Taylor au plus vite pour qu'on puisse se concentrer sur Bob.

Il a raison. Faut vite en finir.

— Tu vas bien ? Le bébé aussi ?

— Ça va. On a vécu mieux comme situation.

— Je te conseille de prendre quelques jours. Repose-toi.

— Non. Je vais aller travailler aussi.

— Hazel...

— Je ne vais pas supporter de ne rien faire. Je vais devenir folle. Sinon, vous allez me voir faire le pied de grue devant la chambre de mon père.

— Juste aujourd'hui.

— Joshua... C'est non. Je déteste ne rien faire. Tu le sais très bien. Allez, vas-y, tu vas être en retard.

Il s'apprête à partir quand je l'arrête.

— Eh.

— Quoi ?

— Merci, dis-je.

— La ferme. Tu ne crois pas que c'est normal.

— Prends les remerciements sans papoter. Allez, dégage.

Il regarde mon visage puis pouffe de rire et s'en va.

Quoi ? J'ai un truc sur le visage ?

Je regarde l'heure. 8 h 37. Je vais aller voir mon père et j'irai au travail. En retard, certes mais c'est déjà ça. Je n'aurais pas la conscience tranquille si je ne le vois pas de la journée.

Mon téléphone sonne. Oncle Léon.

— Oui ?

— Ça va ? Ton papa va bien ?

— Je vais aller le voir tout à l'heure. Tu as des nouvelles.

— J'ai fait quelques recherches. Étant donné que je suis en France, je suis un peu limité donc j'ai demandé un peu d'aide à quelqu'un de confiance à New York. On a passé notre barreau ensemble et il est mieux équipé informatiquement parlant. Je t'enverrai ses coordonnées.

— C'est quoi les nouvelles ?

— Pour l'instant, pas grand chose. Tomas Chen est un homme de famille. Sa femme ne travaille pas. Il a trois enfants, deux filles de 24 et 17 ans et un garçon de 8 ans. L'aînée est en école d'ingénieur privée. Ses frais de scolarité avaient été payé par ton grand-père. Ce que tu m'as dit est faux. Carlson n'a jamais cessé de payer mais quelqu'un s'est fait passé pour lui et à demander l'arrêt des paiements semestriels. Il a reçu de nombreux appels provenant d'un numéro masqué. Mon contact se charge de décrypter le numéro en question. Tomas Chen a volé plus de 13 000 $ en ne versant pas les indemnités de transports sur les bulletins de paie. C'est écrit sur papier mais sur le chèque, rien n'apparaissait. Je pense qu'on lui a proposé d'attaquer ton grand-père en échange de quelque chose. De l'argent par exemple.

Rien que d'y penser, j'en ai déjà la rage.

— Tu ne sais pas qui c'est ?

— Non. Je fais mes recherches quand je peux. Je suis un peu débordé avec le travail.

— Je suis désolée de te déranger pour ça.

— C'est la moindre des choses que je puisse faire pour ma nièce. Appelle-moi quand tu veux pour quoi que ce soit. Je suis là pour ça. Ah et au fait, les jumeaux sont d'accord pour la clinique. Ils viendront bientôt sur Paris pour voir leur mère.

Je ne sais pas quand va commencer la construction de la clinique mais je suis heureuse que les nouveaux cousins aient accepté ma proposition. Merci à Harry aussi. C'est grâce à lui a aussi.

On se dit nos au devoirs et je vais me préparer.

Quand je passe devant le miroir, je sursaute. Limite, je crie de peur.

— Putain de merde !!!

Mais... c'est quoi cette horreur ?!

J'ai eu peur de mon propre reflet et y a de quoi avoir peur ! Mon visage gonflé, on dirait une montgolfière. Mon nez ressemble à celui de fesses de babouins. Mes lèvres et mes joues sont énormes, on dirait les effets du botox. Et pourquoi mon visage brille comme si on m'avait tartiné avec de la graisse animale ?

Puis je comprends. Je réalise carrément. Je regarde mon ventre.

— C'est toi qui me fait ça ! Tu sais que c'est cruel ? Allez quoi, ton père est parti en pouffant de rire en voyant ma tête. C'est pas du tout sexy ça.

J'ai envie de pleurer. C'est ça les fameux changements physiques. Les films sont mensongers. Quand on voit ces femmes vivre des grossesses tout beau tout rose, on y croit vraiment mais en fait c'est tout faux. Je vais hurler et porter plainte contre les producteurs.

C'est quoi ce visage ? Comment je vais aller travailler avec cette tête-là ?

Je fais quoi ? Je fais quoi ?

Et dire qu'il a vu ma tête comme ça. Le complexe. Le complexe !!!

J'ai tant de choses à apprendre sur les grossesses.

Un coup de tristesse s'abat sur moi. À qui vais-je demander ? J'en viens même à ressentir le manque de ma mère. J'ai évité le sujet longtemps, n'en parlant que dans ma tête. Mais être enceinte me rappelle le rôle d'une maman. Je vais devenir maman et je devrais apprendre ce rôle de ma propre mère. Évidemment même la mienne n'a pas su tenir cette responsabilité proprement.

Allez Izzy ! On ne se laisse pas abattre !

Exactement !

Au final, je me prépare pour aller rendre visite à mon père. Je m'habille d'un tailleur marron et d'un haut noir. Le pantalon commence un peu à me serrer autour de la taille et moule un peu mes cuisses ainsi que mon ventre qui ressort un peu trop à mon goût mais toujours camouflable. Je commence à rager.

Je rajoute un masque chirurgical noir et des lunettes de soleil. Mes excuses pour le masque ? Je fais des allergies au pollen. Et pour les lunettes ? Le printemps, y a déjà trop de soleil.

Faut bien cacher ce visage de boxeur après match.

Les emmerdes vestimentaires commencent...

***

En arrivant devant sa chambre, j'inspire profondément. Peut-être que je n'aurais pas dû m'y rendre toute seule.

Je toque avant d'entrer. On m'ouvre la porte. Je tombe sur un grand homme, super sexy au passage, tatoué jusqu'au cou avec un t-shirt noir moulant au col montant. Il porte un jogging de la même couleur, tout comme ses yeux et ses cheveux qui m'ont l'air tout sauf être sa couleur naturelle. Ou alors ce sont les lunettes de soleil qui rende ma vision détériorante.

— Désolée, j'ai dû me tromper de chambre.

Pourtant je suis sûre que c'est la bonne porte.

— Hazel ? entendis-je m'appeler derrière cet homme qui continue de me fixer comme si j'étais un parasite.

J'aime pas ça.

Du tout.

Il s'écarte de la porte et ne me fait même pas signe d'entrer par politesse.

Malpoli.

Je vois Alice en train de nettoyer mon père, toujours inconscient, avec un gant de toilettes. Elle se lève et vient me serrer dans ses bras. Je ressens cette sensation de toucher maternel. C'est tellement agréable.

— Comment vas-tu ?

—Pas très bien dormi et toi ? Et papa ?

— Il se bat comme il peut.

— « Papa » ? dit enfin le mystérieux inconnu.

Je le regarde par-dessus les lunettes de soleil. De quoi je me mêle ? Sa façon de parler m'insupporte.

— C'est la fille d'Oliver. Sa dernière princesse.

Je souris.

— Désolée. Voici mon fils, Yoan. Il est venu me ramener quelques affaires pour ton père et moi.

Ah.

— Enchan—

— T'es aussi recherchée pour que tu sois tuant camouflée ?

Comment ça « aussi » ? J'écarquille les yeux.

— Excuse-le. Il est timide en présence d'inconnus et se comporte comme un idiot.

— Je dirais qu'il est plutôt aigri pour quelqu'un comme lui. Pardon d'être directe.

Alice ricane alors le Yoan se renfrogne. Il a la tre de quelqu'un qui a un passé sombre ou alors il essaie de se la jouer dur en attendant de se trouver une identité ou bien un hobby.

Pathétique.

— Pour répondre à sa question, j'ai une sale tête. Je ressemble à Anastasia Pokreshchuk.

Je retire mon masque et mes lunettes de soleil.

— C'est vrai qu'il y a une ressemblance.

Mais...? Je lui ai fait du mal dans une autre vie ? Pourquoi être aussi désagréable ? On ne se connaît même pas.

— C'est normal quand on est enceinte, ma belle.

Je remarque du coin de l'œil, Yoan changer comme d'attitude. Un sourire en coin. Quoi ? Il compatit avec les femmes enceintes ? Faut être engrossée pour pouvoir parler avec l'humain en lui ?

Un peu bipolaire quand même.

— Tu n'es qu'au début, continue Alice Ça va passer. Tu es fatiguée et tu as besoin de beaucoup de repos. No stress. Mais ça arrivera fréquemment en fin de deuxième trimestre et au cours du troisième trimestre. Je peux te donner de quoi te documenter si ça peut t'aider.

— Merci beaucoup Alice. Je ne savais pas vraiment vers qui me tourner pour poser des questions. Et demander à des médecins n'est pas forcément ce que j'ai envie de faire.

— Si tu as besoin de quelconque conseil, demande-moi. Je suis là pour ça. Tu es la fille d'Oliver alors tu es en quelque sorte ma fille, au même titre que mon aînée Kim.

C'est vrai que Papa m'avait dit qu'elle avait des enfants avec son ex-mari. Trois, il me semble. Quand je vois Yoan, il doit avoir quoi ? Mon âge ? Alors son aînée doit être clairement plus âgée.

Je regarde mon père. Je lui caresse la joue. Il est si pâle. Mon cœur se serre.

— Il repasse au bloc ce soir. On en saura plus après l'opération.

On reste là à discuter, — enfin Alice et moi parce que l'autre aigri est dans son coin jouant avec des clés de voiture. J'en apprends plus sur elle. Kim est juge. Yoan a en fait un jumeau. Il s'appelle Ashton, il est artiste indépendant inspiré par sa mère qui est prof d'art alors que Yoan est mécanicien automobile. Il retape des carcasses et les transforme en bijoux. Je le vois bien manier des outils.

Kim est mariée à un procureur rencontré dans le tribunal où elle travaille depuis 3 ans. Soit un an après le divorce d'Alice avec son ex-mari. Elle est grand-mère de deux petites filles de 2 ans et six mois. Elle habite à Cleveland dans le Ohio. Quant aux jumeaux, ils sont restés avec leur mère pour ne pas la laisser seule. Même après qu'elle ait trouvé mon père.

La raison ? Leur père rôde autour de leur mère. Je vois bien qu'il y a autre chose mais elle ne dit rien. Je la comprends. Elle ne va pas étaler sa vie privée devant moi dans une chambre d'hôpital.

Au final, je prends congé et pars travailler non pas sous le visage impassible de Yoan.

Il est intrigant. Très bizarre aussi.

Je prie intérieurement pour que mon père s'en remettre, espère qu'Alice saura gérer tout ça et que ce Yoan dégrise un peu.

À le voir à force, ça en devient triste.

Pas sûre qu'il aime être pris en pitié.

***

1 semaine plus tard ...

Quelqu'un peut lui dire que je vais survivre ?

Non parce que, faire des va-et- vient dans mon bureau toutes les demi-heures pour savoir si je vais bien, c'est trop quoi. Les gens vont se poser des questions. Surtout quand ils sont deux à faire cette mascarade.

Joshua et Julian. Les doubles J.

— Dehors.

— Je m'assure que tu n'as besoin de rien.

— Julian... SORS !

J'attrape l'agrafeuse sur mon bureau et le lui lance sauf qu'il ferme au bon moment avant de la réouvrir.

— Tu veux un truc à manger ?

— NON !

Il est lourd. ILS sont lourds. Je n'aime pas être autant assistée et que ce soit aussi flagrant. Purée, même Bryan vient jeté des coups d'œil en croyant qu'il est discret. Je le plains. Il est censé être garde-du-corps et il joue les baby-sitters avec moi.

Quelle triste vie. Je reçois la notification d'un mail Yahoo. Je regarde le destinataire. Je demande à Julian de déguerpir avant de lui arracher des poils du pubis... À LA MAIN !

Oui, je suis folle. En ce moment, un rien me rend dingue.

Ce mail est important et confidentiel. Le contact dont m'avait parlé Léon était indisponible pour m'aider donc il m'a mise en contact avec son meilleur élève. Sur le coup, j'étais en colère car trop de gens étaient impliqués. Même s'ils n'ont rien à voir avec cette histoire, tout se sait un jour ou l'autre.

L'élève en question me parle anonymement, se faisant appeler S. On parle à l'aide d'une adresse mail Yahoo. Personne ne connaît l'existence de cette adresse et Yahoo est moins utilisé que iCloud, Gmail ou Hotmail.

Il me fournit les infos nécessaires. À ce jour, je ne connais pas l'identité de celui qui a orchestré l'attaque avec Tomas Chen mais je sais entre temps qu'il recevait de l'argent. Un numéro privé l'appelait sans arrêt. J'ai des conversations par SMS. J'ai tellement de preuves mais pas de noms. Cette personne a vraiment assuré ses arrières. J'espère que S a enfin un nom.

Je parcours vite fait en diagonale son mail sans pour autant le lire. Je veux juste un BLAZE !

Le voilà.

Je vois rouge. Puis noir. Puis bordeaux.

J'ouvre les pièces jointes. Plusieurs photos. La première que j'ouvre est celle d'un homme sortant du commissariat. La deuxième, il traverse la rue pour s'engouffrer dans un taxi. La troisième est prise deux heures après. Il a tourné en rond pour éviter de prendre le risque d'être suivi. Puis la quatrième est devant un immeuble assez huppé. Puis la cinquième me confirme la personne que je vais assassiner.

L'homme avec sa mallette avec Taylor assis sur un canapé dans le lobby.

L'homme en question est un avocat qui doit se charger de sortir Tomas Chen de prison. Gina m'avait parlé d'un avocat qui le représentait. Elle ne le connaît que de nom mais d'après elle, ses honoraires sont tellement inabordables pour que Chen puisse les payer.

La raison pour laquelle je n'ai pas penser à elle, c'est que je me suis dit qu'elle n'a rien les autres membres de ma famille. Juste moi et possiblement Hermionne et mon père. Carlson n'a aucun lien avec elle mis à part qu'il est actionnaire chez HASH Corporation. Ça me paraissait juste illogique. Erreur de ma part, je n'aurais pas dû la sous-estimer. Elle a bien décidé de me pourrir la vie au point de mettre des vies en danger.

J'ai été trop calme. Trop réfléchie. Et surtout trop patiente. Je ne voulais pas prendre de risque. Laisser Joshua régler tout ça en l'aidant dans certains domaines. Mais j'ai eu tout faux.

Elle s'attaque à ce qui m'est cher. C'est mauvais pour elle parce qu'elle ne me connaît pas du tout. J'ai toujours été tranquille dans la vie. Pas de débordement. À présent, j'ai un courage et une audace immense là. Peut-être la grossesse qui me donne plus de cojones que certains gars.

Je reçois un autre mail de S.

« Tout va bien ? »

C'est la première fois qu'il exprime un quelconque intérêt pour moi. Ces messages sont toujours froids, directs. Il ne tourne pas autour du pot quoi.

Mais pour répondre à sa question : non, ça ne va pas. Mon père est toujours à l'hôpital. Réveillé depuis deux jours certes mais il ne peut pas sortir de l'hôpital ni bouger.

Alors je lui réponds tout de même.

« Même si ça n'allait pas, j'ai une avocate comme colocataire pour me sauver. »

Je rassemble mes affaires. S ne fait jamais d'erreurs sauf cette fois-ci. Me laisser une adresse et des coordonnées plus que détaillés.

Je sais que je vais faire une connerie. Et à l'heure actuelle, j'en ai rien à battre.

Jusqu'à maintenant, ils ont eu affaire à Hazel. Rajoutons le Stevenson.

Hazel Stevenson.

Je vais prouver que je suis bien la cousine d'Elijah Stevenson.

Lightning Source UK Ltd.
Milton Keynes UK
UKHW020831250123
415939UK00015B/560